나의 개인주의 외

私の個人主義

나의 개인주의 외

私の個人主義

나쓰메 소세키 지음

·

김정훈 옮김

책세상

일러두기

1. 이 책은 나쓰메 소세키夏目漱石의 관서 지방 순회강연 내용을 기록한 <현대 일본의 개화現代日本の開化>, <내용과 형식中味と形式>, <문예와 도덕文藝と道德>을 옮긴 것인데, 여기에 <《문학론文學論》 서序>와 학습원에서 강연한 <나의 개인주의私の個人主義>, 소세키의 만년 작품인 《점두록點頭錄》을 함께 묶었다.

2. 이 책에 실린 강연록과 작품은 《소세키 전집漱石全集》(岩波書店, 1966)에서 발췌하여 옮겼으며 또한 그것을 번역 대본으로 사용했다.

3. 이 책에 실은 모든 한자는 《소세키 전집》에 따라 정자로 표기하는 것을 원칙으로 삼았다.

4. 주는 모두 옮긴이주이다.

5. 주요 인명과 문헌 제명은 처음 1회에 한해 원어를 병기했다.

6. 이 책의 해제는 요코하마 시립대학 이즈 도시히코伊豆利彥 교수가 쓴 것을 옮긴이가 옮긴 것이다.

7. 맞춤법과 외래어 표기는 1989년 3월 1일부터 시행된 <한글 맞춤법 규정>과 《문교부 편수자료》, 《표준국어대사전》(국립국어연구원, 1999)에 따랐다.

나의 개인주의 외 | 차례

한국의 유명 서점 문학 코너에서 나쓰메 소세키夏目漱石의 소설 한 권쯤 발견하는 일은 그리 어렵지만은 않다. 특히《도련님坊っちゃん》과《마음こころ》은 근래에 여러 출판사에서 책의 장정을 달리하며 새로운 역자 이름을 겉표지에 새기고 있는가 하면 판수를 거듭하며 계속 기록을 경신해가고 있으니 놀랍다. 참으로 다행스러운 일이다. 소세키의 소설이 시간과 공간을 초월해 21세기를 사는 독자에게도 공감대를 형성하고 있으니 말이다. 이는 줄곧 소세키 문학만을 고집스럽게 연구해온 연구자에게 또 다른 연구 영역에 대한 사명감과 그에 따르는 고통을 동시에 안겨주고 있으나 보람 있는 일임에 틀림없다.

그런데 그동안 내 마음 한구석에는 왠지 모를 허전함이 항상 똬리를 틀고 있었다.《명암明暗》을 비롯한 한두 권을 제외하고 소세키의 거의 모든 소설이 국내에 번역되었고 이론서도 어느 정도 출판되었지만 그의 작품과 가치관, 사상을 이해하는 데 지침이 될 만한 주요 평론이 정리되지 못한 상태였기 때문이었다. 또 당시에는 그에 관해 국내 독자의 이해를 돕기 위한 어떠한 해설도 발견되지 않은 시점이었다.

물론 일반 독자 입장에서 생각하건대, 외부에서 그 어떤 영향도 받지 않고 작품 자체에서 느낄 수 있는 감동을 그대로 수용하는 것보다 더 중요한 일은 없다. 각자 나름대로 지면 활자의 집합에서 의미를 모아 최종적으로 작품 속에 형상화된 핵심을 찾아내기만 하면 좋을 일이다. '문예성'이란 용어를 들먹일 필요도 없이 독자 가슴에 파문이 일어 그 작품의 의미가 오래 간직된다면 이는 더할 나위 없이 바람직한 일이 아니겠는가?

그렇지만 연구자 입장에서는 일반 독자가 보통 소설을 읽듯 그냥 그대로 지나치기를 원하지 않는다. '왜 작가가 그 작품을 창작하게 되었는가', '그 작품을 통해 무엇을 얘기하려고 했는가' 정도는 이해하기를 바라게 된다. 연구자 입장에서야 작가를 의식하지 않을 만큼 작품을 중요시할 수도 있겠고 작품을 의식하지 않을 만큼 작가를 중요시할 수도 있겠지만, 소세키가 생을 마감한 뒤 한 세기가 지난 지금, 일반 독자 입장에서는 국내 작가도 아닌 일본 작가의 작품을 들춰가며 읽는 작업이 결코 쉽지만은 않으리라 생각된다. 하물며 당시 메이지明治 신정부가 서양 열강 등과 어깨를 나란히 견줄 목적으로 메이지 유신을 통해 서양의 조류를 어떤 정제 과정도 없이 무리하게 받아들여 일본의 일반 대중에게 고통을 준 상황이 각 작품에서 제대로 해독될 수 있을지 염려하지 않을 수 없다. 소세키는 이러한 모든 것들을 때로는 특정 인물을 통해 암시하기도 하고 때로는 현상적인 근대 문명을 통해 묘사하기도 하고 심지어는 남녀의 갈등, 색채, 소도구 등을 통해 표현하기도 했기 때문이다.

나는 우리나라의 독자들이 소세키의 작품을 제대로 이해하기를 바라는 심정에서 소세키의 주요 평론을 번역하기로 마음먹었다. 그의 작품을 올바로 해독하기 위해서는 그의 근본 사상과 철학을 이해하는 일이 무엇보다 중요하다. 따라서 나는 바로 그 작품의 모태가 되는 부분을 독자에게 제공하고 싶었다. 여기에 소개된 강연록과 작품에는 그의 독창적인 사상이 잘 표현되어 있다. 《문학론文學論》 서序〉, 〈나의 개인주의私の個人主義〉에는 작가의 삶의 역정이 잘 드러나 있을 뿐 아니라 '자기본위'를 추구하여 '개인주의' 사상을 완성하기까지의 과정이 진솔하게 그려져 있다. 그리고 〈현대 일본의 개화現代日本の開化〉에는 그의 삶과 작품에서 가장 중요한 문제로 일관되게 대두되고 있는 '문명론'의 총체가 잘 드러나 있다.

소세키는 강연의 달인이었다. 뛰어난 화술과 해학이 넘치는 그의 이야기는 청중에게 깊은 감명을 안겨주었다. 여기에 수록된 강연록은 당시 소세키가 강연한 내용을 후에 수정·

첨가하여 잡지와 강연집에 게재한 후 평론으로 전해지고 있는 것들이다. 많은 강연 중에 학습원에서 강연한 〈나의 개인주의〉와 관서 지방 순회강연에서 행한 강연 내용(1913년에 강연집《사회와 자신社會と自分》에 정식으로 수록되어 발간됨)을 발췌한 것은 이 평론들이 가장 호평을 받았기 때문이기도 하지만 무엇보다 소세키의 근본 사상을 엿볼 수 있는 내용으로 구성돼 있기 때문이다.

이해를 돕기 위해 이 책의 구성을 설명하자면 소세키의 강연 모음을 토대로 앞부분에 《문학론》서》를 두고 뒷부분에 《점두록點頭錄》을 추가했다. 1914년 만년에 학습원에서 강연한 〈나의 개인주의〉가 《문학론》서》 다음에 위치해 있고, 1911년 관서 지방 순회강연록인 〈현대 일본의 개화〉, 〈내용과 형식中味と形式〉, 〈문예와 도덕文藝と道德〉이 중간에 고스란히 실려 있다. 《문학론》서》와 〈나의 개인주의〉는 서로 맥을 같이하며 '자기본위'에 투철한 개인주의 사상가로서의 소세키가 탄생하게 되는 배경이 과거 회상 형식으로 제시되고 있어 앞부분에 배치했다. 그리고 관서 지방 순회강연 내용은 그의 독특한 사상이 정립되어 각 분야에 구체적으로 전개되는 양상을 보여주고 있기 때문에 중간에 배치했다. 마지막으로 《점두록》은 소세키의 만년 작품으로 그의 사상과 철학을 총체적이고 거시적인 관점에서 종합해서 정리하고 있고 군국주의에 대한 비판과 함께 인간의 궁극적인 삶과 평화의 문

제를 논하고 있다는 점에서 가장 뒷부분에 배치했다. 독자는 이 책을 통해 소세키의 개인주의 사상이 개인의 문제에서 벗어나 사회, 국가, 세계 평화라는 커다란 명제로 점진적으로 이행해가는 과정을 추적할 수 있을 것이다.

소세키가 문부성에서 영어 연구를 위해 2년간의 영국 유학 명령을 받은 것은 1900년으로 그의 나이 34세 때였다. 그러나 유학 중에 그는 영어 연구에 회의를 느껴 대학에 가지 않고 히숙집(下宿)에 틀어박혀 문학 서적을 탐독했다. 결국 그는 영국인과 동양인은 근본적으로 '풍속', '인정', '습관', '국민의 성격' 등이 다르기 때문에 서양 문학과 동양 문학의 괴리만큼 그와 영국인도 다르다는 결론을 내리고 '자기본위'라는 확고부동한 명제하에 그것을 실현하기 위해 보편적 문학 이론을 정립하기로 마음을 굳혔다. 문학론을 10년에 걸쳐 완성할 계획으로 귀국한 소세키는 문학론을 완성하는 길만이 자기본위로 사는 길이라고 확신하고 도쿄 제국대학 영문과에서 그동안 정리한 자신의 〈문학론〉을 강의하며 원고를 정리했다. 드디어 1906년 11월 《문학론》 서)를 《문학론》 간행에 앞서 《요미우리신문讀賣新聞》에 발표했고 1907년 5월에 《문학론》을 간행했다.

《《문학론》 서)는 《문학론》을 간행하기까지 그간의 경위와 심경이 담겨 있는데, 소세키가 영국에 가게 된 동기에서부터 자기본위 사상에 입각하여 《문학론》을 완성하려고 결심하기에 이르기까지의 과정이 잘 나타나 있다. 또한 자기본위 사상에 의거하여 교수 직을 그만두고 신문사 전업 작가의 길로 들어섰고 《문학론》을 토대로 작가 활동에 전념하게 된다는 측면에서 그의 문학사에 있어서 대단히 큰 의미를 지니는 작품이라고 할 수 있다. 작가는 《문학론》 서〉 끝부분에서 자신으로 하여금 작품을 쓰게 하는 동력은 바로 자신의 '신경쇠약과 광기'이며, 따라서 신경쇠약과 광기에 감사한다고 표현하고 있는데, 참으로 적절한 표현이 아닐 수 없다. 영국에서 동서양의 차를 극복하지 못하고 불안과 고뇌로 극심해진 신경쇠약, 그것과 한 쌍인 광기. 그러고 보면 이것들이 자기본위를 낳았고 그 자기본위가 작가로서의 소세키를 탄생시켰으니 당연히 그렇게 말할 수도 있었겠다.

소세키는 〈나의 개인주의〉에서 다시 한번 자기본위에 이르게 된 과정과 영국 생활을 회고한다. 강연이니까 《문학론》 서〉에서 언급한 내용을 구어체로 술회하는 것이다. 그런 후 본격적으로 그의 개인주의에 대해 설명한다. 이른바 그의 개인주의는 타인본위의 상대적 개념인 자기본위에서 출발하는 것으로서 자기본위를 기본 전제로 하는 주의이며 '주체'와 '개성'을 강조하는 관점에서 해석할 수 있는 사상이다. 그런 까닭에 소세키의 개인주의는 자기본위를 하위 개념으로 내포하고 있다고 해석해도 무난하다. 소세키는 〈나의 개인주의〉 뒷부분에서 자기 개성과 타인 개성의 문제, 권력과 의무의 문제, 금력과 책임의 문제를 차례로 설명한 뒤 개성과 금력과 권력을 사용하기 위해서는 인격 수양이 필요하다고 경고한다. 따라서 소세키의 개인주의는 '도의상의 개인주의'로 타인과 자신을 동등하게 인정하고 배려하는 이른바 '상호주의'인 것이다. 강연은 비상시국이 아닌 바에야 개인주의가 국가주의보다 우선해야 함을 강조하며 끝을 맺는다. 국가를 중요시하지 않는 사람은 없으니 무엇이나 국가를 위주로 하는 사고보다 '넉의심 높은 개인주의'에 역점을 두기를 그는 바란다. 한마디로 그의 개인주의는 개인과 사회, 더 나아가 국가와의 관계까지를 염두에 둔 사상인 셈이다.

　소세키의 생에서 1911년은 불운한 해였다. 2월에 문학박사 학위 수여를 거절하고, 10월에 《아사히신문朝日新聞》 '문예란'이 폐지됐으며, 11월에 차녀 히나코雛子가 급사했다. 또 그 달에 신문사에 사표를 제출했다가 반려되는 등 그해는 사건의 연속이었다. 소세키가 오사카 《아사히신문》의 주최한 강연회를 위해 관서 지방에 내려간 것은 그해 8월이었다. 15일 와카야마和歌山에서 강연한 〈현대 일본의 개화〉는 일본 사회에 경종을 울리고 당시 학생들뿐 아니라 일반 대중에게도 큰 영향을 미쳤다. '개화'의 정의를 내리는 것에서부터 말문을 연 그는 개화를 "인간 활력 발현의 경로"라고 정의한 뒤 그 활력이 외부 자극에 반응하는 방법을 "활력 소모의 취향"과 "활력 절약의 행동"으로 구분한다. 그리고 도락의 자극에 민감하게 반응하는 '활력 소모'와 외부 자극에 소극적으로 반응하는 '활력 절약'이 서로 어우러지며 변화해가는데, "양 방면의 경쟁이 격렬해지는 것이 개화의 추세"라고 단언하고서 본격적으로 일본 내부의 개화에 대해 언급한다. 소세키 강연의 백미라고 할 수 있는 〈현대 일본의 개화〉의 핵심 내용은 과연 무엇일까? 소세키는 이 강연에서 어떠한 해결책도 없는 비관적인 결론을 내린다. 왜 소세키는 그렇게 경고해야만 했을까? 정말이지 이 부분만큼은 독자에게 직접 확인해볼 것을 권하고 싶다.

〈현대 일본의 개화〉는 당시 일본 개화의 허와 실을 명확하게 해부해 사회적 파장을 불러일으켰을 뿐만 아니라 지금도 일본 대중에게 개화의 산 지침서 역할을 하며 정신적 자극을 주고 있다. 소세키의 작품에 등장하는 인물 대부분은 이 문명론에 입각한 행보를 보이고 있으며 모든 사건의 배경 또한 이것을 근간으로 설정되어 있다. 연구자에게 회자되고 인용되고 있는 문헌과 논문 중 상당수가 그러한 관점에서 각 작품을 검증하고 해명했다는 사실을 새삼 인식하지 않을 수 없다.

《점두록》은 그가 50세 되던 1916년 정초, 도쿄와 오사카의 《아사히신문》에 연재되었다. 이해는 소세키가 《명암》을 집필하던 중에 생을 마친 해로 만년에 해당된다. 그는 44세 때인 1910년, 위장병 요양을 위해 간 슈젠지修善寺 온천 기쿠야菊屋 여관에서 피를 토하며 인사불성의 위급한 상태에 빠진 적도 있었지만 죽음을 예고하지는 않았다. 그런데 《점두록》 도입부에서 소세키는 자신의 과거를 회고하며 "과거가 마치 꿈처럼 여겨진다. 어느 사이에 이처럼 나이를 먹은 것인지 이상할 정도다", "수명은 자신이 정한 것이 아니므로 처음부터 예측은 불가능하다"고 말하며 인생의 허무함을 토로한다. 이것은 한편으로는 삶에 강한 집착을 보이기도 하지만 다른 한편 이미 자신의 여생을 예측하고 있었다는 반증이 아닐까?

본격적인 논의가 전개되는 부분부터는 군국주의에 대한 비판을 담고 있다. 그는 1차 세계대전에 주목하고 전쟁이 부른 참혹한 양상을 날카롭게 지적한다. 독일 군국주의가 부른 상흔을 "저 탄환과 저 화약과 저 독가스와 그리고 저 육탄과 선혈"로 묘사하며 전쟁에 대해 항변하고 애처로워하는 인간적인 모습에서 그가 평화주의자였음이 여실히 증명된다. 그는 '피비린내 나는 무대'를 두 눈 부릅뜨고 주시하며 독일 군국주의가 영국과 프랑스의 자유주의를 침몰시킬 것인지 감시하고 있었던 것이다. 《점두록》의 중반부터 소세키는 독일 군국주의의 대표적 인물로 트라이치케Heinrich von Treitschke[1]를 들어 그의 생을 추적하며 독일 군국주의가 발현되어 통일 독일에 이르기까지의 과정을 상세히 살펴간다. 그러면서 그는 군국주의의 허상을 조목조목 여지없이 폭로하며 고발한다. 말미에 소세키는 세계 평화를 걱정하는 다음과 같은 메시지를 전하며 결론을 맺는다. "우리 인류가 모두 독일에 정복되었을 때 우리는 그에 대한 대가로 독일로부터 과연 무엇을 제공받을 수 있을 것인가?"

구체적으로 논하고 싶지는 않지만 간과할 수 없는 사실은 동양에 대한 소세키의 인식은 지금껏 말한 것과는 정반대의 경향을 내재하고 있다는 점이다.《만주·한국 이곳저곳滿韓ところどころ》이나 러일 전쟁 당시의 신체시 등, 그의 글에 제국주의 색채가 다분히 묻어나는 문장이 존재하고 있음을 부인할 수 없다. 그의 각 작품은 물론 이 강연록에서도 군데군데 그의 상황 인식의 안일함이 배어 있다. 〈내용과 형식〉에서는 도요토미 히데요시豊信秀吉[2]와 구스노키 마사시게楠木正成[3]를 초등학생이 동경하는 인물의 예로 거리낌 없이 제시하기도 하고 〈문예와 도덕〉에서는 '러일 전쟁'이나 '천하 국가'를 어떠한 문제 의식 없이 자연스럽게 언급하는 등, 일본 군국주의 혹은 일본 제국주의에 대한 소세키의 의식은 대단히 안이한 양상을 비친다. 당대의 교수, 작가, 지식인, 사상가로서 서양과 일본의 논리만을 앞세웠을 뿐 일본의 동북아 침략 행위에 대한 참회 섞인 일말의 변도 없었다는 점은 대단히 안타까운 일이다. 소세키는 분명 그 점을 설명했어야 했다. 이 시점에서 그의 한계를 국내 독자에게 여과 없이 그대로 전달해주는 것은 소세키의 동서양 인식 차이에 대한 독자의 의구

심을 해소해줄 뿐만 아니라 일본 내에서 구축된 불변의 소세키상을 성찰하게 하여, 외부의 시각에서 그의 문학을 객관적으로 수용하게 한다는 의미를 가질 수 있을 것이다.

이런 것들을 차치하더라도 이 책이 우리에게 시사하는 바는 크다. 소세키의 평론은 지금으로부터 100여 년 전에 일본에서 일반인과 학생을 대상으로 강연한 것을 활자화한 고전이지만, 현대 일본의 일반 독자뿐만 아니라 우리에게도 우리네 삶을 지성해보고 여돈저 변화를 모색하는 데 전기를 마련해주리라 믿는다. 그의 개인주의 사상은 결코 자기 문제에만 국한된 사상은 아니었다. 자기중심 문제에서 탈피, 타자와의 관계 속에서 사회 제반의 모순을 극복하고 보수적 수구 고정관념을 타파하려는 용틀임이었다.

그는 당시 인간이 고립화·불구화되어가는 상황을 관망하며 좌시하고 있지만은 않았다. 또한 외발적 개화와 서구의 물질 문명이 자국을 온통 정신적으로 식민지화하는 현장을 방관하고 있지 않았다. 시대적 소명 의식에서 부자연스러운 문명 개화가 초래한 사회 각 분야의 균열을 고뇌의 시선으로 직시했던 것이다. 따라서 그의 사상은 도덕, 직업 등 사회 제반 문제에 대한 지적을 통해 작가로서의 투철한 윤리 의식과 사명감을 내포하고 있으며, 문명의 이기가 낳은 인간의 피폐하고 부조리한 사고에 메스를 댄 선구적이고 영민한 경고로 그 가치를 인정받고 있다. 동양과 서양을 대하는 인식의 차이에서 오는 그의 한계를 비판하면서도 오늘날 우리의 시각에서 해석해보고 곰곰이 그 의미를 되새김해보는 이유가 여기에 있다.

강조하건대 이 번역 작업은 '소세키가 쓴 작품을 어떻게 하면 국내의 일반 독자가 더욱 쉽게 이해할 수 있을까' 하는 고민에서 출발했다. 물론 독자가 작가의 생애나 전기를 읽는 것도 분명히 작품 읽기에 도움이 되리라 생각하지만 그런 사실적이고 실제적인 사건을 확인하는 작업이 아닌 작가의 근본 사상을 엿볼 수 있는 획기적인 내용만을 모아 제공함으로써 독자와 작품의 거리를 최대한 밀착시키고 싶었다. 작가로서의 그의 철학을 담고 있는 주요 평론 모음이라는 측면에서 나는 이 작업을 매우 의미 있는 것으로 인식하고 있었다. 따라서 이러한 의무감에서 출발한 이 작업이 고통스럽다고 생각하지 않았다. 또한 작업에 임해 꼭 필요한 경우가 아니면 자리를 비운 적도 별로 없었다. 때문에 생각보다 오랜 시간이 소요되지도 않았다. 평소 여러 번 재독해온 터라 이번에는 오로지 소세키 작품을 읽는 국내 독자들을 생각하며 나의 지론을 번역 작업 그 자체에 실었을 뿐이다.

《문학론》 서〉와 《점두록》을 제외한 소세키의 강연 내용은 소세키 전집에서는 서술어가 때로는 평상어로 때로는 존칭어로 쓰이고 있다. 옮긴이의 용단으로 이를 모두 존칭어로 통일했음을 밝혀둔다. 또한 작가 특유의 애매모호한 표현과 우리 언어로 옮기기에는 무리가 따르는 부분도 소세키 연구가라는 특권을 내세워 옮긴이의 감성으로 옮겨 실었음을 고백한다.

끝으로 이쯤에서 이곳에 이름을 각인하고 싶은 분이 있다. 평소 남북한 문제에 지대한 관심을 표명해왔고 고령임에도 젊은이 못지않은 진보적인 사고로 대학 민주화, 사회 관심사, 전쟁과 세계 평화 문제에 이르기까지 날카로운 비평 활동을 하고 계시는 요코하마 시립대학 명예교수 이즈 도시히코伊豆利彦 선생님께 이 책의 해제 부분을 부탁드렸다. 기꺼이 옥고를 보내주신 도시히코 선생님께 진심으로 감사드린다.

옮긴이 김정훈

《문학론》서

나는 이 책을 간행함에 있이서 이 책이 어떠한 동기 하에 싹터 어떠한 계기 하에 강의되고 지금 다시 어떠한 연유에서 출판에 이르게 되었는지를 이 자리를 빌려 서술할 필요가 있다고 믿는다.

　내가 영국 유학을 명령받은 것은 메이지 33년(1900)으로 제5고등학교 교수였던 때다.[4] 당시 나는 특별히 외국 유학의 희망을 품지 않았고 나보다 더 적당한 사람이 있을 거라고 믿었던 만큼 일단 그러한 의사를 당시의 교장과 교감에게 전했다. 교장과 교감은 따로 적당한 사람이 있는지 여부는 당신이 논할 바가 아니고, 본교는 단지 당신을 문부성에 추천했고 문부성은 그 추천을 수용해 당신을 유학생으로 지정한 것에 불과하니 당신에게 특별한 이의가 있는 게 아니라면 명령대로 하는 것이 온당하다고 말했다. 나는 특별히 외국 유학의 희망을 품고 있지 않았을 뿐, 애당초 따로 고집해야 할 이유도 없어 승낙의 뜻을 밝히고 물러났다.

내가 명령받은 연구 제목은 '영어'였지 '영문학'이 아니었
다. 나는 이 점에 대해 그 범위와 자세한 사항을 알 필요가 있
었으므로 문부성을 찾아가 당시 전문학교 학무국장 우에다
가즈토시上田万年 씨에게 자세한 내용을 물었다. 우에다 씨는
특별히 구속을 느낄 필요는 없으며 단지 귀국 후 고등학교
혹은 대학에서 교수해야 할 과목을 연수하기를 바란다고 답
했다. 이러한 사정으로, 명령받은 제목에 영어라고 되어 있
는 부분은 다소 자기 의견으로 변경할 수 있는 여지가 있다
는 사실을 파악할 수 있었다. 이리하여 나는 그해 9월 서양
유학길에 올라 11월 목적지에 도착했다.[5]

　도착 후 우선 정해야 하는 것이 유학지였다. 옥스퍼드, 케
임브리지는 학문의 중심지로 멀리 우리나라에도 널리 알려
져 있었는데 어느 쪽으로 갈 것인지 고민하던 중 다행히도
케임브리지에 있는 지인에게서 초대를 받아 관광 겸 그 지역
으로 내려갔다.

　거기에서 방문한 지인 외에 두세 명의 일본인을 만났다.
그들은 모두 일류 상인의 자제로 이른바 신사[gentleman] 자
격을 배양하기 위해 매년 수천 금을 소비하는 모습을 확인할
수 있었다. 내가 정부에서 받는 학비는 연 1,800엔에 불과했
으니, 이 금액으로 모든 것이 금력金力의 지배를 받는 지역에
서 그들과 동등하게 행동한다는 것은 생각할 수 없었다. 그
렇게 행동하지 않으면 그 지역의 청년과 접촉해서 이른바 신

사의 기풍을 살피는 것조차 불가능하고, 교제를 거절하고 적당히 강의를 듣는다고 해도 지탱하기 어렵다는 것을 알았다. 만일 만사에 신경을 써서 이 난관을 타개했다 한들 나의 제일 목적인 서적은 귀국할 때까지 한 권도 구입할 수 없었을 것이다. 아울러 생각했다. 내 유학은 일류 상인 자제의 무사태평한 유학과는 다르다. 영국의 신사 집단이 꼭 배워야만 할 정도로 훌륭한 성격을 구비한 모범 인물의 집합체인지 아닌지도 알 수 없다. 하지만 나처럼 동양식으로 청년기를 보낸 사람이 나보다 나이 어린 영국 신사의 일거일동을 배우는 것은 골격이 완성된 어른이 갑자기 가쿠베角兵衛가 만든 사자탈의 교묘한 기술을 배우려고 안달하는 것과 같아 아무리 탄복하고 아무리 숭배하고 아무리 동경하여 하루 세 끼 식사를 두 끼로 줄이는 고통을 견딜 각오를 한다고 해도 결국 불가능한 일에 속한다. 들은 바에 의하면 그들은 오전에 한두 시간 강의에 출석하고 점심 식사 후에는 옥외 운동에 두세 시간 소비하고 차 마실 시간에는 서로 방문하고 저녁 식사 시간에는 대학[College]에 가서 대중과 회식한다고 했다. 나는 비용과 시간 측면에서 또한 성격 측면에서 도저히 이들 신사의 거동을 배울 수 없음을 알고 그 지역에 머물 생각을 영원히 거두어버렸다.

옥스퍼드는 케임브리지와 다를 바 없다고 믿었기에 가지 않았다. '북쪽 스코틀랜드로 갈까 혹은 바다를 건너 아일랜

드로 갈까'까지 생각했지만 두 곳 다 영어를 공부할 장소로
는 적당하지 않아서 고심 끝에 그만두었다. 동시에 어학을
익힐 장소로는 런던이 가장 낫다고 생각했다. 이런 까닭에
그곳에서 책상자[짐]를 풀었다.

런던은 어학 학습 지역으로 가장 적당하다고 말할 수 있
다. 그 이유는 말할 필요가 없다. 다만 나는 그처럼 믿었을 뿐
만 아니라 지금도 그렇게 믿어 의심치 않는다. 그러나 나는
단지 어학을 익힐 목적으로 영국에 온 것은 아니었다. 정부
명령은 정부 명령이고 내 의지는 내 의지다. 우에다 국장 말
을 거역하지 않는 범위에서 나의 의지를 만족시킬 자유는 지
니고 있었다. 어학을 숙달하는 한편 내가 문학 연구에 종사
한 것은 단지 나의 호기심에서 나왔다고 하기보다는 절반 정
도는 우에다 국장 말을 잊지 않고 명심한 데서 나온 결과라
고 믿는다.

오해를 막기 위해 한마디 하겠다. 내가 2년이라는 세월을
어학에만 투자하지 않은 이유는 어학을 경멸하거나 배우기
에 충분하지 않다고 생각했기 때문이 아니다. 오히려 이것을
중시한 결과일 따름이다. 발음이나 회화나 문장 같은 어학의
일부분만을 연습하기 위해서도 2년의 세월은 결코 길다고
할 수 없다. 하물며 그 전반에 걸쳐 스스로 인정할 정도의 실
력을 계속 배양하는 데 있어서야 더 말할 나위도 없다. 나는
곰곰이 헤아려 나의 유학 기간의 날수를 생각했고 또한 내

일천한 재능으로 기간 내에 얼마만큼 숙달할 수 있을 것인가를 생각했다. 신중히 생각한 후 나는 내가 예상한 대로의 좋은 결과를 예정 기간 내에 얻기 어렵다는 것을 깨달았다. 나의 연구 방법이 문부성이 명령한 조항을 거의 벗어난 것은 당시 상황에서 생각하건대 어쩔 수 없었던 것이다.

문학을 연구한다면 어떠한 방법으로 어떠한 부문을 습득할 것인가는 다음으로 발생한 문제다. 회고하건대 나의 천박함 때문에 이 문세를 스스로 제기하고 끝내 어떠한 결론에도 봉착하지 못함을 애석하게 생각한다. 내가 취할 수 있는 방침은 결국 기계적인 형태가 되지 않을 수 없었다. 나는 우선 대학에 달려가서 현대문학사 강의를 들었다. 한편 개인적으로 교사를 찾아가서 언제라도 의문 나는 점을 물어보는 방법을 강구했다.

대학 청강은 삼사 개월만 하고 그만두었다. 기대했던 흥미도 지식도 얻을 수 없었기 때문이다. 교사의 사택에는 약 1년 정도 다녔던 것으로 기억한다.7 그 사이 나는 영문학에 관한 서적을 손이 닿는 대로 독파했다. 물론 논문의 소재로 사용할 생각도 없었고 귀국 후 교수법으로 편리하게 내놓기 위함도 아니었으며 다만 막연히 가능한 한 많은 페이지를 넘겨 해치우는 일에 불과했다. 사실 나는 영문학과를 졸업한 학사라는 이유로 선발돼 유학을 명령받을 정도로 그 방면에 정통한 것은 아니었다. 졸업 후 동서로 우왕좌왕하다 나날이 중앙 문단에서 멀어졌을 뿐만 아니라 일신일가—身—家의 사정 탓에 원하는 대로 독서에 몰두할 수도 없었기 때문에 유명세를 타고 널리 사람들의 입에 오르내리는 서적도 대충 이름만 들었을 뿐 읽지 않은 책이 열에 예닐곱을 차지하는 상태를 평상시 유감스럽게 생각했던 만큼 이 기회를 이용해서 한 권이라도 더 읽어두려는 목적 외에는 어떠한 방침도 세울 수 없었다. 이렇게 1년 남짓 보낸 후 내가 독파한 서적 수를 점검해보았는데 아직 독파하지 않은 서적의 수와 비교해 대단히 적다는 것에 놀랐고 남은 1년 내내 같은 일을 하면서 시간을 소비하는 것이 매우 우활迂闊함을 깨달았다. 나의 향학 태도는 여기에서 완전히 바뀌지 않을 수 없었다.

(청년 학생에게 고한다. 장래가 창창할 시기에는 자기 전문 학업에서 무엇인가 공헌하려고 하기 전에 우선 전반적으로 정통할 필요가 있다고 생각하여 동서고금 수천 년의 서적을 독파하려고 계획하는 경우가 있다. 그렇게 하면 백발이 돼도 끝내 전반적으로 정통할 시기는 오지 않을 것이다. 나 같은 사람은 아직껏 영문학 전체에 정통하지 못하고 있다. 지금보다 20~30년이 지난 후에도 여전히 정통하지 못할 것이라고 생각한다.)

귀국 시일이 임박하자 원칙 없는 독서법이 당시의 나를 망연자실케 했는데, 나를 재촉해 원래의 궤도에서 이탈하게 한 또 다른 원인이 있었다. 나는 어렸을 때 즐겨 한학을 배웠다. 한학을 배운 기간이 짧았음에도 불구하고 '문학은 이와 같은 것이다'라는 정의를 막연하지만 부지불식간에 '좌국사한左國史漢'[8]에서 깨달았다. 가만히 생각해보니 영문학도 이와 같은 형태일 것이고 그렇다면 평생 동안 이를 배우는 것도 반드시 후회할 일은 아닐 것이라고 느꼈다. 내가 홀로 유행에 뒤떨어진 영문학과에 들어간 것은 전적으로 이 유치하고 단순한 이유 때문이었다. 재학 3년간은 몸에 배지 않는 라틴어에 시달렸고, 몸에 배지 않는 독일어 때문에 곤란을 겪었으며, 마찬가지로 몸에 배지 않는 불어도 어정쩡하게 익혔고, 중요한 전문 서적은 거의 읽을 겨를 없이 어느덧 문학사가 됐을 때는 이 영광스러운 학위 증서를 받으면서도 마음속에 대단한 적막감이 일었다.

어느덧 10년의 세월이 내 앞에서 흘러갔다. 배우는 데 시간이 없었다고는 말할 수 없다. 철저하게 익히지 못했다는 것을 원망할 뿐이다. 졸업한 뒤 내 뇌리에는 어딘지 모르게 영문학에 속은 듯한 불안감이 있었다. 나는 이 불안감을 품고 서쪽 지방 마쓰야마松山로 가서 1년 동안 지내고 거기서 더 서쪽 구마모토로 갔다. 구마모토에 거주하기를 수 년, 아직 그 불안감이 채 사라지지도 않았는데 런던에 왔다. 런던에 와서까지 이 불안감을 청산할 수 없다면 정부의 명을 받아 멀리 바다를 건너와서까지 뜻을 세워야 할 이유가 없었다. 그렇기는 하나 과거 10년 동안에도 풀기 어려웠던 의혹의 응어리를 앞으로 1년 동안에 풀어 없애려는 일은 완전히 절망적이지는 않다 해도 거의 가망 없는 일이다.

여기에 이르러 독서를 그만두고 또 앞길을 생각해보는데 자질이 우둔하여 외국 문학을 전공해도 학력이 충분하지 않아서 마음에 흡족한 수준에 도달할 수 없다는 게 매우 안타깝다. 그러나 내 학력은 과거의 실적에 비춰볼 때 이보다 향상되리라는 보장이 없다. 학력이 향상되지 않는다면 학력 이외에 이를 소화할 힘을 배양해야 하는데, 이러한 방법을 끝내 발견할 수 없는 상황이었다. 바꾸어 생각하면 나는 한학에 있어서는 기초가 탄탄한 상태는 아니지만 충분히 소화할 수는 있다고 자신하고 있다. 내 영어 지식이 물론 깊다고 할 수 없지만 한학 지식에 뒤진다고는 생각하지 않는다. 학력은 같은 정도라도 감상의 관점이 이렇게까지 구별되는 것은 양자의 성질이 그 정도로 다르기 때문일 것이다. 환언하면 한학에서 말하는 이른바 한문학과 영어에서 말하는 이른바 영문학의 관계는 도저히 같은 정의에 포함할 수 없는 다른 종류의 형태가 아니면 안 될 것이다.

대학을 졸업하고 몇 년 뒤 멀리 런던의 외로운 등불 아래 내 사상은 처음으로 이 어려운 문제에 부딪쳤다. 남들은 나를 보고 유치하다고 할지도 모르겠다. 나 자신도 유치하다고 생각한다. 그처럼 알기 쉬운 것을 멀리 런던 구석에 와서야 생각할 수 있었다는 것은 유학생의 치욕일지도 모른다. 그렇지만 사실은 사실이다. 내가 이때 비로소 깨달은 것은 치욕

이면서 사실이다. 나는 여기에서 근본적으로 문학이란 어떤 것인가라는 문제를 해석하려고 결심했다. 동시에 남은 1년을 이 문제 연구의 제1기로 이용하려고 생각했다.

나는 하숙집에 틀어박혔다. 모든 문학서는 행장 속에 넣었다. 문학서를 읽고 문학이 어떤 것인지 알려고 하는 것은 피로 피를 씻는 것과 같은 방법이라고 믿었기 때문이다. 나는 문학은 심리적으로 어떤 필요에서 이 세상에 나와 발달하고 소멸하는지를 깊이 연구하려고 결심했다. 또 문학이 사회적으로 어떤 필요가 있기에 존재하고 융성하고 쇠멸하는지를 연구하고자 결심했다.

나는 내가 제기한 문제가 대단히 큰 동시에 새롭기 때문에 어떤 사람도 1~2년 사이에 해명할 수 있는 성질의 것이 아니라고 믿었기에 내게 주어진 일체의 시간을 활용하여 모든 방면의 자료를 수집하는 데 힘썼고 내가 쓸 수 있는 비용을 모두 털어 참고 서적을 구입했다. 이러한 생각을 품은 뒤 6~7개월간은 내 생애에서 성심을 다해 가장 성실하게 연구를 지속한 시기다. 한편으로는 보고서가 불충분하다고 해서 문부성의 견책을 받은 시기이기도 하다.

나는 정력을 다해 구입한 책을 모조리 읽고, 읽은 부분에 방주傍註를 달고 필요할 때마다 노트에 적었다. 처음에는 막막하고 끝이 보이지 않았지만 5~6개월이 지나자 왠지 어떤 실체가 드러나는 듯한 느낌이 들었다. 나는 물론 대학 교수가 아니고 따라서 이것을 강의 자료로 사용할 필요를 느끼지 못했다. 또한 서둘러 책으로 정리할 필요도 없는 몸이었다. 당시 내 예상으로는 귀국 후 10년을 잡아 충분히 연구하면 어느 정도 성과를 거둘 수 있으리라 생각하고, 그 결과는 후에 세상에 물을 생각이었다.

유학 중에 내가 모은 노트는 파리 머리처럼 가는 글씨로 5~6치[약 20센티] 두께에 달했다. 나는 이 노트를 유일한 재산으로 삼아 귀국했다.⁹ 귀국하자마자 나는 갑자기 도쿄대학 영문학 강사로 위촉받았다. 나는 애당초 이러한 목적으로 외국 유학을 떠난 것이 아니었고 이러한 목적으로 귀국한 것도 아니었다. 대학에서 영문학을 담당하여 교수할 정도의 실력도 없을 뿐더러 나의 목적은 전부터 문학론을 완성하는 데 있었기에 학생을 가르치는 일 때문에 내 숙원이 방해받는 것을 바라지 않았다. 따라서 일단은 사양하려 생각했으나 유학 중 내가 서신으로 도쿄 봉직 희망을 흘리고 상담한 친구 오쓰카 야스지大塚保治 씨의 조처로 거의 내가 귀국하기 전에 결정된 듯해 마침내 내 얕은 학문을 뒤돌아보지 않고 위촉을 허락하기로 했다.

강의를 시작하기 전에는 어떠한 문제를 선택할까 하고 고심했는데, 현재 문학을 연구하는 학생에게는 나의 문학론을 소개하는 것이 가장 흥미 있고 시기적으로도 적당하다고 느꼈다. 그러나 나는 시골에서 교사를 했었고, 시골에서 서양으로 유학을 갔다가, 돌연 도쿄로 되돌아온 인간이다. 나는 당시 우리 중앙 문단의 조류가 어떠한 방향으로 움직이고 있는지 거의 알 수 없었다. 하지만 성실한 노력으로 얻은 결과를, 가장 고등한 학문을 익히며 미래의 학문 번성에 이바지할 청년들 앞에 피력하는 일은 내가 가장 영광스럽게 생각하는 바이기 때문에 무엇보다 이 문제를 택해 여러 학생들의 비판을 들어보고자 결심했다.

불행히도 나의 문학론은 10년 계획으로 기획된 대사업인 데다가 주로 심리학과 사회학 방면에서 근본적으로 문학의 활동력을 논하는 것이 주된 취지였기에 여러 학생들에게 강의할 정도의 체제를 갖추고 있지 않았다. 뿐만 아니라 문학 강의로서는 너무 이론적 설명에 치우쳐서 순純문학 영역을 벗어난 느낌이 있었다. 나의 노력은 여기에서 두 방향으로 향했다. 하나는 정리되지 않은 것을 이미 수집한 자료를 이용해 어느 정도까지 구체적으로 구성하는 것이었다. 또 다른 하나는 대략 체계적으로 완성된 논의를 되도록 순문학 방면으로 끌어당겨 강설講說하는 것이었다.

심신의 건강과 시간이 허락하지 않은 시기라서 이 두 가지를 모두 잘해냈다고는 결코 생각하지 않는다. 하지만 그 계획의 결과가 어떠한지는 이 책의 내용이 증명할 부분이다. 강의는 매주 3시간으로 메이지 36년(1903년) 9월에 시작하여 38년(1905년) 6월에 걸쳐 전후 2학년 과정으로 끝났다. 강의할 당시 내가 기대한 정도의 자극을 학생들에게는 주지 못한 듯하다.

제3학년 과정에도 이 강의 원고를 계속 써야 할 상황임에도 여러 사정에 가로막혀 수행할 수 없었고 이미 강의한 부분 중에 뜻에 맞지 않는 곳, 만족할 수 없는 곳을 다시 쓰려 했으나 또한 수행하지 못하고 약 2년간 그대로 책상서랍 밑바닥에 눕혀놓고 있던 것을 출판사의 청을 받아들여 공개하게 되었다.

공개하는 것을 허락한 뒤에도 신변 사정이 여의치 못해 옛 원고를 직접 정서할 짬마저 낼 수 없었다. 어쩔 수 없이 친구 나카가와 요시타로中川芳太郎[10]에게 장과 절의 구분, 목록 편집 등 일체의 정리를 위탁했다. 나카가와 씨는 이 강의에 출석한 적이 있고 넓은 학문의 폭과 독실篤實한 자질을 함께 갖추고 있었으므로 내가 아는 사람 중에서 이 같은 일을 처리하는 데 가장 적당한 사람이었다. 나는 씨의 호의에 깊은 덕을 입었다. 적어도 이 책이 존재하는 한 씨의 이름을 잊을 수 없음을 약속한다. 씨의 친절이 없었다면 현재의 나는 끝내 이 책을 출판할 단계에 이르지 못했을 것이다. 더군다나 나카가와 씨가 언젠가 문학계에서 유명해지면 이 책은 또한 씨의 이름을 통해 세상에 기억되기에 이를 것임도 예측할 수 있겠다.

이상 서술한 대로 이 책은 내가 열심히 노력한 결과를 바탕으로 구성된 것이다. 다만 10년의 계획을 2년으로 단축했기 때문에(말은 2년이지만 출판할 때 수정하면서 소비한 시간을 제외하고 실제 기간은 두 번의 여름이다), 또한 순문학 학생의 기대에 부응하려고 본래의 구성을 바꿨기 때문에 지금에 이르러서도 완성되지 못하고 미완성품인 상태를 벗어날 수 없다. 그러나 학계는 바쁘다. 다망한 학계에서 나는 누구보다도 곱절 바쁘다. 충분하지 못한 곳을 보충하고 잘못된 것을 바로잡고 이어야 할 부분을 잇고 그렇게 한 뒤 세상에 물으려 하면 내 신변 상황이 완전히 변하지 않는 한 평생을 보낼지라도 끝내 세상에 물을 시기는 오지 않을 것이다. 이것이 이 미완성 원고를 간행하는 이유다.

분명히 미완성 원고이기 때문에 현대의 학생을 가르치려 한다든가 문학이 어떠한 것인가를 이해시키려는 의도는 없다. 세상에서 이 책을 읽는 사람들이 읽고 난 후에 무엇인가 문제에 봉착하고, 그들에게 무엇인가 의문거리를 제공하고 혹은 책에서 말한 것보다도 한 발 전진하고 두 발 개척하여 향상을 도모하는 데 길을 제시할 수 있다면 내 목적은 달성된 것이다. 학문의 전당을 만드는 것은 하루아침에 가능한 일이 아니고 한 사람이 이룰 수 있는 것도 아니다. 우리는 단지 자신이 그 건립에 약간의 노력을 기부한 것을 의무를 다했다고 생각할 뿐이다.

런던에 살며 생활한 2년은 가장 불쾌한 시간이었다. 나는 영국 신사들 사이에서 늑대 무리에 낀 한 마리 삽살개처럼 애처롭게 생활했다. 런던의 인구는 500만이라고 한다. 500 만 방울의 기름 속에서 한 방울의 물이 되어 가까스로 목숨을 부지하는 것이 나의 당시 상태였다고 주저 없이 단언할 수 있다. 깨끗이 빤 하얀 셔츠에 먹물 한 방울을 흘렸을 때 당사자는 틀림없이 기분이 좋지 않을 것이다. 먹물에 비교해야 할 내가 거지 같은 모습으로 웨스트민스터 근처를 배회하고 인공적으로 매연을 뿜어내는 그 대도시 공기의 몇천 입방 센티미터 길이를 2년간 삼키고 토한 것은 영국 신사들에게는 대단히 안타까웠으리라. 삼가 신사의 모범을 보여야 할 영국인에게 알린다. 나는 호기심이 많고 색다른 것을 좋아해서 런던까지 걸음을 내딛은 것은 아니다. 개인의 의지보다 더 큰 의지에 지배되어 그대들에게는 미안하지만 이 세월을 그대들의 빵 은덕을 입고 계속 보냈을 뿐이다. 2년 후 기한이 차서 떠날 때는 봄이 와서 기러기가 북쪽으로 돌아가는 것과 같다고 생각했다. 체재 당시 그대들을 모범으로 삼아 만사 그대들의 뜻대로 할 수 없었을 뿐만 아니라 오늘에 이르기까지 그대들이 동양의 풋내기에게 기대한 정도의 모범적인 인물이 될 수 없었음을 한탄한다. 그렇지만 정부의 명령으로 간 사람은 자기 의사를 지니고 간 것이 아니다. 내 의사가 가능했다면 나는 평생 영국 땅에 단 한 걸음도 내 다리로 내딛지 않았을 것이다. 따라서 이처럼 그대들에게 신세졌던 나는 결국 두 번 다시 그대들의 신세를 질 기회는 없을 것이다. 나는 그대들의 친절한 마음에 감명 받을 기회를 두 번 다시 갖지 못함을 유감스럽게 생각한다.

귀국 후 3년 반의 시간도 유쾌하지 않았다. 그러나 나는 일본 신민臣民이다. 유쾌하지 않기 때문에 일본을 떠나야 한다는 이유는 찾을 수 없었다. 일본 신민으로서 영광과 권리를 지닌 나는 5,000만 명 속에서 살고 있고 적어도 5,000만 분의 1의 영광과 권리를 유지하려고 한다. 이 영광과 권리가 5,000만 분의 1 이하로 축소되었을 때 나는 나의 존재를 부정하거나 혹은 본국을 벗어나는 행동을 취하지 않고 오히려 힘이 지속되는 한 이를 5,000만 분의 1로 회복하는 일에 힘쓸 것이다. 이것은 나의 미소微少한 의지가 아니다. 내 의지 이상의 의지다. 내 의지 이상의 의지는 내 의지로 어떻게 할 수 없다. 내 의지 이상의 의지는 나에게 명령해서 일본 신민이 된 영광과 권리를 유지하기 위해 어떠한 불쾌함도 피하지 말라고 말한다.

저자의 심정을 가차 없이 학술적 성격의 작품에 토로하고 서문에 상세히 서술하는 것은 타당성을 잃은 행위와 같다. 그렇지만 이 학술적 성격의 작품이 얼마나 불쾌한 가운데 잉태되었고 얼마나 불쾌한 가운데 구성되었으며 얼마나 불쾌한 가운데 강술講述되어 결국 얼마나 불쾌한 가운데 출판되었는지를 생각하면 다른 학자의 저작에 비해 조금도 중요하지 않을지라도 나는 이 정도의 일을 성취한 것만으로도 매우 만족한다. 독자도 약간의 동정심을 가질 것이다.

영국인은 나를 보고 신경쇠약에 걸렸다고 했다. 어떤 일본 인은 일본에 편지를 보내 내가 미쳤다고 했다고 한다. 현명 한 사람들이 말한 부분에는 거짓이 없을 것이다. 다만 불민不 敏해서 이들 인간에게 감사의 뜻을 표시할 수 없음을 유감스 럽게 생각할 뿐이다.

귀국 후에도 나는 여전히 신경쇠약을 앓았고 게다가 사람 들은 나를 광인이라고 했다. 친척들도 이를 시인하는 듯했 다. 친척마저도 시인한 이상 본인인 내가 쓸데없이 변명할 여지가 없음을 알았다. 다만 신경쇠약으로 광인이 되었기 때 문에 《고양이猫》를 썼고 《양허집漾虛集》[11]을 출판했으며 《메 추라기 새장鶉籠》[12]을 세상에 발표할 수 있었다고 생각하면 나는 이 신경쇠약과 광기에 깊은 감사의 뜻을 표하는 게 지 당하다고 믿는다.

신변 상황이 변하지 않는 한 내 신경쇠약과 광기는 수명이 붙어 있는 한 영속될 것이다. 영속되는 이상 다수의 《고양이》 와 다수의 《양허집》과 다수의 《메추라기 새장》을 출판할 희 망을 가질 수 있기 때문에 나는 영원히 이 신경쇠약과 광기 가 나를 버리지 않기를 기원한다.

다만 이 신경쇠약과 광기는 불문곡직하고 나를 몰아 창작 방면으로 향하게 하기 때문에 향후 이 《문학론》처럼 학리적

學理的이고 유용하지 않은 문자를 늘어놓을 여유가 주어질지 모르겠다. 과연 그렇다면 이 한 편의 저서는 내가 이러한 종류의 저작에 손을 댄 유일한 기념물로서, 비록 가치가 부족함에도 불구하고 저작자인 나에게는 인쇄소에 수고를 끼치기에 충분한 가치가 있는 작업일 것이다. 아울러 그 이유를 덧붙여 적는다.

메이지 39년(1906) 11월, 나쓰메 긴노스케夏目金之助

나의 개인주의

나는 오늘 처음으로 이 학습원[13]이라는 곳에 들어왔습니다. 이전부터 학습원은 아마 이 근처일 것이다 정도로 생각하고 있었습니다만, 확실히는 알지 못했습니다. 안에 들어온 것은 물론 오늘이 처음입니다.

　방금 오카다岡田씨[14]가 소개 겸 잠시 얘기한 것처럼 이번 봄에 뭔가 강연을 해달라고 주문하셨는데 그 당시에는 어떤 사정이 생겨――오카다 씨가 당사자인 저보다 더 잘 기억하고 있어서 여러분이 납득할 수 있도록 방금 설명했는데 아무튼 일단 거절해야만 했습니다. 그렇지만 그냥 거절하는 것도 너무 실례되는 일이라 생각하여 이 다음에 하기로 조건을 붙여 약속을 했습니다. 그때 만약을 위해, "이 다음은 언제쯤입니까?" 하고 오카다 씨에게 물었더니 "금년 10월"이라고 대답해서서 마음속으로 봄부터 10월까지 날 수를 대강 헤아려 보고 그 정도 시간이라면 그럭저럭 가능하겠다고 생각하여 "좋습니다" 하고 확실히 약속했습니다. 그런데 행운인지 불행인지 병에 걸려 9월 한 달 내내 병상에 누워 있는 사이[15] 약속한 10월이 다가왔습니다. 10월에는 더 이상 드러누워 있지는 않았습니다만 아무튼 온몸이 휘청거리는 탓에 강연을 하기에는 조금 어려웠습니다. 그렇지만 약속을 어겨서는 안 되겠기에 마음속으로 '이제 곧 연락이 오겠지' 하고 생각하며 내심 신경을 곤두세우고 있었습니다.

그러는 동안 휘청거림도 마침내 회복되었는데 내 쪽에서는 10월 말까지 아무런 연락도 없이 보내버렸습니다. 나는 물론 병이 난 것을 알리지 않았지만 신문에 두세 차례 실렸다고 해서 '그러한 사정을 살피고 누군가가 나 대신 강연을 해주었구나' 하고 추측하고 안심했습니다. 그러던 참에 오카다 씨가 또 갑자기 나타났습니다. 일부러 장화를 신고 말이지요(물론 비가 오는 날이었기 때문이지만). 그러한 차림으로 와세다早稲田 안쪽까지 와서는 "그 강연은 11월 말까지 연기하기로 했으니 약속대로 해주세요"라고 말했습니다. 나는 이미 책임을 면한 것으로 생각하고 있었기 때문에 실은 조금 놀랐습니다. 그러나 아직 한 달이나 여유가 있어서 '그동안 어떻게 되겠지'라고 생각해 "좋습니다" 하고 재차 대답했습니다.

이와 같은 사정으로 올 봄부터 10월까지, 10월 말부터 또 11월 25일에 이르기까지 뭔가 정리된 이야기를 할 시간은 얼마든지 만들 수 있었는데 어쩐지 조금 기분이 내키지 않아서 그런 일을 생각하는 것이 귀찮아 견딜 수 없게 되었습니다. 그래서 이를테면 11월 25일이 올 때까지는 신경 쓰지 않겠다는 식의 뻔뻔스러운 생각으로 질질 끌며 하루하루를 보내고 있었습니다. 마침내 시일이 임박한 2~3일 전에야 뭔가 생각해야 한다는 느낌이 들었는데 역시 생각하는 것이 유쾌하지 않아서 결국 그림을 그리며 보내버렸습니다. 그림을 그린다고 하면 내가 뭔가 훌륭한 것을 그릴 수 있는 것처럼 들릴지도 모르겠으나 시시한 것을 그리고서 그것을 벽에 걸어놓고 혼자 이틀이건 사흘이거 멍하니 바라보고 있었을 뿐입니다. 어제였던가, 어떤 사람이 와서 "이 그림 아주 재미있다"――아니 재미있다고 한 것이 아니라 "재미있는 기분일 때 그린 그림처럼 보인다"고 말해주었습니다. 나는 "유쾌해서 그린 것이 아니고 불쾌해서 그린 것"이라고 말하며 내 마음 상태를 그 남자에게 설명해주었습니다. 세상에는 유쾌해서 가만히 있을 수 없어 그것을 그림으로 표현하거나 서예로 표현하거나 문장으로 표현하는 사람이 있는 것처럼, 유쾌하지 않기 때문에 어떻게 해서라도 기분 좋은 상태가 되고 싶어 붓을 들고 그림이나 문장 작업을 하는 사람도 있습니다. 그리고 이상하게도 이 두 경우의 마음 상태가 결과로 나타난 것이 일치하는 경우가 자주 발생합니다. 그러나 이것은 단지 이야기하는 김에 말씀드린 예로 이야기의 줄거리와 관계되는 문제도 아니므로 깊이 들어가지는 않겠습니다――어쨌든 나는 그 이상한 그림만 바라보면서 강연 내용을 조금도 짜내지 못한 채 지내고 말았습니다.

　그러던 중 결국 25일이 다가와서 싫든 좋든 여기에 나타나지 않으면 면목 없는 처지가 되었습니다. 그리하여 오늘 아침 조금 생각을 정리해보았는데 아무래도 준비가 부족한 듯합니다. 도저히 만족할 만한 이야기는 하기 어려우니 작정하고 참아주시기를 부탁드립니다.

　이 강연회가 언제부터 시작되어 지금까지 지속되고 있는지 모르겠습니다만 그때마다 여러분이 외부에서 사람을 초청해 강연을 하게 하는 것은 일반적 관례로 조금도 도리에 어긋나지 않는 것으로 받아들이고 있으나 또 한편으로 보면 그 정도로 여러분이 희망하는 듯한 재미있는 강연은 어디서 어떤 사람을 불러오더라도 쉽게 들을 수는 없을 거라고 생각합니다. 여러분에게는 단지 외부 사람이 각별하게 보이지 않겠습니까?

　내가 만담가에게 들은 이야기 중에 이런 풍자적인 것이 있습니다――옛날 어떤 영주 두 사람이 메구로目黑16 부근으로 매 사냥을 나가 여기저기 뛰어다닌 끝에 몹시 배가 고파졌는데, 공교롭게도 도시락도 준비하지 못하고 가신家臣과도 헤어져 허기를 채울 식량을 얻을 수 없게 되자 어쩔 수 없이 거기에 있는 누추한 농부 집에 뛰어 들어가 "무엇이라도 좋으니 먹을 것을 달라"고 했다고 합니다. 그러자 농가의 할아버지와 할머니가 가엾게 여겨 마침 그 자리에 있는 꽁치를 구위 두 영주에게 보리밥과 함께 권했다고 합니다. 두 사람은 그 꽁치를 반찬으로 아주 맛있게 식사를 한 후 그곳을 나왔는데 이튿날이 되어도 전날의 꽁치 냄새가 코를 찔러 아무리 해도 그 맛을 잊을 수가 없었다고 합니다. 그래서 두 사람 중 한 사람이 다른 사람을 초대해서 꽁치를 대접하기로 했습니다. 그 소식을 듣고 놀란 사람은 가신이었습니다. 하지만 주인의 명령이라서 반항할 수도 없었기에 요리사에게 명하여 꽁치의 가는 뼈를 주집게로 하나하나 빼내게 한 후 그것을 조미료인지 뭔지에 절였다가 알맞게 구워내 주인과 손님에게 권했습니다. 그런데 먹는 쪽에서는 배도 고프지 않았고, 지나치게 공손한 요리법으로 꽁치 맛을 잃어버린 묘한 생선을 젓가락으로 집적거려보았으나 전혀 맛이 없었습니다. 그래서 두 사람은 얼굴을 마주보고 "아무래도 꽁치는 메구로가 제일이구나!" 하는 이상한 말을 했다고 하는 것이 이 이야기의 결말입니다. 내 쪽에서 보면 학습원이라는 훌륭한 학교에서 훌륭한 선생님을 항상 접하고 있는 여러분이 일부러 나 같은 사람의 강연을 봄부터 늦가을까지 기다려 들으려고 한 것은 '마치 훌륭한 요리에 싫증이 나서 잠시 메구로의 꽁치를 맛보고 싶어진 것이 아닌가' 하고 생각됩니다.

이 자리에 계시는 오오모리大森 교수[17]는 나와 같은 해인가 혹은 그 전후에 대학을 졸업한 분인데 이분이 이전에 나에게 "요즘 학생들은 내 강의를 열심히 듣지 않아 곤란해. 정말로 진지함이 부족하고 괘씸해"라는 식의 말을 한 적이 있습니다. 그 평가는 이 학교 학생들을 대상으로 한 것이 아니라 어딘가에 있는 사립학교 학생들을 대상으로 한 것으로 기억하고 있습니다만 아무튼 나는 그때 오오모리 씨에게 실례가 되는 말을 했습니다.

여기에서 반복해서 말하는 것도 창피한데, 나는 그때 "자네의 강의를 고마워하며 듣는 학생이 어디 있겠어?"라고 말했습니다. 하기야 내 생각이 그때의 오오모리 씨에게는 통하지 않았을지도 모르니 이 기회를 이용해서 오해를 풀자면, 우리들이 여러분과 같은 나이의 학생일 때, 혹은 좀더 성장했을 때, 우리들은 지금의 여러분보다 훨씬 무례했고 선생님의 강의 따위는 거의 들은 적이 없다고 표현해도 좋을 정도였습니다. 물론 이것은 나와 내 주위 사람을 기준 삼아 말하는 것이므로 범위 밖에 있었던 자에게는 통용되지 않을지도 모릅니다만 아무리 생각해도 지금의 내 시점에서 회고해보면 어쩐지 그런 느낌이 듭니다. 실제로 나는 겉으로는 온순하게 보일지라도 결코 강의 따위에 귀를 기울이는 성격은 아니었습니다. 시종 게으름을 피우며 빈둥거리고 있었습니다. 그 기억을 가지고 진지한 지금의 학생들을 보면 아무래도 오오모리 씨처럼 그들을 공격할 용기가 나지 않습니다. 그런 의미에서 그만 오오모리 씨에게 미안하게 함부로 말했습니다. 오늘은 오오모리 씨에게 사과하기 위해 일부러 나선 것은 아니지만 말이 나온 김에 여러분 앞에서 사과해둡니다.

 이야기가 어느새 엉뚱한 곳으로 흘러버렸지만 다시 원래대로 돌아와 조리 있게 말씀드리자면 이렇습니다.

 여러분은 훌륭한 학교에 들어와서 훌륭한 선생님의 지도를 받고 있으며 또한 그분들의 전문적인 혹은 일반적인 강의를 매일 듣고 있습니다. 그런데도 나 같은 사람을 새삼스럽게 외부에서 데려와 강의를 듣고자 하는 것은 마치 방금 전에 말한 영주가 메구료이 꽁치를 음미해 맛본 것과 같은 모양으로, 다시 말하면 '별나므로 한 입 맛보자는 생각이 아닌가'라고 추측해봅니다. 사실 나 같은 사람보다도 여러분이 매일 얼굴을 보고 있는 전임 선생님의 이야기가 훨씬 유익하고 재미있을 것이라 생각됩니다. 가령 내가 이 학교의 교수라면 단지 새로운 자극이 없다는 이유만으로 이 정도의 인파가 모여서 나의 강연을 듣는 열기나 호기심 따위는 일어나지 않을 것이라 생각하는데 어떻습니까?

 내가 왜 그런 가정을 하는가 하면 나는 사실 예전에 여기 학습원의 교사가 되려고 한 적이 있기 때문입니다. 하지만 내 쪽에서 추진한 것은 아니고 이 학교에 있던 지인이 나를 추천해주었습니다. 그때 나는 졸업 직전까지, 무엇을 해서 의식주를 해결해야 할지 모를 정도로 분별없는 사람이었는데 마침내 세상에 나와 보니 팔짱을 끼고 기다리고 있어봤자 하숙비가 들어오는 것도 아니라서, 교육자가 될 수 있을 것인가 없을 것인가의 문제는 차치하더라도 어딘가에 잠입할 필요가 있었으므로 이 지인이 말한 대로 바로 이 학교를 상대로 일을 추진했던 것입니다. 그 당시 내겐 적이 한 사람 있었습니다. 그러나 지인은 계속 나에게 확실할 것 같다고 해서 내 쪽에서도 이제 임명된 듯한 기분이 들어 "선생은 어떤 옷을 입어야 할까?" 하고 물어보았습니다. 그러자 그가 "모닝코트를 입지 않으면 교실에 들어갈 수 없다"고 해서 나는 일이 아직 결정되기도 전에 모닝코트를 맞춰버렸습니다. 그런데도 학습원이 어디에 있는 학교인지 잘 몰랐으니 매우 엉뚱한 사람입니다. 그런데 모닝코트가 완성되고 보니 어찌 생각이나 했겠습니까. 모처럼 부탁한 학습원 일은 낙방으로 결정이 났습니다.[18] 그리고 또 한 사람의 사내가 빈 영어 교사 자리를 채우게 되었습니다. 그 사람의 이름이 무엇이었는지 지금은 잊어버렸습니다. 별로 분하지도 아무렇지도 않았기 때문입니다. 어쨌든 미국에서 돌아온 사람이라 들었습니다. 그러므로 만일 그때 그 미국에서 돌아온 사람이 채용되지 않고 내가 요행으로 학습원 교사가 되어 현재까지 계속하고 있다면 이러한 정중한 초청을 받아 높은 곳에서 여러분에게 이야기할 기회도 끝내 오지 않았을지 모릅니다. 그런데도 올 봄부터 11월까지나 기다려 들어주는 것은 바꿔 말하면 내가 학습원 교사 채용에서 낙방해서 여러분에게 메구로의 꽁치처럼 별나게 대접받고 있는 증거가 아닐까요?

나는 지금부터 학습원을 낙방한 이후의 나에 대해 잠시 말씀드리려 합니다. 이는 지금까지 이야기를 해온 순서이기 때문이라기보다 오늘 강연에 필요한 부분이기 때문이라고 생각하고 들어주세요.

　　나는 학습원에는 낙방했습니다만 모닝코트만은 입고 있었습니다. 그 밖에 입을 만한 다른 양복이 없었기 때문에 어쩔 수 없었습니다. 그 모닝코트를 입고 어디에 갔으리라 생각합니까? 그때는 지금과 달라서 취직이 매우 수월했습니다. 어느 쪽이라고 하더라도 일은 제법 있었던 것으로 생각됩니다. 요컨대 일손 부족 때문이었을 거예요. 나 같은 사람도 고등학교와 고등사범에서 동시에 부름을 받았습니다. 나는 고등학교를 주선해준 선배에게 절반쯤 승낙을 하면서 고등사범 쪽에도 적당히 인사를 해두었던 터라 일이 이상한 형태로 복잡해져 버렸습니다. 내가 아직 젊기 때문에 실수를 하거나 예절바르지 못한 경향이 있어 결국 벌을 받았다고 생각하면 어쩔 수 없지만 난처해진 것만은 사실입니다. 나는 선배인 고등학교 고참 교수에게 불려가 "이쪽으로 올 것처럼 말하면서 다른 쪽과 상담한다면 중간에 선 내가 곤란해!" 하고 문책을 받았습니다. 나는 젊은데다 어리석게 화를 잘 내는 성질이어서 차라리 양쪽 다 거절해버리면 좋을 것이라 생각해 그 절차를 밟기 시작했습니다. 그러자 어느 날 당시 고등학교 교장, 지금은 아마도 교토京都의 이과대학장을 하고 있을 구하라久原[16] 씨로부터 잠깐 학교로 오라는 통지가 와서 즉시 가보니 그 자리에 고등사범 교장 가노 지고로嘉納治五郎 씨와 또 나를 주선해준 선배가 있었는데 "상담은 결정되었다. 이쪽에 거리낌은 없으므로 고등사범으로 가면 좋겠다"고 충고하셨습니다. 나는 내친걸음에 싫다고는 말할 수 없어서 승낙의 뜻을 전했습니다. 그러나 마음속으로는 일이 귀찮게 돼버렸다고 생각할 수밖에 없었습니다. 지금 생각하면 과분한 이야기지만 나는 고등사범 따위를 그 정도로 고맙게 생각하고 있지 않았기 때문입니다. 가노 씨와 처음 만났을 때도 "당신처럼 교육자로서 학생의 모범이 되라는 주문을 하신 거라면 나는 도저히 근무하기 어려워서"라고 말하며 망설일 정도였습니다. 가노 씨는 발림 말을 잘하는 사람으로 "아니 그렇게 정직하게 거절당하니 나는 더욱 당신에게 와달라고 하고 싶다"며 나를 놓아주지 않았습니다. 이런 경위로 미숙한 나는 두 학교에 양다리를 걸치는 따위의 욕심쟁이 근성은 전혀 없었음에도 관계자에게 필요 없는 폐를 끼친 후 결국 고등사범 쪽으로 가게 되었습니다.

그러나 처음부터 나에게는 교육자로서 훌륭하게 될 수 있는 자질이 결여되어 있었기에 거북스럽고 죄송했습니다. 가노 씨도 "당신은 너무 정직해서 곤란해!"라고 할 정도였으니 더러는 좀더 뺀들거려도 좋았을지 모릅니다. 하지만 어떻든 나에게는 적합하지 않는 곳이라고밖에 생각되지 않았습니다. 솔직히 털어놓고 이야기하자면 당시의 나는 이를테면 요식업을 하는 사람이 과자 장수를 도와주러 간 꼴이었습니다.

1년 후 나는 드디어 시골의 중학교에 부임했습니다.[20] 이요伊予의 마쓰야마松山에 있는 중학교입니다. 마쓰야마의 중학교라고 하니까 여러분은 모두 웃는데 아마 내가 쓴《도련님》에서도 보셨을 테죠.《도련님》에 붉은 셔츠[21]라는 별명을 지닌 사람이 있는데 "그 사람의 모델은 도대체 누구인가?"라는 질문을 그때 자주 받았습니다. 누가 모델인가 하면 당시 그 중학교의 문학사는 나 한 사람이었으므로 만일《도련님》속의 인물을 실제 인물이라 인정한다면 '붉은 셔츠'는 바로 이처럼 내가 모델일 수밖에 없으니——매우 분에 넘치는 행운이라고 말씀드리고 싶은 상황입니다.

마쓰야마에도 1년밖에 머물지 못했습니다. 떠날 때 그곳 지사가 말렸는데 이미 다른 곳과 약속한 바가 있어 결국 거절하고 거기를 떠났습니다. 그리고 이번에는 구마모토에 있는 고등학교에 자리를 잡았습니다. 나는 이러한 순서로 중학교에서 고등학교로, 고등학교에서 대학으로 차례차례 학생들을 지도해온 경험을 갖고 있습니다만 초등학교와 여학교만큼은 아직 발을 들여놓으려고 시도한 적이 없습니다.

구마모토에는 꽤 오래 있었습니다. 갑자기 문부성에서 영국으로 유학을 가면 어떻겠는가 하는 내담內談이 있었던 것은 구마모토에 간 지 몇 년째 되던 해였을까요? 나는 그때 유학을 거절하려고 생각했습니다. 그 이유는 나 같은 사람이 어떤 목적도 없이 외국에 간다는 것은 특별히 국가에 도움이 되지 않을 것이라 생각했기 때문입니다. 그런데 문부성의 의도를 전해준 교감이 "그것은 상대편의 희망이므로 자네 쪽에서 자신을 평가할 필요는 없네. 좌우지간 가는 편이 좋을 것 같네"라고 하고 나도 반항할 이유가 없어서 명령대로 영국에 갔습니다. 하지만 역시 할 일이 아무것도 없었습니다.

그것을 설명하기 위해서는 그때까지의 나라는 사람을 대충 설명해야만 합니다. 그 이야기가 오늘 강연의 일부분을 차지하고 있으므로 그런 점을 참작하고 들어주시기를 부탁드립니다.

나는 대학에서 영문학을 전공했습니다. 영문학이라는 학문은 어떤 것인가 하고 질문할지도 모르겠는데 그것을 3년 동안 전공한 나도 뭐가 뭔지 몰랐습니다. 그 무렵에는 딕슨[22]이라는 사람이 교수였습니다. 나는 그 선생님 앞에서 시를 읽어야 했고, 문장을 읽어야 했고, 작문을 하고서 "관사가 빠져있어"라는 꾸중을 듣기도 했고 "발음이 틀려" 하며 야단맞기도 했습니다. 시험에는 '워즈워스는 몇 년에 태어나 몇 년에 죽었는가?', '셰익스피어의 폴리오Folio[23]는 몇 가지가 있는가?' 또는 '스코트가 쓴 작품을 연대순으로 열거해보라!' 같은 문제만 나왔습니다. 젊은 여러분도 대강 상상할 수 있을 거예요. 과연 이것이 영문학인지 다른 무엇인지 말이죠. 영문학은 잠시 보류하고 우선 문학이란 어떤 것일까요? 이것으로는 도저히 알 수가 없습니다. 그렇다면 자력으로 규명할 수 있었는가 하면 장님이 담을 엿보는 것과 같은 이치로 도서관에 들어가 어떤 곳을 헤매봐도 실마리가 풀리지 않았습니다. 이는 자력이 부족했을 뿐만 아니라 그 쪽에 관한 문헌도 부족했기 때문이라 생각합니다. 여하튼 3년을 공부했으나 결국 문학은 알지 못한 채 대학 시절은 끝났습니다. 나의 고민은 무엇보다 여기에 뿌리내리고 있었다고 말씀드려도 지장 없겠습니다.

나는 그런 애매한 태도로 세상에 나와, 결국 교사가 되었다라기보다는 교사로 부름을 받았던 것입니다.[24] 다행히 어학 쪽은 의심스럽기는 하나 어물어물 넘길 수 있었기에 그날그날은 무사히 넘겼지만 마음속은 항상 공허했습니다. 공허하니까 오히려 단념하는 편이 좋았을지 모릅니다만 왠지 유쾌하지 않고 미적지근한 막연한 것이 구석구석까지 잠복해 있는 것 같아 견딜 수 없었습니다. 게다가 교사라는 직업에 일말의 흥미도 가질 수 없었습니다. 교육자의 자격이 내게 결핍되어 있다는 사실은 처음부터 알고 있었습니다만 단지 교실에서 영어를 지도하는 것이 귀찮았으므로 어쩔 도리가 없었습니다. 나는 시종 중간에 틈만 있으면 나 자신의 본분으로 옮겨 가려고만 생각하고 있었는데 그 본분이라는 것이 있기도 하고 없기도 한 것 같아서 어느 곳을 향해서도 과

감하게 옮겨 갈 수 없었습니다.

나는 이 세상에 태어난 이상 뭔가 해야 한다고 생각했지만 무엇을 하면 좋을지 조금도 어림잡을 수 없었습니다. 흡사 안개 속에 갇힌 고독한 인간처럼 꼼짝 못하게 되었습니다. 그러고서 어디에서 한 줄기 빛이 비치지 않을까 기대하며 희망을 품기보다는 내 쪽에서 탐조등을 사용해서 오직 한 줄기 빛이라도 좋으니 끝까지 밝게 보고 싶다는 느낌이 들었습니다. 그러나 불행히도 어느 쪽을 쳐다보아도 희미했습니다. 어렴풋한 모습을 하고 있었던 것입니다. 마치 자루 속에 갇혀서 나올 수 없는 인간과 같은 느낌이 들었습니다. 나는 '내 손에 단 한 자루의 송곳만 있으면 어딘가 한 군데 뚫어 보여주고 싶은데' 하며 조바심쳤지만 공교롭게 그 송곳은 남이 전해주지도 않았고 또 자신이 발견할 수도 없어서 그저 마음속으로 '앞으로 나는 어떻게 될까?'라고 생각하며 사람들 몰래 우울한 날을 보냈습니다.

나는 이런 불안을 안고 대학을 졸업하고, 똑같은 불안을 안고 마쓰야마에서 구마모토로 이사하고, 또 마찬가지로 그 불안을 마음속에 간직한 채 결국 외국까지 건 갔습니다. 그렇지만 일단 외국에 유학한 이상 다소의 책임을 새롭게 자각하지 않을 수 없었습니다. 그래서 나는 가능하면 애를 써서 뭔가 하려고 노력했습니다. 그러나 어떤 책을 읽어도 여전히 자루 속에서 빠져나올 수 없었습니다. 이 자루를 뚫는

송곳은 온 런던을 뒤져보아도 발견할 수 있을 것 같지 않았습니다. 나는 하숙집 단칸방에서 생각했습니다. 의미가 없다고 생각했습니다. 아무리 책을 읽어도 욕망이 채워지지 않는다고 생각해 단념했습니다. 동시에 무엇 때문에 책을 읽는지 나 자신도 그 의미를 이해할 수 없게 돼버렸습니다.

이때 나는 비로소 '문학이란 어떤 것일까'하는 개념을 근본적으로 자력으로 만들어내는 것 외에는 나를 구할 방법이 없다는 사실을 깨달았습니다. 지금까지는 완전히 타인본위로 뿌리 없는 개구리밥처럼 그 근처를 아무렇게나 방황하고 있었으니 모두 허사였다는 사실을 겨우 알았습니다. 내가 여기에서 말하는 타인본위라는 것은 자신의 술을 타인에게 마시게 하여 품평을 듣고는 이치에 맞건 안 맞건 있는 그대로 받아들이는, 이른바 남 흉내 내기를 가리키는 것입니다. 이렇게 한마디로 말해버리면 어처구니없게 들릴 것이므로 누구도 그렇게 남 흉내 내기를 할 리가 없다고 의심할지도 모르겠습니다만 사실은 결코 그렇지 않습니다. 요즘 유행하는 베르그송[25]이나 오이켄[26]도 전부 저쪽 사람이 이러쿵저러쿵 한마디씩 하기 때문에 일본인도 그 분위기에 휩쓸려 떠드는 것입니다. 더구나 그 무렵에는 서양인이 말하는 것이라면 무엇이나 맹종해서 으스댔습니다. 그러므로 "무턱대고 가타카나[여기에서는 외래어를 상징함]를 늘어놓고 남에게 잘난 체하는 사람이 예외 없이 전부 이런 모양이다"라고 말하

고 싶을 정도로 빈둥거리고 있었습니다. 이는 남을 험담하는
게 아닙니다. 이렇게 얘기하는 내가 실제로 그랬습니다. 예
를 들면 어떤 서양인이 '갑'이라는 같은 서양인의 서평을 읽
었다고 하면 그 평의 옳고 그름은 전혀 생각하지 않고 납득
이 되든 안 되든 무턱대고 그 평을 알리고 다녔습니다. 요컨
대 뜻도 모르면서 그대로 받아들였다고 해도 좋고, 혹은 기
계적인 지식이라 표현해도 좋을 터인데 도저히 우리 소유,
혈육이라고 말할 수 없는 서먹서먹한 것을 마치 제 것이라는
듯한 얼굴로 지껄이고 다니는 것입니다. 그런데도 시대가 시
대이니 만큼 모두가 그것을 칭찬합니다.

그렇지만 남에게 아무리 칭찬을 받는다고 해도 원래 남에
게 빌린 옷을 입고 뽐낸 것에 불과했으므로 내심 불안했습니
다. 조금도 힘들이지 않고 공작의 날개를 몸에 걸치고 폼을
재고 있는 듯한 모양이니 더더욱 겉만의 화려함에서 벗어나
실질에 충실하지 않으면 자신의 마음속에서는 언제까지나
안심할 수 없다는 사실을 알아차리게 되었습니다.

예를 들면 서양인이 '이것은 훌륭한 시다' 혹은 '어조語調
가 매우 좋다'고 해도 그것은 그 서양인의 시각인 것이고, 참
고할 수는 있겠지만 내가 그렇게 생각하지 않는다면 받아들
일 수 없는 것입니다. 내가 독립된 한 사람의 일본인이고 결
코 영국인의 노비가 아닌 이상 이 정도의 식견은 국민의 일
원으로서 갖추고 있어야 하며, 세계 공통으로 '정직'이라는

덕의德義를 중요시한다는 점에서 보더라도 나는 나의 의견을 굽혀서는 안 됩니다.

그러나 나는 영문학을 전공했습니다. 본토의 비평가가 말하는 부분과 내 생각이 모순되면 보통의 경우 아무래도 주눅이 들게 됩니다. 따라서 '이런 모순이 과연 어디에서 나올까?' 곰곰이 생각하게 됩니다. 풍속, 인정, 습관, 거슬러 올라가 국민의 성향이 모두 이 모순의 원인임에 틀림없습니다. 그것을 섭한 보통 학사는 문학과 과학을 혼동해서 갑 국민의 맘에 드는 것은 틀림없이 을 국민의 칭찬을 얻기 마련이고 그러한 필연성이 내재되어 있다고 오해합니다. 그 점이 그릇되었다고 해야 합니다. 설령 이 모순을 융화하는 일이 불가능해도 그것을 설명하는 일은 가능할 것입니다. 그리고 단지 그 설명만으로도 일본 문단에 한 줄기 광명을 비출 수 있습니다──이렇게 나는 그때서야 비로소 깨달은 것입니다. 대단히 뒤늦은 이야기라서 부끄럽기 짝이 없습니다만 사실이므로 거짓 없이 상황을 말씀드립니다.

나는 그후 문예에 대한 내 고유한 입장을 다지기 위해, 아니 새롭게 건설하기 위해 문예와는 전혀 관계 없는 책을 읽기 시작했습니다. 한마디로 말하면 자기본위라는 네 문자를 가까스로 생각해 그 자기본위를 입증하기 위해 과학적인 연구와 철학적 사색에 몰두하기 시작한 것입니다. 지금은 시대 상황이 달라서 다소 깨어 있는 사람에게는 잘 이해될 것입니다만 그 무렵에는 나도 유치했거니와 세상이 아직 그 정도로 진보하지 않아서 나의 방식은 실제로 어쩔 수 없었습니다.

나는 이 자기본위라는 언어를 손에 쥔 뒤부터 매우 강해졌습니다. '그들은 어떤 사람들이야?' 하는 기개가 생겼습니다. 지금까지 망연자실하고 있던 나에게 여기에 서서 이 길에서 이렇게 가야 한다고 인도해준 것은 실로 이 자기본위 네 자입니다.

고백하자면 나는 그 네 자에서 새롭게 출발했습니다. 그리고 지금처럼 그냥 남의 꽁무니만 쫓아 허풍을 떠는 것은 대단히 염려되는 상황이므로 그렇게 서양인 흉내를 내지 않아도 좋은 확고부동한 이유를 그들 앞에 당당하게 제시하면 나 자신도 유쾌하고 남도 기뻐하리라고 생각해 저서나 그 외의 수단으로 그것을 성취하는 것을 내 생애의 사업으로 삼고자 했던 것입니다.

그때 나의 불안은 완전히 사라졌습니다. 나는 경쾌한 마음으로 음울한 런던을 바라보았습니다. 비유하자면 여러 해 동안 번민한 결과 겨우 곡괭이를 광맥에 댄 듯한 느낌이었습니다. 덧붙여 다시 말하면 그때까지 안개 속에 갇혀 있던 것이 어떤 각도, 어떤 방향에서 자신의 길을 가야 할지 명확하게 제시받은 셈입니다.

이처럼 내가 계발된 시점은 유학 온 지 이미 1년 이상 경과한 때였습니다. 따라서 도저히 외국에서는 나의 사업을 완성할 수 없었고, 가능하면 자료를 모아 본국으로 돌아가서 완전하게 결말을 내고 싶은 마음이 들었습니다. 외국에 가 있을 때보다 돌아왔을 때에, 우연이지만 어떤 힘을 얻게 된 셈입니다.

그런데 돌아오자마자 나는 의식주를 위해 돌아다녀야 했습니다. 나는 고등학교에도 나갔습니다.[27] 대학에도 나갔습니다.[28] 후에는 돈이 부족해서 사립학교에도 한 곳 나가 벌었습니다.[29] 게다가 신경쇠약에도 걸렸습니다. 결국 최후에는 시시한 창작 따위를 잡지에 실어야만 하는 형편에 빠져들었습니다. 여러 가지 사정으로 나는 계획한 사업을 중간에 중지해버렸습니다. 내가 저술한 《문학론》은 그 기념이라고 하기보다 오히려 실패의 유해遺骸였습니다. 뿐만 아니라 기형아의 유해였습니다. 혹은 완전히 건설되기도 전에 지진으로 무너진 미완성 시가市街의 폐허 같은 것이었습니다.

그러나 자기본위라는 그때 얻은 생각은 여전히 지속되고 있습니다. 아니 해가 지날수록 점점 강해집니다. 저작 사업으로는 실패했지만 그때 확실히 인식한 '자기가 주체고, 타인은 객체'라는 신념은 오늘의 나에게 대단한 자신과 안심을 안겨주었습니다. 나는 오늘도 그 연장선에서 살고 있는 듯한 생각이 듭니다. 실은 이처럼 높은 단상에 서서 여러분을 상대로 강연하는 것 역시 그 힘 덕분일지 모릅니다.

이상 단지 나의 경험만을 대충 말씀드렸지만 그것을 말씀드린 의미는 여러분에게 참고가 되지 않을까 하는 바람에서 연유한 것입니다. 여러분은 앞으로 모두 학교를 졸업하고 사회에 진출합니다. 그러기에는 아직 많은 시간이 걸릴 분도 있을 것이고 곧장 사회에 진출해 활동하실 분도 있겠지만 어느 쪽이든 내가 한 차례 경험한 번민(가령 종류는 달라도)을 반복할 경향이 많지 않을까 추측됩니다. 나처럼 어딘가로 돌파해 나가고 싶어도 돌파할 수 없고, 뭔가 움켜쥐고 싶어도 대머리를 만지듯 미끈미끈해서 답답해하는 사람이 있으리라 생각합니다. 만일 여러분 중에 이미 자력으로 길을 개척한 분이 있다면 예외이고, 또 다른 사람 뒤를 따라서 그것으로 만족하며 이미 있는 옛길로 나아가는 사람도 나쁘다고는 결코 말할 수 없지만(안심과 자신감을 확실히 수반한 경우라면) 혹시 그렇지 않다면 아무래도 한번 자신의 곡괭이로 팔 수 있는 곳까지 진행해 나아가지 않으면 안 될 것입니다. 그렇게 진행해 나아가지 않으면 안 되는 이유는 만약 팔 수 있는 곳이 발견되지 않는다면 그 사람은 평생 불유쾌하고 시종 엉거주춤한 자세로 사회에서 우물쭈물하고 있어야만 하기 때문입니다. 내가 이 점을 역설하는 것은 전적으로 그것 때문이지 나를 모범으로 삼으라는 의미가 아닙니다. 나 같은 하찮은 사람이라도 자신이 스스로 길을 내며 나아갈 수 있음을 자각한다면 여러분 입장에서 볼 때 그 길이 아무리 시시하다 해도 그것은 여러분의 비평과 관찰일 뿐 나에게는 추호도 손해가 없습니다. 나 자신은 그것으로 만족할 작정입니다. 그러나 나 자신이 그 때문에 자신감과 안심을 가지게 되었다고 해서 똑같은 경로가 여러분의 모범이 된다고는 전혀 생각하지 않고 있으니 오해하지 마십시오.

하여간 내가 경험했던 고민이 여러분에게도 때때로 발생할 게 틀림없다고 생각합니다만 어떻습니까? 만약 그렇다고 한다면 뭔가에 부딪힐 때까지 나아간다고 하는 것은 학문을 하는 사람, 교육을 받는 사람에게 평생, 혹은 10년, 20년의 일로 인식될 필요가 있지 않겠습니까? "아! 여기에 내가 나아가야 할 길이 있다!" "드디어 발견했다!" 이와 같은 감탄사를 마음속에서 외칠 때 비로소 안심할 수 있을 것입니다. 쉽게 무너지지 않는 자신감이 그 외침과 함께 불현듯 고개를 쳐들게 되지 않을까요? 여러분 중에 이미 그 영역에 도달한 분이 있을지도 모르지만 만일 도중에 미세한 물방울이나 안개 때문에 번민하고 있는 분이 있다면 어떠한 희생을 감수하고라도 '여기다' 하고 파낼 수 있는 곳까지 간다면 좋을 것이라 생각합니다. 반드시 국가를 위해서만은 아닙니다. 마찬가지로 여러분 가족을 위해서 말씀드리는 것도 아닙니다. 여러분 자신의 행복을 위해 그것이 반드시 필요하지 않을까 하고 생각해서 말씀드리는 것입니다. 혹시 내가 통과한 듯한 길을 지나친 후라면 어쩔 수 없지만 어딘가 구애됨이 있다면 그것을 해결할 때까지 진행해야만 합니다──하기는 진행한다고 해도 어떻게 진행해야 좋을지 모르므로 무엇인가에 충돌할 때까지 갈 수밖에 없습니다. 나는 충고처럼 느껴지는 것을 여러분에게 강요할 마음은 전혀 없습니다만 그것이 장래 여러분 행복의 한 부분이 될지도 모른다고 생각하면 잠자코 있을 수 없습니다. 마음속에 우유부단하고 철저하지 않은, 이래도 좋고 저래도 좋다고 하는 듯한 해삼 같은 정신을 품고 멍하게 있어서는 불유쾌하지 않을까 싶어서 말한 것입니다. 불유쾌하지 않다고 말하면 그것으로 족하고 또 그러한 불유쾌함을 지나쳐버렸다면 그것으로도 족합니다. 바라건대 그냥 지나쳐버렸기를 기원합니다. 그러나 여기 있는 나는 학교를 졸업하고 서른 살이 넘을 때까지 지나쳐버릴 수 없었습니다. 그 고통은 물론 무지근한 통증이었지만 매년 느끼는 통증임에는 변함없습니다. 따라서 혹시 나와 같은 병에 걸린 사람이 이 가운데 있다면 아무쪼록 용감하게 나아갈 것을 바라 마지않습니다. 만일 그곳까지 갈 수 있다면 '여기에 내가 느긋하게 자리잡을 장소가 있다'는 사실을 발견하고 평생 안심과 자신감을 줄 수 있게 된다고 생각하기 때문에 말하는 것입니다.

지금까지 말씀드린 것은 이 강연의 제1편에 해당하는 부분인데 지금부터 제2편으로 옮겨 갈까 합니다. 학습원이라는 학교는 사회적 지위가 좋은 사람이 들어가는 곳으로 세상에 알려져 있습니다.[30] 그리고 그것이 아마 사실일 것입니다.

만일 내 추측대로 살기가 매우 어려운 빈민은 여기에 오지 않고 상류 사회의 자제만이 모여 있다고 한다면 향후 여러 분에게 수반될 요소 중 첫 번째로 열거해야 할 사항은 권력 입니다. 환언하면 여러분이 세상에 나가면 빈민이 세상에 설 때보다 권력을 부질없이 사용할 수 있다는 뜻입니다.

앞서 말했듯 노력해서 뭔가를 파낼 수 있을 때까지 나아간 다고 하는 것은 여러분의 행복을 위해, 즉 안심을 위해서 하 는 것이 분명합니다만 왜 그것이 행복과 안심을 가져오는가 하면 여러분이 지니고 태어난 개성이 거기에 충돌하여 비로 소 안정되기 때문일 것입니다. 그렇게 하여 거기에 느긋하 게 자리잡고 점점 앞쪽으로 나아간다면 그 개성이 더욱더 발 전할 것이기 때문입니다. 여러분의 일과 여러분의 개성이 딱 맞아떨어졌을 때 비로소 "아 여기에 내가 안주할 자리가 있 었구나!" 하고 말할 수 있을 것입니다.

이와 같은 의미로 방금 말한 권력이라는 것을 음미해보면 권력이라는 것은 방금 전에 말한 자신의 개성을 타인의 머리 위에 무리하게 강요하는 도구입니다. 도구라고 단호히 잘라 말하는 것이 곤란하다면 그런 도구로 사용할 수 있는 이기利 器인 것입니다.

권력에 따라붙는 것은 금력입니다. 이것도 여러분이 빈민 보다 많이 소유하고 있음에 틀림없습니다. 이 금력을 그러한 의미에서 동일하게 바라보면 이것 역시 개성을 확장하기 위해 다른 사람을 유혹하는 도구로 사용할 수 있는 지극히 유용한 것이 됩니다.

그렇게 보면 권력이나 금력이라는 것은 자신의 개성을 과도하게 타인에게 강요하거나 타인을 그 방면으로 유인하거나 할 때 매우 편리한 도구라고 할 수 있습니다. 이러한 힘이 있으므로 훌륭한 척하게 되지만 실제로는 대단히 위험합니다. 방금 말씀드린 개성은 주로 학문, 문예, 취미 등에 있어서 자신이 정착할 곳까지 나아가야 비로소 발전할 것처럼 설명했습니다만 실은 응용 범위가 무척 넓어서 단지 학예에만 머물지 않습니다. 내가 알고 있는 형제가 있는데, 동생은 집에 틀어박혀 책 따위를 읽는 것을 좋아하는데 반해 형은 낚시를 도락 삼아 몰두하고 있습니다. 이 형은 자신의 동생이 매사에 소극적이고 그저 집에만 틀어박혀 있는 것을 매우 불쾌하게 생각합니다. 필시 낚시를 하지 않아서 저렇게 염세적으로 되었다고 판단하고 무턱대고 동생을 억지로 낚시에 끌어들이려고 합니다. 동생은 그것이 불유쾌해서 견딜 수 없지만 형이 강압적으로 낚싯대를 어깨에 메게 하기도 하고 어망을 들게 하기도 하며 따를 것을 명령해서 그냥 눈감고 따라가 기분 나쁜 붕어 따위를 낚아 마지못해 돌아옵니다. 그렇게 해서 형의 계획대로 동생의 성격이 고쳐졌는가 하면 절대로 그렇지 않고 동생은 점점 이 낚시라는 것에 대해 반항심을 일으키게 됩니다. 말하자면 낚시와 형의 성질은 딱 맞아

떨어져 그 사이에 어떠한 틈새도 없겠지만 그것은 이른바 형의 개성인 것이고, 동생과는 전혀 교섭이 없는 것입니다. 이것은 물론 금력에 해당되는 예가 아니고 권력이 타인을 위압하는 것을 설명해줍니다. 형의 개성이 동생을 압박해서 무리하게 고기를 낚게 하는 것이니까 말입니다. 하긴 어떤 경우에는——예를 들면 수업을 받을 때라든지, 군인이 됐을 때라든지, 혹은 기숙사에서도 군대의 생활 방식을 으뜸으로 친다는지 하는——그러한 경우에는 이 고압적 수단을 다소 피할 수 없을 것입니다. 그러나 나는 주로 여러분이 자립해서 세상에 나갔을 때의 일을 말하고 있으므로 이런 점을 의식하고 들어주지 않으면 곤란합니다.

그런 까닭에 앞서 말씀드린 대로 다행히 자신이 좋다고 생각하거나, 좋아하거나 혹은 자신의 성질에 맞는 일을 만나게 돼 개성을 발전시켜가는 동안에는 자타의 구별을 잊고 "꼭 저 친구도 내 동료로 끌어들이자" 하는 마음이 생깁니다. 그때 권력이 있다면 앞에서 제시한 형제와 같은 이상한 관계가 성립되고, 금력이 있으면 그것을 휘둘러 남을 자신과 한패로 만들려고 합니다. 이를테면 돈을 유혹의 도구로 사용해 그 힘으로 남을 자신의 맘에 들게 변화시키려 합니다. 어느 쪽이라도 대단히 위험합니다.

따라서 나는 항상 이렇게 생각하고 있습니다. 무엇보다 자신의 개성이 발전할 수 있는 장소에 정착할 작정으로 자신과 꼭 맞는 일을 발견할 때까지 매진하지 않으면 평생 불행하다고 말입니다. 그러나 자신이 그만큼 개성을 존중할 수 있도록 사회가 허용한다면 타인에 대해서도 그 개성을 인정하고 그들의 경향을 존중하는 것이 이치에 타당할 것입니다. 내게는 그것이 필요한 일이고 동시에 올바른 생각이라고 느껴집니다. "나는 오른쪽을 향하고 있는데 저 친구가 왼쪽을 향하고 있는 것은 괘씸하다"고 하는 것은 바람직하지 않습니다. 하긴 복잡한 분자가 모여서 완성된, 선악이나 옳고 그름의 문제에 관해서는 잠시 정교한 해부의 힘을 빌리지 않으면 아무 말씀도 드릴 수 없지만 그러한 문제가 관계되지 않는 경우, 혹은 관계되어도 폐가 아닌 경우에는 자신이 타인과의 관계에서 자유를 향유하고 있는 한, 타인에게도 같은 정도의 자유를 부여하고 동등하게 인정해야 한다고 믿을 수밖에 방법이 없습니다.

최근에 자아 또는 자각이라는 개념이 주창되어 '아무리 방자한 행동을 해도 상관없다'는 의미로 사용되는 것 같은데 그 속에는 대단히 의아스러운 점이 많습니다. 그들은 자신의 자아를 철저히 존중하는 듯한 말을 하면서도 타인의 자아는 추호도 존중하지 않습니다. 적어도 공평한 시각을 갖추고 정의의 관념을 지닌 이상, 나는 자신의 행복을 위해 자신의 개성을 발전시켜감과 동시에 그 자유를 타인에게도 부여하지 않으면 안 된다고 믿어 의심치 않습니다. 우리는 타인이 자신의 행복을 위해 그의 개성을 마음껏 발전시키는 것을 타당한 이유 없이 방해해서는 안 됩니다. 내가 왜 여기에서 방해라는 용어를 사용하는가 하면 여러분 중에는 장래에 정식으로 방해할 수 있는 지위에 오를 사람이 많기 때문입니다. 여러분 중에는 권력을 사용할 수 있는 사람이 있고 또 금력을 사용할 수 있는 사람도 많이 있기 때문입니다.

원래 의무를 수반하지 않는 권력이라는 형태가 세상에 있을 리 없습니다. 내가 이렇게 높은 단상 위에서 여러분을 내려다보며 1시간이나 2시간 동안 내가 말하는 것을 정숙하게 듣기를 요구할 권리를 보유한 이상, 내 쪽에서도 여러분을 정숙하게 할 만한 이야기를 하지 않으면 안 되리라 생각합니다. 가령 평범한 강연을 한다고 할지라도 나의 태도나 모습이 여러분으로 하여금 예의를 갖추게 할 만큼의 인성을 지녀야 할 것입니다. "단지 나는 손님이고 여러분은 주인입니다. 그러니 얌전하게 굴어야 합니다"라고 말할 수 없는 것도 아닙니다만 그것은 형식적인 예절에 그치는 것으로 정신과는 어떠한 관계도 없는, 말하자면 인습과 같은 형태이므로 전연 논의의 대상이 되지 않습니다. 다른 예를 들어본다면, 여러분은 교실에서 때때로 선생님께 꾸중을 듣는 일이 있을 것입니다. 그런데 꾸중만 하는 선생님이 있다고 한다면 그 선생님은 수업을 할 자격이 없는 사람입니다. 꾸중하는 대신 혼신의 힘을 다해 지도해주어야 합니다. 꾸중할 권리를 갖는 선생님은 가르칠 의무도 지니고 있을 것이므로 선생님은 규율을 가다듬기 위해, 그리고 질서를 유지하기 위해 주어진 권리를 충분히 행사할 것입니다. 대신 그 권리와 분리할 수 없는 의무도 다하지 않으면 교사의 직분을 수행했다고 할 수 없을 것입니다.

금력도 똑같습니다. 내 생각으로는 책임을 인식하지 못하는 금력가는 세상에 존재해서는 안 됩니다. 그 이유를 한마디로 설명하면 이렇습니다. 금전이라는 것은 지극히 보배로운 것으로 무엇에라도 자유자재로 통용됩니다. 예컨대 내가 여기에서 투기를 해서 10만 엔을 벌었다면 그 10만 엔으로 가옥을 세울 수도 있고, 책을 살 수도 있고, 화류계를 흔드는 일도 가능합니다. 다시 말해 어떠한 형태로라도 변화시켜갈 수 있습니다. 그런데 그중에서도 금력을 인간의 정신을 사는 수단으로도 사용할 수 있습니다. 그러니 끔찍하지 않습니까? 즉 그것을 휘둘러 인간의 덕의심德義心을 사서 독점하는, 이를테면 그 사람의 혼을 추락시키는 도구로 사용할 수 있다는 것입니다. 투기로 번 돈이 덕의적·윤리적으로 커다란 위력을 가지고 작용한다면 적당치 못한 응용이라 말해도 좋을 것이라고 생각됩니다. 그렇지만 실제로 돈이 그렇게 활동하는 이상은 도리가 없습니다. 다만 돈을 소유한 사람이 상당한 덕의심을 지니고 그것을 덕의상 해가 없도록 능숙하게 사용하는 것 외에 인간의 마음속 부패를 막을 길은 없어져버

럽니다. 그래서 나는 금력은 반드시 책임이 수반되어 융통되어야 한다고 말하고 싶습니다. 나는 이 정도로 부자니까 이것을 이런 방면에 이렇게 사용하면 이러한 결과가 나타나고, 저 사회에 저렇게 사용하면 저런 영향이 미친다고 납득할 만한 견식을 양성해야 할 뿐만 아니라 그 견식에 따라 책임을 지고 우리의 부를 조치하지 않으면 사회에 이롭지 않을 것입니다. 아니 자기 자신에게도 미안해해야 할 것입니다.

지금까지의 논지를 요약해보면, 첫째 자기 개성의 발전을 완수하고자 생각한다면 동시에 타인의 개성도 존중해야 한다는 점, 둘째 자기가 소유하고 있는 권력을 사용하고자 한다면 거기에 수반하는 의무 사항을 인식해야 한다는 점, 셋째 자기의 금력을 나타내려 한다면 거기에 수반하는 책임을 중히 여겨야 한다는 점, 이 세 가지 사항으로 귀착됩니다.

이를 다른 표현으로 고쳐 말하면 적어도 윤리적으로 어느 정도의 수양을 쌓은 사람이 아니고서는 개성을 발전시킬 가치도 없고 권력을 사용할 가치도 없으며 금력을 사용할 가치도 없다는 뜻이 됩니다. 그것을 다시 한번 바꿔 말하면 이 세 가지 사항을 자유롭게 향유하기 위해서는 이것의 배후에 있어야 할 인격의 지배를 받을 필요성이 제기된다는 뜻입니다. 만일 인격이 없는 자가 무턱대고 개성을 발전시키려 한다면 타인을 방해하게 되고, 권력을 사용하려 하면 남용으로 흐르게 되고, 금력을 사용하려 하면 사회 부패를 초래합니다. 대단히 위험한 현상에 이르게 됩니다. 더욱이 이 세 가지 사항은 여러분의 장래에서 가장 맞닥뜨리기 쉬운 상황이므로 여러분은 어떤 일이 있어도 인격을 갖춘 훌륭한 인간이 되어야 하리라 생각합니다.

이야기가 잠시 옆으로 벗어났는데, 아시는 것처럼 영국이라는 나라는 자유를 매우 존중하는 나라입니다. 그 정도로 자유를 사랑하면서 영국처럼 질서를 갖춘 나라는 없습니다. 사실인즉 나는 영국을 좋아하지 않습니다. 싫어하지만 사실이니까 어쩔 수 없이 말씀드립니다. 그 정도로 자유스럽고 그 정도로 질서가 잘 잡힌 나라는 아마 세계에서 없을 것입니다. 일본 따위는 도저히 비교도 되지 않습니다. 하지만 그들은 그냥 자유스럽지는 않습니다. 자신의 자유를 사랑함과 더불어 타인의 자유를 존경하도록 어릴 때부터 사회 교육을 분명히 받고 있습니다. 그러므로 그들의 자유 배후에는 반드시 의무라는 관념이 수반됩니다. "영국은 모든 사람에게 의무 수행을 기대한다"고 역설한 유명한 넬슨[31]의 말은 절대로 그 상황에만 한정되는 의미가 아닙니다. 그들의 자유와 표리 관계를 이루며 발전해온 깊은 근본 사상임에 틀림없습니다.

그들은 불만이 있으면 종종 시위를 합니다. 그렇지만 정부는 결코 간섭처럼 보이는 행위를 하지 않습니다. 잠자코 방치해둡니다. 대신 시위를 하는 쪽에서도 올바로 이해하고 있어서 무턱대고 정부에 폐를 끼치는 난폭한 행위는 하지 않습니다. 근래 여권확장론자라고 하는 사람들이 난폭한 행동을 하는 것처럼 신문 등에 실리고 있는데 그것은 이를테면 예외입니다. 예외 치고는 숫자가 너무 많다는 얘기를 들으면 그뿐입니다만 아무리 생각해도 예외로 볼 수밖에 도리가 없습니다. 시집을 가지 않겠다느니 직업을 찾지 않겠다느니 또는 옛날부터 양성養成된 여자를 존경하는 기풍을 이용한다든가 하는 예는 영국인의 평소 태도는 아닌 듯합니다. 명화名畵를 훼손하고 감옥에서 난식 두생을 해시 옥시깽이를 곤란하게 하고 의회 벤치에 몸을 포박해두고 일부러 시끄럽게 외쳐댑니다. 이것은 예외적인 현상이지만 어쩌면 '여자는 어떠한 행위를 해도 남자 쪽에서 배려하므로 상관없다'라는 의미에서 행하고 있을지도 모릅니다. 하지만 어떠한 이유를 든다해도 변칙 같은 느낌이 듭니다. 일반적으로 영국 기질이라는 것은 방금 말씀드린 대로 의무의 관념을 벗어나지 않는 선에서 자유를 사랑하는 상태를 지칭합니다.

그렇다고 해서 영국을 본보기로 삼아야 한다는 의미는 아닙니다만 요컨대 의무감이 따르지 않는 자유는 진정한 자유가 아니라고 생각합니다. 왜냐하면 그러한 제멋대로의 자유는 결코 사회에 존재할 수 없기 때문입니다. 설사 존재해도 타인에게 배척당해 짓밟히기 마련이기 때문입니다. 나는 여러분이 자유롭게 행동하기를 갈망합니다. 동시에 여러분이 의무라는 사항을 납득하기를 바라 마지않습니다. 이러한 의미에서 '나는 개인주의자다'라고 공언하는 데 주저함이 없는 셈입니다.

이 개인주의라는 말의 의미를 오해하지는 말아주십시오. 특히 여러분처럼 젊은 사람들에게 오해를 불어넣어서는 내가 미안하니 그 부분은 매우 주의해주시기 바랍니다. 시간이 임박해서 될 수 있는 한 간단하게 설명합니다만 개인의 자유는 방금 전에 말한 개성의 발전에 지극히 필요한 것이고 그 개성의 발전이 마찬가지로 여러분의 행복에 큰 영향을 끼치므로 반드시 타인에게 영향이 없는 한, 나는 왼쪽을 향하고 여러분은 오른쪽을 향해도 지장 없을 정도의 자유는 자신도 견지해야 하고 타인에게도 부여해야 하지 않을까 생각합니다. 그것이 곧 내가 말한 개인주의입니다. 금력, 권력이라는 점에서도 마찬가지인데 "내가 좋아하지 않는 녀석이니까 없애버려!"라든지 "마음에 들지 않는 자이니 골탕 먹여버려!"라든지, 나쁜 일도 없는데 그냥 그것들을 남용하면 어떻게 될까요? 인간의 개성은 그것으로 완전히 파괴되며 동시에 인간의 불행도 거기에서 파생됩니다. 예를 들면 내가 조금도 불편함을 호소하지 않는데도 단지 정부의 마음에 들지 않는다 해서 경시총감이 순사에게 내 집을 포위하게 한다면 어떨까요? 경시총감에게 그 정도의 권력은 있을지 모르지만 덕의는 그에게 그러한 권력 사용을 허용하지 않습니다. 혹은 미쓰이三井나 이와자키岩崎라는 대상인[32]이 오로지 나를 싫어한다는 이유로 내 집의 하인을 매수해서 모든 일에 반항하게 한다면 이 또한 어떨까요? 그들의 금력 배후에 인격이라는 것이 조금이라도 있다면 그들은 절대로 그러한 무법을 행할 마음이 생기지 않을 것입니다.

이러한 폐해는 모두 도의상의 개인주의를 이해하지 못하기 때문에 일어나는 것으로 자신의 영향만을 권력이나 금력으로 일반에게 널리 퍼뜨리려는 방자함에서 연유하는 것입니다. 그런 까닭에 개인주의, 내가 여기에서 말하는 개인주의라는 개념은 결단코 속인이 생각하듯이 국가에 위험을 끼치는 행위나 무엇이 아니라, 타인을 존경함과 동시에 자신의 존재를 존경한다는 것이 나의 해석이니만큼 훌륭한 주의라고 생각하고 있습니다.

더욱 알기 쉽게 말하면 당파심이 없고 옳고 그름이 있는 주의입니다. 붕당을 결성하고 단체를 만들어서 권력이나 금력을 위해 맹목적으로 움직이지 않는 주의인 것입니다. 따라서 그 이면에는 사람에게 알려지지 않은 쓸쓸함도 잠복해 있습니다. 이미 당파가 아닌 이상 우리는 우리가 가야 할 길을 마음대로 갈 뿐이고 타인이 가야 할 길을 방해하지 않기 때문에 어느 때 어느 경우에는 서로 흩어지지 않으면 안 됩니다. 그 부분이 쓸쓸한 것입니다. 내가 이전에 《아사히신문》의 문예란을 담당하고 있을 무렵 누군가 미야케 세츠레이三宅雪嶺[33]의 험담을 쓴 적이 있었습니다. 물론 인신공격이 아

니었고 다만 비평에 불과한 것이었습니다. 게다가 2~3행에 불과했습니다. 실린 것이 언제였던가. 내가 담당자였지만 병이 났기 때문에, 혹은 병을 앓던 때였기 때문에, 또는 병을 앓던 기간이 아니라 내가 신문에 실어도 좋다고 인정했기 때문인지도 모릅니다. 하여튼 그 비평이《아사히신문》문예란에 실린 것입니다. 그러자《일본 및 일본인日本及び日本人》[34] 일당이 화를 냈습니다. 내가 있는 곳에 직접 담판하러 오지는 않았지만 당시 내 밑에서 일하는 사람에게 취소해달라고 요구해왔습니다. 그런데 그게 본인이 요청한 것이 아닙니다. 세츠레이 씨의 부하——부하라 하면 노름꾼 같아서 이상하지만,——어쨌든 동인同人이라고 하는 사람들이었을 텐데 꼭 취소하라고 하는 것이었습니다. 그것이 사실과 관련된 문제라면 당연하겠지만 비평이므로 어쩔 도리가 없는 것 아니겠습니까? 내 편에서는 "이쪽의 자유다"라고 할 수밖에 달리 길이 없었습니다. 뿐만 아니라 그러한 취소를 요구한《일본 및 일본인》에서는 매호 나의 험담을 쓰고 있던 사람이 있었으니 더더욱 사람을 놀라게 했던 것입니다. 직접 담판은 하지 않았습니다만 그 이야기를 간접적으로 들었을 때 이상한 기분이 들었습니다. 왜냐하면 내 쪽은 개인주의를 신조로 하고 있는 데 반해 상대편은 당파주의로 활동하고 있는 듯 여겨졌기 때문입니다. 당시 나는 내 작품을 나쁘게 평가하는 글조차 내가 담당하고 있는 문예란에 실을 정도였기에 그들

의 이른바 동인이라는 자들이 세츠레이 씨에 대한 비평이 마음에 들지 않는다며 화내는 것을 보고 경악했고 이상하게도 느꼈습니다. 실례되는 말이지만 시대에 뒤떨어졌다고 생각했습니다. 봉건 시대의 단체처럼 여겨졌습니다. 그러나 그렇게 생각했던 나는 끝끝내 일종의 쓸쓸함에서 벗어날 수 없었습니다. 나는 의견의 차이는 아무리 친한 사이라도 어찌할 수 없다고 생각하고 있기 때문에 내 집에 출입하는 젊은 사람들에게 조언은 할지언정 그 사람들의 의견 발표에 압박을 가하는 짓은 특별히 중대한 이유가 없는 한 절대로 하지 않았습니다. 나는 타인의 존재를 그 정도로 인정하고, 말하자면 타인에게 그 정도의 자유를 부여하고 있습니다. 그러니까 상대편이 내키지 않아 하면 아무리 내가 모욕을 느끼는 일이 있어도 결코 도움을 청하지 않습니다. 그 부분이 개인주의의 쓸쓸함입니다. 개인주의는 타인을 목표로 향배를 결정하기 전에 먼저 시비를 규명하고 거취를 확정하는 주의니까 어떤 경우에는 홀로 외톨이가 되어 쓸쓸한 기분이 듭니다. 그것은 당연한 것입니다. 장작개비도 다발이 돼 있으면 끄떡없으니까요.

그 다음에 또 한 가지 오해를 막기 위해 한마디 지적해두고 싶습니다. 왠지 개인주의라 하면 국가주의의 반대로 그것을 무너뜨릴 것처럼 받아들이는데 그것은 이치에 맞지 않는 그런 산만한 개념이 아닙니다. 원래 무슨무슨 주의라는 말은 내가 그다지 좋아하지 않는 말로서, 인간이 하나의 주의로 정리될 대상은 아니라고 생각하지만 설명을 위해 여기에서는 어쩔 수 없이 '주의'라는 문자 아래 여러 가지 예를 말씀드립니다. 어떤 사람은 지금의 일본을 국가주의가 아니면 자립할 수 없는 것처럼 선전하고 그렇게 생각하고 있습니다. 또한 개인주의 요소를 유린하지 않으면 국가가 망할 것처럼 주창하는 자도 적지 않습니다. 하지만 그런 터무니없는 일은 결코 있을 리가 없습니다. 사실 우리들은 국가주의자이기도 하고 세계주의자이기도 하고 동시에 개인주의자이기도 합니다.

개인 행복의 기초가 되어야 할 개인주의는 개인의 자유를 내용으로 삼고 있음이 틀림없지만 각자가 향유할 그 자유라는 것은 국가의 안위에 따라서 온도계처럼 오르락내리락 합니다. 이는 이론이라기보다 오히려 사실에서 나온 이론이라 하는 편이 좋을지도 모르겠는데, 결국 자연의 상태가 그렇게 된 것입니다. 국가가 위험해지면 개인의 자유가 축소되고 국가가 태평하면 개인의 자유가 확장된다는 말은 당연합니다. 적어도 인격이 존재하는 이상, 상황을 잘못 판단하여 국가가 위급한 상태에 처해 있는데도 단지 개성의 발전만을 겨냥하고 있는 사람은 없을 것입니다. 내가 말하는 개인주의 안에는, 화재가 끝나도 아직 방화용 쓰개가 필요하다고 말하며 쓸모도 없는데 답답해하는 사람에 대한 충고도 포함되어 있다고 생각해주세요. 또 다른 예로, 옛날 내가 고등학교에 있었을 때 어떤 모임이 창설된 적이 있습니다. 그 이름도 주된 사상도 자세한 것은 잊어버렸는데 어쨌든 국가주의를 표방한 요란스러운 모임이었습니다. 물론 나쁜 모임도 무엇도 아니었습니다. 당시의 교장 기노시타 히로지木下廣次[35] 씨 등이 모임을 상당히 돌봐주고 있는 모양이었습니다. 모임의 회원은 모두 가슴에 메달을 달고 있었습니다. 나는 메달만은 사양했습니다만 그래도 회원이었습니다. 물론 발기인이 아니라서 꽤 이견도 있었지만 이를테면 들어가도 지장은 없으리라는 생각에서 입회했습니다. 그런데 모임의 발대식이 넓은 강당에서 진행되고 있을 때 어느 순간인가, 한 회원이 단상에 서서 연설 같은 언변을 늘어놓았습니다. 나는 회원이기는 했지만 상당히 반대되는 의견도 많아서 그 전에 그 모임의 주의를 신랄하게 공격했던 것으로 기억하고 있습니다. 그런데 드디어 발대식이 시작되어 지금 말씀드린 남자의 연설을 들어보니 완전히 내 의견을 반박하는 데 지나지 않았습니다. 고의인지 우연인지 몰랐지만 당연히 나는 답변의 필요를 느꼈습니다. 나는 도리가 없어서 그 사람의 연설이 끝난 후에 연단에 올랐습니다. 당시 나의 태도나 행동은 매우 보기 흉한 것이었다고 생각합니다만 그래도 간결하게 말할 것은 말해버렸습니다. '그때 뭐라고 했느냐' 질문할지도 모르겠는데 대단히 간단합니다. 나는 이렇게 얘기했습니다──국가라는 것이 중요할지 모르지만 그렇게 아침부터 밤까지 "국가, 국가" 하며 마치 국가에 매달리는 듯한 행동은 도저히 가능한 일이 아닙니다. 항상 국가의 일 외에 다른 것을 생각해서는 안 된다고 하는 사람이 있을지 모르는데 그렇게 끊임없이 한 가지 일을 생각하는 사람은 사실 존재하지 않습니다. 두부 가게에서 두부를 팔고 다니는 것은 결코 국가를 위해서가 아닙니다. 근본적으로는 자신의 의식주를 위한 돈을 얻기 위해서입니다. 그러나 당사자가 어떻든 그 결과가 사회에 필요한 것을 제공한다는 점에서 간접적으로 국가에 이익이 되고 있을지도 모릅니다. 이와 마찬가지로 오늘 낮에 나는 밥을 세 공기 먹고 밤에는 네 공기로 불렸다고 할 때도 꼭 국가를 위해 증감한 것은 아닙니다. 정직하게 말하면 위의 상태로 정한 것입니다. 그렇지만 이것들도 간접적으로 말하면 반드시 국가에 영향을 미치지 않는다고 할 수는 없고, 아니 보는 각도에 따라서는 세계의 대세에 얼마간 관계하지 않는다고도 할 수 없습니다. 그렇다고 해서 중요한 당사자가 그런 점을 생각해서 국가를 위해 밥을 먹어야 하고 국가를 위해 얼굴을 씻어야 하고 또한 국가를 위해 화장실에 가야만 한다면 큰일입니다. 국가주의를 장려하는 일은 아무리 해도 상관없지만 사실 불가능한 일을 마치 국가를 위해 하는 것처럼 가장하는 것은 위선입니다——내 답변은 대충 이러한 것이었습니다.

본래 국가라는 형태가 위험하게 되면 누구나 국가의 안부를 생각하게 됩니다. 국가가 강해서 전쟁에 대한 우려가 적고 외부에서 침략을 당할 염려가 없으면 없을수록 국가적 관념이 희박해지는 것은 당연하고 그 공허함을 채우기 위해 개인주의가 들어오는 것이 이치에 합당하다고 할 수밖에 없습니다. 지금의 일본은 그 정도로 무사태평하지도 않을 것입니다. 가난할 뿐만 아니라 나라가 작습니다. 따라서 언제 어떤 일이 일어날지 모릅니다. 그런 의미에서 보자면 우리는 국가의 일을 생각하고 있지 않으면 안 됩니다. 그렇지만 ㄱ 일본이 바로 지금 망한다거나 멸망의 우려가 있다거나 하는 비상사태가 아닌 이상, 그렇게 "국가, 국가" 떠들고 다닐 필요는 없을 것입니다. 그것은 화재가 발생하기도 전에 소방복을 입고 답답해하면서 시내를 뛰어다니는 것과 마찬가지입니다. 결국 이러한 상황은 실제로 정도의 문제이고 마침내 전쟁이 일어났을 때라든지 몹시 위급한 때가 되면 사고할 수 있는 두뇌를 지닌 인간——사고하지 않고는 잠자코 있을 수 없는 인격 수양을 쌓은 인간은 자연히 그쪽으로 향해 나가서 개인의 자유를 속박하고 개인의 활동을 제어할지라도 국가를 위해 진력하게 될 것임은 지극히 자연스러운 현상이라 말해도 좋을 것입니다. 때문에 이 두 개의 주의는 언제나 모순되고 언제나 서로 박살내는 등 이처럼 성가신 존재는 절대로 아니라고 나는 믿고 있습니다. 이 점에 대해서도 더욱 자세하게 말씀드리고 싶지만 시간이 없으니 이 정도에서 끝내겠습니다. 단지 그 위에 한 가지 주의사항으로 말씀드리고 싶은 것은 국가적 도덕이라는 형태가 개인적 도덕에 비해 훨씬 등급이 낮은 것처럼 보인다는 점입니다. 원래 나라와 나라 사이에는 외교적 응대가 아무리 엄격해도 도덕심은 그다지 존재하지 않습니다. 사기를 치고 속임수를 쓰고 엉망진창입니다. 따라서 국가를 표준으로 하는 이상, 국가를 한 단체로 보는 이상, 정말이지 저급한 도덕에 만족하고 태연하게 있어야 함에도 불구하고 개인주의의 기초에서 생각한다면 그 기준이 매우 높아지므로 심사숙고해야 합니다. 그래서 국가가 평온할 때에는 역시 덕의심 높은 개인주의에 중점을 두는 편이 나에게는 아무리 생각해도 당연하게 느껴집니다. 그 부분은 시간이 없어서 오늘은 이 이상 말씀드릴 수 없습니다.

나는 모처럼 초대를 받고 오늘 주저함 없이 나서서 개인의 생애를 설계하고 보내야 할 여러분에게 개인주의의 필요성을 역설했습니다. 이는 여러분이 사회에 나간 뒤 다소 참고할 만하리라 생각했기 때문입니다. 과연 내가 말한 것이 여러분에게 통했는지 어땠는지는 알 수 없지만 혹시 내가 말한 의미에 불명확한 곳이 있었다고 한다면 그건 나의 표현이 부족했거나 좋지 않았기 때문이라 생각합니다. 또한 내가 말한 것에 애매한 점이 있었다면 적당하게 단정하지 말고 우리 집을 방문해주세요. 가능한 한 언제라도 설명할 생각이니까요. 더욱이 그러한 수고를 하지 않고서도 나의 본 뜻이 충분히 납득되었다면 나는 이보다 더 만족할 수 없을 것입니다. 너무 시간이 길어지니 이것으로 실례하겠습니다.

다이쇼 4년(1915) 3월 22일,《보인회잡지》

현대 일본의 개화

메이지 44년(1911) 8월, 와카야마에서의 강연.

몹시 너운데, 이렇게 디워시는 많은 사람이 모여 연설 따위를 듣는 일이 필시 고통스러우리라 생각합니다. 들은 바에 의하면 어제도 어떤 연설회가 있었다는데, 이처럼 똑같은 모임이 계속되어서는 아무리 더위를 타지 않는다는 보증이 있다 하더라도 우선 너무 유행을 타는 느낌이 들어 경청하는 것도 상당히 곤란하리라 생각되어 말씀드립니다. 그렇지만 연설을 하는 쪽 입장에서도 수월하지만은 않습니다. 특히 방금 마키[36] 씨가 저를 소개하면서 "소세키 씨의 연설은 우여곡절의 묘함이 있다"라던가 뭐라던가 하는 광고성 찬사를 늘어놓은 뒤에 단상에 나와 씨의 말대로 실행하려고 하니 마치 우여곡절의 묘함을 다하기 위해 곡예라도 보여드리고자 단상에 오른 것 같고, 만일 그 묘함을 다하지 않으면 단상을 내려갈 수밖에 없을 것 같은 기분이 들어 더욱 해내기 어려운 처지에 빠져버린 상황입니다. 실은 여기에 나오기 전에 앞전의 마키 씨와 상담한 적이 있습니다. 이것은 은밀한 이야기입니다만 각오하고 터놓고 이야기하겠습니다. 뭐 그렇게 말할 정도의 비밀도 아닌데 정말이지 오늘 공연에서는 장시간 여러분에게 이야기할 소재가 부족할 듯한 느낌이 들어 도리 없이 마키 씨에게 "당신이 조금은 시간을 지연시킬 수 있습니까?" 하고 물어보았습니다. 그러자 마키 씨는 "제 쪽에서는 지연하려면 얼마든지 지연할 수 있습니다"라고 하며 마음 든든한 대답을 주어서 이내 큰 배에라도 오른 듯한 심정이 되어 "그러면 조금 지연시켜주세요" 하고 부탁해두었습니다. 그 결과로 '서두'라든가 '서론'에서 내 연설을 촌평해준 것은 근본적으로 나의 주문에서 발생한 것으로 매우 고마운 일임에 틀림없지만 그 대신 이야기를 하기가 무척 어렵게 돼버린 것 또한 숨길 수 없는 사실입니다. 원래 그런 한심한 의뢰를 감히 할 정도이므로 우여곡절이라 하기보다 오히려 정면으로 부딪쳐 정확하게 끝을 맺어야 할 연설입니다. 그렇기 때문에 억양 변화나 파란만장의 묘함을 다할 만한 소재 따위를 효과적으로 사용하고 싶은 생각은 전혀 없습니다. 그렇다고 해서 아무 생각도 없이 그냥 멍하게 연단에 오른 것은 아니고 여기에 올 만큼의 준비는 다소 해온 것은 틀림없습니다. 다만 내가 이 와카야마[37]에 오게 된 것은 당초 계획에서 연유한 것이 아니라 내 편에서 긴키近畿 지방[38]을 희망하자 신문사에서 그중에서도 와카야마를 배정해주었기 때문입니다.[39] 덕분에 본 적 없는 지역이랑 명소 등을 살펴볼 편의

를 얻어 좋은 기회라 생각하고 있습니다. 그 김에 연설을 한
다──그게 아니라 이번 강연을 계기로 다마츠시마玉津島 신
사[40]나 기미이사紀三井寺[41]를 찾아볼 셈이기 때문에 이들 고
적, 명승에 대한 정보 없이 빈손으로 갈 수는 없습니다. 강연
제목은 분명히 동경에서 정하고 왔습니다.

　제목은 '현대 일본의 개화'인데, '현대'라는 문자는 뒤로 가
지고 와도 앞으로 가지고 와도 같은 의미라서 '현대 일본의
개화'라고 하든 '일본 현대의 개화'라고 하든 내 쪽에서는 그
다지 상관이 없습니다. '현대'라는 글자가 있고 '일본'이라는
글자가 있고 '개화'라는 글자가 있는데, 그 사이에 '의'라는
글자가 들어 있다고 생각하면 그뿐인 이야기입니다. 어떠한
어려움도 없는 단지 '오늘날 일본의 개화'라는 간단한 뜻입
니다. 그 "개화를 어떻게 할 것인가?" 하고 묻는다면 실은 내
능력으로는 도저히 답변할 수 없으므로 나는 단지 개화를 설
명한 뒤, 여러분의 고견에 맡길 예정입니다. 그러면 "개화를
설명해서 어쩌자는 것인가?" 하고 물을지도 모르겠는데 나
는 현대 일본의 개화에 대해 여러분이 그 뜻을 잘 이해하고
있지 않다고 생각합니다. 이렇게 말한다면 실례지만 아무래
도 이 점을 보통의 일본인은 잘 수긍하고 있지 않은 것처럼
느껴집니다. 나는 여러분보다 그런 방면에 두뇌를 쓸 여유가
조금 더 있으므로 이런 기회를 이용해서 내가 생각한 부분을
여러분에게 들려주고자 합니다. 어차피 여러분도 나도 일본

인이고 현대에 태어난 처지이므로 과거의 인간도 미래의 인간도 아닐 뿐만 아니라 현재 개화의 영향을 받고 있는 터라 '현대'와 '일본'과 '개화'라는 이 세 단어가 아무리 여러분과 나를 떼어놓으려 해도 떼어놓을 수 없는 밀접한 관계가 있습니다. 그럼에도 서로 '현대 일본의 개화'에 대해 무관심했거나 그다지 확실한 이념을 가지고 있지 않았다면 만사가 불편하므로 서로 연구도 하고 또 알 만큼은 알아두는 것이 현명하리라 생각합니다. 그것은 조금 학구적인 것으로 느껴지는데 일본이나 현대라는 특별한 단어에 속박되지 않는 일반적 개화 개념에서 출발하여 그 성질을 조사할 필요가 있다고 생각됩니다. 서로 간에 개화라는 단어를 하루에도 여러 번 반복해 사용하고 있지만 "과연 개화는 어떠한 것인가?" 깊이 따져보면 지금까지 서로 납득했다고 생각했던 언어의 의미가 뜻밖에 일치하지 않기도 하고 또는 의외로 막연하고 애매하게 느껴지는 일이 자주 발생해서 나는 우선 개화를 정의하는 일부터 하고 싶습니다.

그렇지만 정의를 내릴 때는 어지간히 주의하지 않으면 터무니없는 뜻이 됩니다. 이를 조금 복잡하게 이야기해서 정의를 내리면, 그 정의를 위해 정의 내린 형태가 마치 풀로 붙여 세공한 모습처럼 굳어져버립니다. 복잡한 특성을 간단하게 정리하는 학자의 수완과 두뇌에 감탄하게 되면서도 한편 그들이 내린 정의를 살펴보면 아쉽게도 우활한 점들이 흔히 발견됩니다. 그 맹점을 쉽게 한마디로 설명하면 살아 있는 생물을 일부러 네모반듯한 관 속에 넣어 융통성이 발휘되지 못하도록 만든다는 것입니다. 하긴 기하학 등에서 원을 정의할 때 '중심부터 원주에 이르는 거리가 전부 똑같은 것'이라고 정의하는 것은 그것만으로는 별 지장 없는, 정의의 편의만 있고 폐해는 없는 무난한 것이지만 이는 현실 사회에 존재하는 둥근 것을 설명한다기보다 오히려 이상적으로 머릿속에 있는 원이리는 형태를 약속해 결정한 것일 뿐이라서, 예부터 지금까지 변함없이 오로지 이 한 가지 정의만 통용되고 있습니다. 그 밖에 사각형이나 삼각형이나 기하학적으로 존재하고 있는 것도 각각의 정의로 정리하면 결코 바꿀 필요가 없을지 모르지만 불행히도 현실 사회에 존재하는 원이나 사각형이나 삼각형 등에서 과거, 현재, 미래에 걸쳐 변화하지 않는 것은 매우 적습니다. 특히 그 자체로 활동력을 갖추고 생존하는 형체에는 변화무쌍함이 끝까지 붙어다닙니다. 오늘의 사각형이 내일의 삼각형이 되지 않는다고도 한정할 수 없고 내일의 삼각형이 또한 언제 둥글게 허물어지지 않는다고도 말할 수 없습니다. 예컨대 기하학과 같이 정의가 있어서 그 정의에서 형체를 만들어내는 것이 아니고, 형체가 있어서 그 형체를 설명하기 위해 정의를 만든다면 당연히 그 형체의 변화를 예측하고 의미를 함축한 꼴이 아니고서는 획일적이기만 할 뿐 전혀 세련되지 못한 정의가 되어버립니다. 마치 기차가 폭폭 달려오고 그 운동의 한 순간, 즉 운동의 성질이 가장 나타나기 어려운 찰나의 광경을 사진으로 찍어 "이것이 기차다, 기차다"라고 하며 흡사 기차의 모든 것을 한 장에 옮긴 것처럼 허풍을 떠는 모습과 동일합니다. 그것은 과연 어디에서 보더라도 기차가 틀림없을 것입니다. 하지만 간과해서는 안 될 '기차의 운동'이라는 것이 이 사진 속에는 나와 있지 않으므로 실제의 기차와는 도저히 비교할 수 없을 정도로 현격히 다르다고 말하지 않으면 안 될 것입니다. 잘 아시는 '호박'이라는 보석이 있지요? 그 속에 때때로 파리가 들어가 있는 것이 있습니다. 틈새를 통해 보면 파리가 틀림없는데, 요컨대 움직일 수 없는 파리입니다. 파리가 아니라고도 말할 수 없겠지만 살아 있는 파리라고도 말할 수 없습니다. 학자가 내리는 정의에는 이 사진의 기차나 호박 속의 파리와 비슷하여 선명하게 보이지만 죽어 있다고 평해야 할 것이 있습니다. 그래서 주의를 요한다고 하는 것입니다. 결국 변화하는 것을 취해서 변화를 허용하지 않는 것이 곧 정의라는 것입니다. "순사라고 하는 자는 하얀 옷을 입고 기병대 검을 차고 있는 사람이다"라고 처음부터 정했다면 어떤 순사라도 이 정의를 감당할 수 없을 것입니다. 집에 돌아와서 유카타도 갈아입을 수 없습니다. 이 더위에 검만 차고 있어야 한다는 것은 가련합니다. 기병은 말을 타는 사람입니다. 이 또한 지당한 정의지만 아무리 기병이라도 연중 계속해서 탈 수는 없는 것 아니겠습니까? 잠시 내리기도 해야 하니까요. 이렇게 예를 들면 한정 없으므로 적당히 끝내겠습니다. 실은 개화를 정의해보자고 약속을 하고 지껄이고 있었는데 어느 틈에 개화는 한쪽에 방치해놓고 까다로운 정의론에 빠져들어 죄송합니다. 하지만 이 정도만 주의한 뒤, '그러면 개화는 어떠한 것인가?'를 정리해본다면 다소나마 학자가 빠져들기 쉬운 폐해를 피할 수 있으며 또한 그 편리함도 받아들일 수 있으리라 생각합니다.

그러면 드디어 개화로 돌아오겠는데, 개화라는 것도 기차라든가 파리라든가 순사라든가 기병이라든가 하는 형태처럼 움직이고 있습니다. 그래서 개화의 한 순간을 포착해서 카메라에 딱 집어넣고 "이것이 개화다"라며 들고 다닐 수는 없습니다. 나는 어제 와카和歌의 포구42를 구경했습니다만 그곳을 본 사람 중에 "와카의 포구는 파도가 매우 거친 곳이다"라고 말한 사람이 있었습니다. 그렇게 생각하는데 다른 편에서는 "매우 조용한 곳이다"라고 말한 사람도 있었습니다. 어느 쪽이 맞는지 모르겠습니다. 자세히 들어보니 한쪽은 파도가 매우 거칠 때 갔고 한쪽은 매우 조용할 때 갔다는 차이가 이렇게 다른 이야기를 전해준 것입니다. 원래 본 대로이니 양쪽 다 거짓은 아닙니다. 하지만 양쪽 다 사실도 아닙니다. 이와 비슷한 정의는 도움이 안 되는 것은 아닙니다. 그렇지만 도움이 됨과 동시에 해가 되는 것도 분명하니 개화의 정의라고 하는 개념도 가능하면 그러한 불편함을 내포하지 않도록 하고 싶은 것이 나의 희망입니다. 그러나 그렇게 하자니 유감스럽게도 막막해집니다. 하지만 막막해져도 다른 것과 구별이 가능하다면 그것으로 족할 것입니다. 방금 전 마키 씨의 소개가 있었듯이, 나쓰메 씨의 강연은 그의 특유한 문장처럼 때에 따라 입구에서 현관에 이르기까지 지겨울 때가 있는 것 같아 정말 죄송스러운 형편입니다만 과연 강연을 해보니 그대로입니다. 이제 가까스로 현관까지 도착했으니 작정하고 참 정의로 옮겨 가겠습니다.

개화는 '인간 활력 발현의 경로'입니다. 나는 이렇게 이야기하고 싶습니다. 나뿐만이 아니고 여러분이라도 그렇게 말할 것입니다. 하지만 그렇게 말했다고 해서 따로 책에 씌어진 것은 아닙니다. 내가 그렇게 말하고 싶을 뿐 별나지도 아무렇지도 않은 내용입니다. 그런데 이는 매우 막연합니다. 앞에서 길게 진술한 뒤에 이 정도의 정의를 퍼뜨리는 데 이른 만큼 너무 사람을 무시하고 있는 듯합니다만 우선 그 부분부터 정하고 들어가지 않으면 애매해지므로 실은 어찌할 수 없습니다. 그래서 인간의 활력이라는 것이 지금 말씀드린 대로 때의 흐름에 따라서 발현하면서 개화를 형성해가는 도중에, 나는 근본적으로 성질이 다른 두 종류의 활동을 인정하고 싶고, 아니 확실히 인정하는 것입니다.

그 두 종류 중 하나는 적극적인 것이고 하나는 소극적인 것입니다. 왠지 진부한 해석을 해서 죄송하지만 인간 활력의 발현상 적극적이라는 언어를 사용하면 세력의 소모를 의미하게 됩니다. 그리고 한편으로는 이와 반대로 세력의 소모를 가능한 한 방지하려는 활동이나 궁리이기도 하기 때문에 전자에 비해 소극적이라고 말하는 것입니다. 이렇듯 서로 엇갈리며 잘 맞지 않은 듯한 두 가지 활동이 뒤섞이기도 하고 복잡해지기도 하며 개화라는 형태가 완성되는 것입니다. 그래도 아직 추상적이어서 잘 이해되지 않을지도 모르는데 조금 더 진행하면 내가 말하는 의미가 저절로 명료해지리라 확신합니다. 원래 인간의 목숨이나 생이라 칭하는 것은 해석 여하에 따라 여러 가지 의미를 띠고 어려워지기도 합니다만 요컨대 전술한 대로 활력의 시현示現, 진행, 지속 등으로 평할 수밖에 도리가 없는 이상, '이 활력이 외부의 자극에 어떻게 반응할 것인가?' 하는 점을 자세하게 관찰하면 그것으로 우리 인류의 생활 상태도 거의 이해할 수 있을 것입니다. 그렇다면 그 인간 다수의 생활 상태를 집합해서 과거에서부터 지금까지 이른 것이 이른바 개화라는 사실을 새삼스럽게 말씀드릴 필요도 없을 것입니다. 한편 우리의 활력이 외부의 자극에 반응하는 방식은 자극이 복잡한 것 이상으로 가지각색, 천차만별임에 틀림없습니다. 요컨대 자극이 올 때마다 우리가 활력을 되도록 제한하고 절약해서 가능한 한 사용하지 않겠다고 하는 궁리와 스스로 나아가서 적합한 자극을 찾아 가능한 만큼의 활력을 소모해 만족을 취하는 방식, 이 두 가지로 귀착된다고 나는 생각하고 있습니다. 그래서 편의를 위해 전자를 '활력 절약의 행동'이라 이름 붙이고 후자를 잠정적으로 '활력 소모의 취향'이라 이름 붙여두겠습니다. 활력 절약의 행동은 현대의 우리가 보통 사용하는 '의무'라는 용어를 염두에 두고 형용해야 할 성질을 지닌 자극에 대해 일어나는 것입니다. 종래의 도덕 교육 및 오늘날의 교육에서는 의무를 수행하는 용감한 기상을 매우 원하고 장려하는 듯하지만 이는 도덕의 이야기로 도덕의 영역에서만 존재하는 것입니다. 그렇지 않으면 도덕상으로만 하는 편이 사회의 행복이라고 말할 따름으로 인간 활력의 시현을 관찰하여 그 조직의 경위 하나를 관장하는 커다란 사실적 관점에서 말하면 아무리 생각해도 방금 내가 말씀드린 바처럼 해석할 수밖에 달리 방법이 없습니다. 우리도 상호 간의 의무는 다해야 한다고 항상 생각하고 또 의무를 다한 뒤에는 참으로 기분이 좋은데, 그 이면에 깊게 들어가 반성해보면 "아무쪼록 이 의무의 속박을 벗어나서 빨리 자유롭게 되고 싶다. 남에게 강요당해서 어쩔 수 없이 하는 일은 되도록 분량을 압축하여 손쉽게 끝내고 싶다"는 근성이 언제나 마음속에 늘 따라다닙니다. 그 근성을 바꿔 말하면 활력 절약의 궁리가 되어 개화라는 형태의 일대 원동력을 구성하는 것입니다.

이렇게 소극적으로 활력을 절약하려는 노력에 대해 한편

에서는 활력을 적극적으로 임의로 이곳저곳에 소모하려고 하는 정신이 또 개화의 절반을 구성하고 있습니다. 그 발현 방법 역시 세상이 진보하면 할수록 복잡해지는 것이 당연한데 이를 극도로 도식화해서 '어떤 방면에 나타나는가'를 설명하면 먼저 보통 언어로 '도락道樂'이라는 이름이 붙은 자극에 대해 발생하는 것이라고 하면 쉽게 이해될 것입니다. 도락이라고 하면 누구나 알고 있습니다. 낚시를 한다든가 당구를 친다든가 바둑을 둔다든가 총을 메고 사냥을 간다든가 여러 가지 형태가 있겠습니다. 이들은 설명할 필요도 없이 전부 스스로 나아가서 어떤 강요 없이 자신의 활력을 소모하고 기뻐하는 쪽입니다. 더 나아가서 이 정신이 문학도 되고 과학도 되고 또 철학도 되므로 언뜻 보면 대단히 어려운 문제가 모두 도락의 발현에 불과한 것입니다.

이 두 가지 정신, 즉 의무의 자극에 대한 반응으로서의 소극적인 활력 절약과 도락의 자극에 대한 반응으로서의 적극적 활력 소모가 서로 나란히 진행, 서로 얽히고설키며 변화해가서 이 복잡하기 짝이 없는 개화라는 형태가 성립된다고 나는 생각하고 있습니다. 그 결과는 현재 우리가 살고 있는 사회의 실상을 목격하면 금방 알 수 있습니다. 활력 절약 편에서 말하면 가능한 한 노동을 적게 하고 되도록 근소한 시간에 많은 일을 하려고 궁리합니다. 그 궁리가 쌓이고 쌓여서 기차, 기선은 물론 전신, 전화, 자동차 등 대단한 것이 됩니다만 근본을 규명해보면 귀찮음을 피하고 싶다는 교활함에서 발달한 편법에 불과한 것입니다. 이 와카야마 시에서 "와카의 포구까지 잠시 심부름을 다녀오라"고 이야기한다면 누구라도 가능하면 거절하고 싶어합니다. 그러나 꼭 가야만 한다면 되도록 편하게 다녀오고 싶고 빨리 돌아오고 싶습니다. 되도록 육체는 사용하고 싶지 않습니다. 그래서 인력거라도 얻지 않으면 안 되게 됩니다. 조금 더 사치스럽게 말하면 자전거를 이용할 것입니다. 더욱 멋대로 열 내서 말하면 이것이 전차로도 변하고 자동차나 비행기로도 변하게 되는 것이 자연스러운 현상입니다. 여기에 반해 전차나 전화가 설비되어 있다고 해도 "꼭 오늘은 저쪽까지 걸어서 가고 싶다"는 식의 도락심이 강하게 나타나는 날도 1년에 두세 번은 꼭 있습니다. 원해서 육체를 사용하고 피로를 청합니다. 우리가 매일 하는 산보라는 사치도 요컨대 이 활력 소모의 부류에 속하는 적극적인 생활을 위한 생명 보존 형태의 일부분입니다. 그런데 이 도락심이 발동했을 때 다행히도 다녀오라는 명령이 내려지면 마침 좋으나, 대체로 그렇게 유리하게 진행되지는 않습니다. 명령을 받을 때는 많이 걷고 싶지 않은 때입니다. 그러므로 걷지 않고 용무를 볼 궁리를 해야 합니다. 말하자면 자연히 방문이 우편이 되고, 우편이 전보가 되고, 전보가 또 전화가 되는 이치입니다. 요컨대 인간 생존의 필요상 뭔가 일을 해야 하는데 될 수 있으면 움직이지 않은 채로 일을 보고 만족하게 살고 싶다는 제멋대로의 생각이라고 말씀드려야 할까요. "그렇게 몸이 가루가 되도록 일하고 살아서는 수지가 맞지 않아. 바보 취급하지 마! 농담이 아냐!"라고 하는 데서 분발한 결과가 괴물처럼 뛰어난 기계의 힘으로 변모한 것이라고 보면 큰 지장은 없을 것입니다.

이 괴력으로 거리가 축소되고 시간이 줄어들고 수고를 덜게 되는 등 모든 의무적인 노력이 최소한도로 감소되었을 뿐 아니라, 감소되어서 어디까지 진행되어갈지 모르는 사이에 그 반대의 활력 소모라고 이름 지어둔 도락 근성 쪽도 한껏 자유분방한 채 잠시도 멈추지 않고 저절로 발달하면서 그칠 줄 모르고 전진합니다. 도덕가라면 이 도락 근성의 발전을 괘씸하다 할 것입니다. 그렇지만 그건 덕의상의 문제로 사실상의 문제는 되지 않습니다. 현실의 상황에서 말하자면 우리가 원하는 곳에 활력을 소비하는 이 궁리 정신은 하루 종일 쉬지 않고 활동하며 발전하고 있습니다. 원래 사회가 그렇기 때문에 부득이 의무적 행동을 하는 인간도 내버려두면 어디까지나 자아본위에 입각하는 것은 당연하므로 자신이 원하는 자극에 정신이나 신체 등을 소비하는 경향은 어쩔 도리 없는 결과입니다. 그렇지만 원하는 자극에 반응, 자유롭게 활력을 소모한다고 해서 무엇이나 나쁜 일을 한다고는 할 수 없습니다. 가령 여자를 상대로 하는 것만이 도락은 아닙니다. 좋아하는 행동을 하는 것은 개화가 허용하는 한 모든 방면에 해당되는 이야기입니다. 그림을 그리고 싶다고 생각하면 되도록 그림만 그리려고 합니다. 책을 읽고 싶다면 지장이 없는 한 책만 읽으려 합니다. 혹은 학문을 좋아한다고 말하며 부모 마음도 알지 못한 채 서재에 들어가 창백해지는 자식이 있습니다. 옆에서 보면 무슨 일을 하는 것인지 모릅니다. 아버지 쪽에서는 무리해서 학비를 조달하여 졸업시킨 뒤 월급이라도 벌게 한 후 빨리 은퇴해서 노후를 보내려고 생각하고 있는데 자식 쪽에서는 생계 따위는 전혀 개의치 않고 오로지 천지의 진리를 발견하고 싶다는 둥 제멋대로 지껄이며 책상에 기대어 몹시 시무룩한 표정을 짓고 있는 경우도 있습니다. 부모는 생계를 위한 수업이라 생각하고 있는데 아이는 도락을 위한 학문으로만 생각하고 있습니다. 이러한 이유로 도락의 활력은 어떠한 도덕학자도 두절시킬 수 없습니다. 오늘날 그 발현이 세상에 어떠한 형태로 어떻게 나타나고 있는가 하는 점은 경쟁이 극심한 이 세상에 도락이라는 존재 따위의 권리를 전혀 승인하지 않을 정도로 가업에 힘쓰는 사람이라도 조금만 주의하면 긍정하지 않을 수 없게 될 것입니다. 나는 어젯밤 와카의 포구에서 숙박했는데 포구에 가서 보니 늘어진 소나무나 권현權現의 제당[43]이나 기미이사 등 여러 가지가 있었는데 그중 동양에서 제일가는, 해발 200척이라 씌어진 엘리베이터가 숙소 뒤쪽의 조금 높은 돌산 정상에 구경꾼들을 끊임없이 올리고 내리고 하는 것을 보았습니다. 실은 나도 동물원의 곰처럼 저 철 모양의 우리 속에 들어가 산 위에 올라간 사람 중의 하나입니다. 하지만 그것은 생활상 그다지 필요한 장소에 있는 것도 아니며 또 그 정도로 중요한 기계도 아닌 단지 색다른 것입니다. 그냥 오르기도 하고 내려가기도 할 뿐입니다. 의심할 여지 없이 도락심의 발현으로 호기심 겸 광고 효과도 거두고 있을지 모르지만 이를테면 생계와는 관계가 적은 것입니다. 이는 일례이지만 개화가 진행됨에 따라 이러한 사치스러운 형태의 수가 늘어간다는 것은 누구라도 인식할 것입니다. 더군다나 이 사치스러움이 날이 갈수록 구체화됩니다. 큰 것 속에 회전 틀이 몇 개씩 생겨 깔때기처럼 점점 깊어집니다. 그와 동시에 미처 지금까지 주의하지 못한 방면에까지 발전하여 범위가 해마다 넓어집니다.

요컨대 방금 말씀드린 두 요소가 헝클어진 경로, 즉 될 수 있는 한 노력을 절약하고 싶다는 바람에서 나온 여러 가지 발명이나 기계의 힘이라는 방면과 될 수 있는 한 제멋대로 세력을 쓰고 싶다고 하는 오락의 방면, 이 두 방면이 '경經'이 되고 '위緯'가 되어 변화무쌍하게 뒤얽혀 오늘날처럼 혼란한 개화라는 이상한 현상을 만드는 것입니다.

그런데 그러한 것을 개화라 하자니 여기에 일종의 묘한 패러독스라고나 할까, 실은 누구나 인정해야 할 현상이 일어납니다. 애당초 인간은 왜 개화의 흐름에 따라서 두 종류의 활력을 발현하며 오늘에 이르렀는가 하면 태어나면서 그러한 경향을 지니고 있었다고 대답할 수밖에 도리가 없습니다. 이를 역으로 말하면 우리 인간이 오늘날 존재하는 것은 완전히 이 본래의 경향이 있기 때문입니다. 더 나아가 원래대로 팔짱을 끼고 있어서는 생존상 아무리 해도 해낼 수 없으므로 계속해서 차례차례 밀려 이처럼 발전을 이루었다고 말하지 않으면 안 됩니다. 그러고 보면 예로부터 몇천 년의 노력과 세월을 통해 가까스로 현대의 위치까지 진행해온 것이므로 적어도 이 두 종류의 활력은 과거부터 지금에 이르는 긴 시간 동안 궁리해서 얻은 결과이니 생활이 옛날보다 편리하게 된 것은 당연한 일일 것입니다. 그러나 실제로는 어떻습니까? 터놓고 말하면 서로의 생활은 무척 괴롭습니다. 옛날 사람들에 비해 한 발자국도 양보할 수 없는 고통 아래서 생활하고 있다는 자각이 우리 모두에게 있습니다. 아니 개화가 진행되면 될수록 경쟁이 점점 격렬해져 생활은 마침내 곤란해지리라는 느낌이 듭니다. 정말 앞서 말한 두 종류 활력의 맹렬한 분투로 개화가 이루어졌음에 틀림없습니다. 하지만 이 개화는 일반적으로 생활 정도가 높아졌다는 의미를 담고 있을 뿐 생존의 고통이 비교적 약화되었다는 뜻은 아닙니다. 마치 초등학교 학생이 학문의 경쟁으로 괴로운 것과 대학생이 학문의 경쟁으로 괴로운 것이 정도는 다르지만 비율로는 동일한 것처럼, 옛날 사람과 현재의 사람이 행복의 정도에 있어서——또는 불행의 정도에 있어서——어느 정도 다른가 하면 활력 소모, 활력 절약의 두 궁리에 있어서는 큰 차이가 있을지 모르지만 생존 경쟁에서 야기되는 불안이나 노력에 이르러서는 절대로 이전보다 편해지지 않았습니다. 아니 이전보다 오히려 괴로워졌을지도 모릅니다. 이전에는 사느냐 죽느냐를 놓고 경쟁했습니다. 그만큼의 노력을 애써 하지 않으면 죽고 맙니다. 어쩔 수 없으니까 합니다. 더군다나 도락이라는 개념은 어찌되었든 간에 도락의 길조차 열리지 않았기 때문에 '이렇게 하고 싶고 저렇게 하고 싶다'는 견해의 정도도 미약했고 가끔 발을 뻗기도 하고 일손을 멈추기도 하며 만족하는 정도였으리라 사료됩니다. 오늘날에는 사느냐 죽느냐의 문제에서 상당히 초월해 있습니다. 그것이 변화해서 오히려 어떻게 사느냐 하는 문제로 경쟁하는 상황이 되어버렸습니다. 이렇게 사느냐 저렇게 사느냐 하는 문제는 조금 이상할지 모르겠지만 A의 상태에서 사느냐, B의 상태에서 사느냐의 문제로 고심하지 않으면 안 된다는 것을 의미합니다. 활력 절약 편에서 예를 들어 이야기하자면 '인력거를 끌고 세상을 살아갈까, 또는 자동차 핸들을 잡으면서 생활할까'를 두고 경쟁하게 된 것입니다. 어느 쪽을 가업으로 삼더라도 생명에는 별 지장 없음이 확실한데 어느 쪽으로 가더라도 노력이 같다고는 말할 수 없습니다. 인력거를 끄는 쪽이 훨씬 땀을 많이 흘릴 것입니다. 자동차 기사가 되어 손님을 태우면——하긴 자동차를 가질 정도라면 손님을 태울 필요도 없지만——짧은 시간에 먼 곳까지 달릴 수 있습니다. 억센 힘은 조금도 쓰지 않고 끝납니다. 활력 절약의 결과로 편안하게 일할 수 있습니다. 그런데 자동차가 없는 옛날은 어떨지 모르지만 적어도 발명된 이상 인력거는 자동차에 져야합니다. 진다면 따라붙지 않으면 안 됩니다. 이러한 사정이기에 조금이라도 노력을 절감할 수 있어 우세한 쪽이 지평선 상에 나타나 하나의 파란을 자아내면 마치 일종의 저기압 같은 현상이 개화 속에서 일어나고 각 부분의 비례가 유지되어 평균이 회복될 때까지는 동요하며 그치지 않는 것이 인간의 본성입니다. 적극적 활력의 발현 편에서 보더라도 이 파동은 동일한 형태로, 요컨대 지금까지는 시키시마[44]인지 뭔지를 피우며 참고 있었는데 이웃 남자가 맛 좋은 듯 이집트 담배를 피우고 있으면 역시 그쪽을 피우고 싶어집니다. 게다가 피워보면 분명 그쪽의 맛이 좋습니다. 결국 시키시마 따위를 피우는 사람은 인간 축에 끼지 못하는 듯한 기분이 들어 아무래도 이집트 담배로 옮겨 피워야 한다는 경쟁심이 일어납니다. 통속적으로 말하면 인간이 사치스러워집니다. 도학자는 윤리적 입장에서 항상 사치를 경고하고 있습니다. 좋은 이야기임에는 틀림없는데 자연의 대세에 반한 훈계이므로 언제나 실패로 끝나리라는 점은 옛날부터 지금까지 인간이 어느 정도 사치스러워졌는지를 생각해보면 알 수 있는 내용입니다. 이처럼 적극적·소극적 양 방면의 경쟁이 격렬해지는 것이 개화의 추세라고 할 때, 우리는 오랜 세월 동안 다양한 궁리를 한데 모아 지혜를 짜내 겨우 오늘까지 발전해왔음에도 불구하고 생활이 우리들 내부에 미치는 심리적 고통 측면에서 논한다면 50년 전, 혹은 100년 전보다 고통의 가감 정도가 그다지 변하지 않았을지도 모릅니다. 따라서 이 정도 노력을 절감하는 기계가 정비된 오늘날에도 게다가 활력을 자유롭게 사용할 수 있는 오락의 길이 마련된 오늘날에도 생활의 고통은 생각보다 심한 상태이고 어쩌면 '대단한'이라는 형용사를 씌우더라도 타당할 정도일지 모릅니다. 이 정도로 노력을 절감할 수 있는 시대에 태어나도 그 고마움이 수긍되지 않고 이 정도로 오락의 종류와 범위가 확대되어도 전혀 감사함을 느끼지 못하는 이상, 고통 위에 '대단한'이라는 문자를 부가해도 좋을 것 같습니다. 이것이 개화가 낳은 일대 패러독스라고 나는 생각합니다.

이제 일본의 개화로 옮겨 갑니다만 과연 일반적인 개화가 그런 형태라면 '일본의 개화도 개화의 일종이므로 그걸로 충분하지 않은가' 하고 여겨진다면 이 강연은 여기서 끝나버릴 형편입니다. 그렇지만 거기에는 일종의 특별한 사정이 있어서 일본의 개화는 그렇게 되지 않습니다. 왜 그렇게 되지 않을까? 그것을 설명하는 것이 오늘 강연의 핵심입니다. 이렇게 말하면 현관을 올라 이럭저럭 거실 근처에 온 정도의 느낌이 들어 놀라겠지요. 하지만 오늘의 강연은 그렇게 길지 않고 생각보다 짧은 강연입니다. 하고 있는 쪽도 긴 강연은 지치니까 가능하면 노력 절약의 법칙에 따라서 빨리 끝낼 예정이니 조금 더 참고 들어주세요.

그러므로 현대 일본의 개화는 앞에서 말한 일반의 개화와 어떻게 다른가 하는 것이 문제입니다. 만일 한마디로 이 문제를 해결하려 한다면 나는 이렇게 단정하고 싶습니다. 서양의 개화(즉 일반적인 개화)는 내발적內發的이고 일본 현대의 개화는 외발적外發的이라는 것입니다. 여기에서 내발적이라는 말의 뜻은 내부에서 자연스럽게 나와 발전한다는 의미로 마치 꽃이 피는 것처럼 저절로 꽃봉오리가 터져 꽃잎이 밖으로 향하는 상태를 말하고, 외발적이라는 말은 외부에서 가져와 덮어쓴 다른 힘으로 어쩔 수 없이 일종의 형식을 취하는 상태를 말하는 셈입니다. 덧붙여 설명하자면 서양의 개화는 '행운유수行雲流水'처럼 자연스럽게 나타나고 있지만 메이지 유신 후 외국과 교섭한 이후의 일본의 개화는 사정이 매우 다릅니다. 물론 어느 나라든 이웃과 교류하는 이상 그 영향을 받는 것이 당연한 일이니 일본이라 해도 옛날부터 그렇게 초연하게 단지 자국만의 활력으로 발전한 것은 아닙니다. 어떤 때는 삼한, 또 어떤 때는 중국 등 외국 문화의 영향을 상당히 받은 시대도 있었을 텐데 긴 세월을 총괄해 대체로 위에서부터 한번 흘낏 보면 비교적 내발적 개화로 진행해왔다고 말할 수 있을 것입니다. 적어도 외국 배의 입항을 금하고 외국을 배척하던 분위기에서 200년이나 마취된 결과,[45] 갑자기 서양 문화의 자극에 통겨오를 정도로 강렬한 영향은 유사 이래 아직 받지 않았다고 하는 편이 적당할 것입니다. 일본의 개화는 그때부터 급격히 곡절曲折하기 시작했습니다. 곡절하지 않으면 안 될 정도로 충격을 받았습니다. 이를 앞에서 말한 대로 표현하자면 지금까지 내발적으로 전개되어온 것이 갑자기 자기본위의 능력을 잃고 외부의 힘에 눌리고 눌려서 좋든 싫든 간에 그대로 하지 않으면 일어설 수 없는 듯한 모양이 된 것입니다. 그것이 한때만은 아닙니다. 40~50년 전에 한번 눌리고 눌린 채로 꼼짝 않고 버티고 있으니 편안한 자극은 아닙니다.[46] 시시각각 눌려서 오늘에 이르렀을 뿐만 아니라 향후 몇 년간, 혹은 영원히 오늘처럼 눌려 지내지 않으면 일본이 일본으로서 존재할 수 없을 터이므로 외발적이라 할 수밖에 도리가 없습니다. 그 이유는 물론 명백합니다. 앞서 자세히 말씀드린 개화의 정의로 되돌아가서 서술한다면 우리가 40~50년 전에 처음으로 마주치고 지금도 접촉을 피할 수 없는 서양의 개화는 우리보다 수십 배 노력 절약의 기관機關을 지닌 개화이고 게다가 우리보다 수십 배에 달하는 활력을 오락 도구 방면에 적극적으로 사용할 수 있는 방법을 구비한 개화입니다. 변변치 못한 설명인데, 우리가 내발적으로 전개해 10 정도로 복잡한 개화를 실행하여 목적지에 닿게 한 바로 그때 뜻밖에도 하늘 한쪽에서 갑자기 20~30 정도로 복잡하게 진행된 개화가 나타나 공격해왔습니다. 이 압박에 의해 우리는 어쩔 수 없이 부자연스럽게 발전할 수밖에 없으므로 지금 일본의 개화는 착실하게 느릿느릿 걸어가는 것이 아니라 "얏!" 하고 기합을 넣은 뒤 깡충깡충 뛰어가는 모습입니다. 개화의 모든 계단을 차례차례 밟고 지나갈 여유가 없으니 되도록 큰바늘로 듬성듬성 꿰매고 지나가는 꼴입니다. 다리가 지면에 닿는 곳은 10척을 통과하는 과정 중 불과 1척 정도이고 그 외 9척은 지나가지 않은 것과 같습니다. 내가 말한 외발적이라는 의미는 이 설명으로 대강 이해되었으리라 생각합니다.

그러한 외발적 개화가 우리에게 심리적으로 어떠한 영향을 끼치는가를 보면 조금 이상한 상황이 됩니다. 심리학 강연도 아닌데 까다로운 부분을 말씀드리는 것이 좀 그렇습니다만 필요한 부분만 간단히 말하고 다시 본론으로 돌아올 작정이니 잠시 참아주시길 바랍니다. 우리의 마음은 그칠 사이 없이 움직이고 있습니다. 여러분은 지금 내 강연을 듣고 있고 나는 지금 여러분을 앞에 두고 뭔가 말하고 있는데, 쌍방 모두 이것을 자각합니다. 이렇게 서로의 마음을 움직이고 있습니다. 즉 활동하고 있는 것입니다. 이것을 의식이라 합니다. 이 의식의 일부분, 때때로 지속하는 한 단위, 어림잡으면 1분 정도를 끊임없이 움직이고 있는 커다란 의식에서 끊어

내 조사해보아도 역시 움직이고 있습니다. 그 움직이는 성향은 따로 내가 발명한 것이 아니라 서양 학자가 책에 쓴 그대로를 지당하다고 생각하여 소개할 따름인데, 통틀어 1분간의 의식이든 30초간의 의식이든 그 내용이 마음에 명료하게 비친다는 점에서 줄곧 같은 정도의 강도로 시간의 경과에 개의치 않고 마치 한 곳에 달라붙은 것처럼 고정된 꼴은 아닙니다. 반드시 움직입니다. 움직임에 따라 명확한 부분과 어두운 부분이 생깁니다. 그 고저를 선으로 나타내면 평평한 직선으로는 무리이므로 역시 다소 경사가 진 호선, 즉 활 모양의 곡선으로 나타내지 않으면 안 됩니다. 이렇게 설명하면 오히려 뒤얽혀서 복잡해질지도 모르겠지만 학자란 알고 있는 것을 알기 어렵게 말하는 사람이고 초보자란 알고 있지 않은 것을 아는 듯, 말하자면 납득한 얼굴을 하는 사람이므로 비난은 반반입니다. 방금 말한 '호선'이나 '곡선'이라는 모양도 알기 쉽게 풀어 말하면 다음과 같은데, 사물을 이해하는 데 있어 잠시 눈으로 보아서 '이것이 무엇일까' 하는 문제를 확실히 알기에는 어느 정도 시간이 필요합니다. 즉 의식이 아래쪽에서 일정한 시간을 경과하여 정점에 올라와 확실해져서 '아 이것이구나'라고 생각하게 되는 순간이 옵니다. 그것을 더욱 응시하고 있으면 이번에는 시각이 무뎌져서 다소 멍해지기 시작해 일단 위쪽으로 향한 의식의 방향이 아래쪽을 향해 어두워집니다. 이는 실험을 해보시면 압니다.

실험이라 해도 기계 따위는 필요 없습니다. 머릿속이 그렇게 되어 있어 시험만 하면 깨닫습니다. 책을 읽을 때도, A라는 용어와 B라는 용어 그리고 C라는 용어가 차례차례 늘어서 있으면 이 세 가지 용어를 차례차례 이해해나가는 것이 당연하므로 A가 분명하게 머리에 비칠 때는 B는 아직 의식에 올라오지 않습니다. B가 의식의 무대에 오르기 시작할 때에 A 쪽은 이미 희미해져 점점 식별만이 가능한 영역 쪽으로 다가갑니다. B에서 C로 옮겨 갈 때도 마찬가지 동작을 반복하는 것에 불과하기 때문에 아무리 열을 길게 늘여도 똑같습니다. 이는 지극히 짧은 시간의 의식을 학자가 해부해서 보여준 것인데 이 해부는 1분간의 개인적 의식뿐만 아니라 일반 사회의 집합 의식 그리고 또 하루, 한 달 혹은 1년 내지 10년간의 의식에도 응용 가능합니다. 이처럼 의식의 특색은 많은 사람의 의식이든 장시간에 걸친 의식이든 전혀 변함없을 거라고 나는 확신하고 있습니다. 예를 들어보면 여러분이라는 다수의 단체가 지금 여기에서 내 강연을 듣고 계십니다. 듣고 있지 않는 사람도 있을지 모르나 듣고 있다고 칩시다. 그러면 개인이 아닌 집합체인 여러분의 의식 위에는 지금 내 강연의 내용이 명확하게 파고 들어갑니다. 그와 동시에 이 강연장에 오기 전 여러분이 경험한 일, 말하자면 비가 와서 옷이 젖었다든가 찌는 듯한 무더위에 도중에 고통스러웠다든가 하는 의식은 강연이 마음을 현혹함에 따라 점점 불명확하고 불확실해집니다. 한편 이 강연이 끝나고 장외에 나가 시원한 바람을 맞기라도 한다면 "아아, 기분 좋다"라는 의식에 마음이 사로잡혀 강연 쪽은 깜빡 잊고 맙니다. 내 쪽에서 말하면 전혀 고맙지 않은 얘기이지만 사실이니 도리가 없습니다. "내 강연을 늘 기억하고 계세요!"라고 말해도 심리 작용에 역행한 주문이라면 누구라도 승낙하지 않을 것입니다. 이와 동일하게 여러분이라는 역시 일개 단체의 의식 내용을 점검해보면 설령 한 달에 걸쳐서나 1년에 걸처서나, 한 달에는 한 달을 결말 지어야 할 명확한 의식이 있고 1년에는 1년을 정리함에 충분한 의식이 있어 잇달아 차례대로 성쇠를 거듭하고 있다고 나는 단정합니다. 우리도 과거를 회고해보면 중학 시절이나 대학 시절이나 모두 특별한 이름이 붙은 시대가 있고 그 시대 그 시대의 의식이 정리되어 있습니다. 일본인 총체의 집합 의식은 4~5년 전에는 러일 전쟁[47]만으로 완전히 변모했습니다. 그 후 영일동맹[48] 의식으로 점령된 시대도 있습니다. 이렇게 추론한 결과 심리학자의 해부를 확장해서 집합의 의식이나 장시간의 의식 위에 응용해서 생각해보면 인간 활력의 발전 경로인 개화라는 형태의 동선 역시 파동을 그리며 호선을 몇 가지씩 연결하면서 진행해간다고 말하지 않을 수 없습니다. 물론 그려진 물결 수가 무한하므로 일파 일파의 장단과 고저도 천차만별이겠지만 역시 갑의 흐름이 을의 흐름을 부르고 을의 흐름이 또 병의 흐름을 불러내 순차적으로 추이되어야만 합니다. 한마디로 말하면 개화의 추이는 어떤 일이 있어도 내발적이 아니라면 거짓이라고 말씀드리고 싶습니다. 대수롭지 않은 이야기인데 나는 여기에서 연설을 하고 있습니다. 그럼 그것을 듣는 여러분 쪽 입장에서 보면 처음 10분 정도는 내가 말하는 것의 핵심이 무엇인지를 잘 모르고, 20분 정도 흐르면 겨우 조리가 서고 30분 정도가 되면 차츰 진척되어 조금은 재미있어지고 40분쯤 흐르면 또 멍해지기 시작하여 50분쯤 되면 지루함을 느끼고 1시간쯤 지나면 하품을 합니다. 이렇듯 내 상상대로 될지 어떨지 모르겠지만 만일 그렇다고 한다면 내가 무리하게 여기서 2시간이나 3시간 지껄이는 것은 여러분의 심리 작용에 어긋나며 아집을 부리는 행위로 결코 성공할 수 없습니다. 왜냐하면 이 강연이 여러분의 자연에 역행한 외발적인 것이 되기 때문입니다. 아무리 목을 짜서 목이 쉬도록 외쳐보아도 여러분은 이미 내 강연이 요구하는 도를 넘었기 때문에 안 됩니다. 여러분은 강연보다 다과를 먹고 싶어지고 술을 마시고 싶어지고 빙수를 원하게 됩니다. 그쪽이 내발적이니까 곧 자연의 추이이고 무리가 없는 상황입니다.

이만큼 설명해두고 현대 일본의 개화로 되돌아가면 대체로 문제가 없을 것입니다. 일본의 개화는 자연의 파동을 그리며 갑의 흐름이 을의 흐름을 낳고 을의 흐름이 병의 흐름을 짜내듯이 내발적으로 진행되고 있는가 하는 것이 당면 문제인데

안타깝게도 그렇게 되지 않고 있어 곤란합니다. 즉 방금 전에
도 말한 대로 활력 절약, 활력 소모의 두 방면에서 정확하게
복잡함의 정도 20을 가지고 있었는데 갑자기 외부의 압력으
로 30 정도까지 달려와 매달리지 않으면 안 됨으로써 흡사 천
구天狗[49]라는 상상의 괴물에 잡혀간 사내처럼 정신없이 달려
들고 있습니다. 그 경로는 거의 자각하지 못할 정도입니다. 원
래 개화가 갑의 흐름에서 을의 흐름으로 이동한다는 것은 이
미 만족하여 질린 갑이 더 이상 견딜 수 없어서 내부 욕구의
필요상 슬쩍 새로운 흐름을 전개하는 형태로, 갑 흐름의 장점
도 단점도 신맛도 단맛도 다 경험한 뒤에 간신히 신 개척지를
열었다고 말해도 좋습니다. 따라서 종래 다 경험한 갑의 흐름
에는 허물을 벗은 뱀과 마찬가지로 미련도 없고 아쉬움도 없
습니다. 뿐만 아니라 새롭게 이동한 을의 흐름에 시달리면서
도 빌린 옷을 입고 세인에 대한 체면을 세우고 있다는 느낌은
조금도 일지 않습니다. 그러나 일본 현대의 개화를 지배하고
있는 흐름은 다릅니다. 서양의 조류로 그 흐름을 건너는 일본
인은 서양인이 아니므로 새로운 흐름이 밀려올 때마다 자신
이 그 속에서 더부살이를 하며 어렵게 지내고 있는 듯한 느낌
을 가지게 됩니다. 새로운 흐름은 여하간, 방금 겨우겨우 탈
각한 진부한 흐름의 특질이나 진상眞相 등도 분별할 틈 없이
이제 포기해야만 하게 되었습니다. 밥상에 앉아 접시의 음식
을 다 맛보기는커녕 원래 어떤 음식이 나왔는지 눈으로 분명

히 확인하기도 전에 벌써 밥상을 물리고 새로운 상을 진열한 것과 같습니다. 이러한 개화의 영향을 받은 국민은 어딘가 공허감을 느끼지 않을 수 없습니다. 또한 어딘가 불만과 불안의 상념을 품지 않을 수 없습니다. 마치 이 개화가 내발적으로 이루어지기라도 한 것 같은 얼굴을 하고 흐뭇해하는 사람이 있어서는 좋지 않습니다. 그 사람은 어지간한 하이칼라인 듯하지만 좋지 않습니다. 허위적이고 경박하기도 합니다. 자신은 아직도 담배를 피우지만 제대로 맛조차 모르는 어린이 주제에 담배를 피우고 자못 맛있는 듯한 표정을 하면 건방질 것입니다. 그것을 억지로 하지 않으면 나아갈 수 없는 일본인은 매우 비참한 국민이라 해야 합니다. 개화 명칭은 정할 수 없을지 모르지만 서양인과 일본인의 사교를 봐도 쉽게 알아차릴 수 있습니다. 서양인과 교제를 하는 이상 일본본위로는 아무리 해도 잘 진행되지 않습니다. 교제하지 않아도 좋다고 하면 그뿐이지만 한심스럽게 교제하지 않으면 견딜 수 없는 상황이 일본의 현상일 것입니다.

그리하여 강한 상대와 교제하면 아무래도 자신을 버리고 상대방의 습관을 따르기 마련입니다. 우리가 저 사람은 포크 쥐는 방법도 모른다는 둥 나이프 쥐는 방법도 터득하지 못했다는 둥 하면서 타인을 비평하고 우쭐거리는 것은 어떤 특정한 이유 때문이 아니라 다만 서양인이 우리보다 강하기 때문입니다. 우리 쪽이 강하면 우리 쪽을 흉내낼 것을 저쪽에 강요해 주객의 위치를 바꾸는 것은 손쉬운 일입니다. 하지만 그렇게 되지 않으니까 이쪽에서 상대방의 흉내를 냅니다. 더욱이 자연스럽게 발전해온 풍속을 갑자기 바꿀 수는 없는 노릇이라 단지 기계적으로 서양 예식을 터득할 수밖에 달리 방법이 없습니다. 자연스럽게 안에서 발효해 빚어진 예식이 아니기 때문에 억지로 갖다 붙인 것 같아 매우 보기 흉합니다. 이것은 개화가 아니고 개화의 일단이라고도 말할 수 없을 정도로 시소한데, 그런 사소한 내용에 이르기까지 우리가 하고 있는 일은 내발적인 것이 아니고 외발적인 것입니다. 한마디로 말해 현대 일본의 개화는 피상적인 개화라는 사실에 귀착됩니다. 물론 1부터 10까지 모두 그렇다고는 말하지 않겠습니다. 복잡한 문제를 다룰 때 그런 과격한 언어는 삼가하지 않으면 실례일 것입니다만, 우리 개화의 일부분 혹은 대부분은 아무리 자부해보아도 피상적이라고 평할 수밖에 도리가 없습니다. 그렇지만 그것이 좋지 않으니 멈추라는 뜻은 아닙니다. 사실 어쩔 수 없이 눈물을 삼키면서 피상에 편승해 진행하지 않으면 안 되는 것입니다. 그렇다면 "어린애가 등에 업혀서 어른과 함께 걷는 듯한 흉내를 그만두고 착실하게 발전 순서를 밟아 진행하는 일은 아무래도 불가능한가?"라고 상담해올지도 모릅니다. 그러한 상담이 나오면 나는 "불가능하지는 않다"고 답합니다. 하지만 서양에서 100년 걸려 겨우 오늘에 이르러 발전한 개화를 일본인이 10년으로 햇수를 줄여서,

게다가 공허의 비난을 피하려는 듯 누가 보아도 내발적인 것이라 인정하는 듯한 추이를 하려 한다면 이 또한 바람직하지 않은 결과에 걸려드는 것입니다. 100년의 경험을 10년으로 수박 겉핥기도 하지 않고 해내려 한다면 연한이 10분의 1로 축소되는 만큼 우리의 활력은 10배로 증가되어야 한다는 점은 산술의 초보자조차 쉽게 수긍하는 부분입니다. 이는 학문을 예로 얘기하는 것이 가장 이해가 빠릅니다. 서양의 새로운 설 따위로 어설프게 허풍을 떠는 행위는 논외로 하고 정말로 자신이 연구를 거듭하여 갑설에서 을설로 옮아가고 또 을설에서 병설로 나아가 추호도 유행을 추구하는 추태 없이, 뿐만 아니라 일부러 신기함을 과시하는 허영심 없이 완전히 자연의 진행 단계를 내발적으로 거치고, 또한 서양인이 100년이나 걸려 가까스로 도착할 수 있었던 분화의 극단에 우리가 유신 후 40~50년의 교육의 힘으로 도달했다고 가정합시다. 체력과 두뇌 모두 우리보다 왕성한 서양인이 100년 세월을 소비했는데 아무리 앞서서 미리 곤란을 계산에 넣지 않았다 하더라도 불과 그 반에 못 미치는 세월로 분명히 통과 완료했다고 한다면 우리는 이 놀라운 지식의 수확을 자랑할 수 있음과 동시에, 완전히 쓰러져 다시 회복할 수 없는 신경쇠약에 걸려서 숨이 곧 끊어질 듯 헉헉거리며 길가에서 계속 신음해야 하는 고통이 필연적인 결과로서 마땅히 일어날 수밖에 없을 것입니다. 실제로 조금 차분하게 생각해보면 대학교수 직을 10

년간 열심히 한다면 대부분의 사람은 신경쇠약에 걸리기 쉽지 않을까요? "원기 넘치는 사람은 모두 거짓 학자다"라고 말한다면 어폐가 있겠지만, 이를테면 어느 쪽인가 하면 신경쇠약에 걸린 쪽이 당연하게 생각됩니다. 학자를 예로 든 것은 단지 이해를 쉽게 하기 위해서였지만 그 이치는 개화의 어느 방면에도 적용할 수 있는 셈입니다.

분명 개화라는 형태가 아무리 진보해도 의외로 그 개화의 수확으로 우리가 거두는 안심의 정도는 미약한 상태이고, 경쟁이나 그 밖의 이유로 안절부절못하게 되는 불안감을 계산에 넣고 보면 우리의 행복은 야만 시대와 그다지 다를 바 없는 듯한 느낌이 든다는 것은 앞에서 말씀드렸습니다. 방금 말한 현대 일본이 처한 특수한 상황에 의해 우리의 개화가 부득이하게 변화를 강요당하기 때문에 오로지 피상에 편승해나가고, 또한 편승하지 않겠다고 생각하여 버티기 때문에 신경쇠약에 걸린다고 한다면 아무래도 일본인은 불쌍하다고 할까, 가련하다고 할까, 정말로 언어도단의 궁핍한 상태에 빠져버립니다. 내 결론은 그것에 불과합니다. "저렇게 해라!", "이렇게 해야 한다" 말하려는 것이 아닙니다. 어떻게 할 수도 없고 실은 곤란하다고 탄식할 뿐, 극히 비관적인 결론입니다. 이러한 결론에는 오히려 도달하지 않는 편이 다행일지도 모릅니다. 진실이라는 명제는 모르고 있을 때에는 알고 싶지만 알고 난 뒤부터는 차라리 모르는 편이 나았다고 생각할 때가 종종 있습니다. 모파상의 소설[50]에 어떤 사내가 내연의 처에 싫증이 나서 편지를 남겼다든가 어떻다든가 해서 처를 내버려둔 채로 친구 집에 가 숨어 있었다는 이야기가 있습니다. 그러자 여자가 무척 화가 나서 결국 남자의 소재를 찾아내 심하게 항의를 합니다. 남자는 위자료를 내고 연을 끊는 담판을 시작하고 여자는 그 돈을 마루 위에 내동댕이치면서 "이런 것을 원해서 온 것이 아닙니다. 만일 정말로 당신이 나를 버릴 마음이라면 나는 죽겠어요" 하며 거기에 있는 (3층인가 4층의) 창에서 뛰어내려 죽어버리겠다고 말합니다. 남자는 태연한 얼굴로 '제발'이라는 말은 하지 않았지만 여자를 창 쪽으로 꾀는 행동을 했습니다. 그러자 여자는 갑자기 뛰어가 창에서 뛰어내렸습니다. 죽지는 않았지만 후천적 불구가 되고 말았습니다. 남자도 여자의 진심이 이렇게 눈앞에 증거로 나타난 이상, 경박한 매춘부를 대하는 듯한 느낌으로 지금까지 여자의 정절을 의심하고 있었던 것을 후회하고 다시 원래의 부부로 되돌아가 병상에 있는 처를 간호하는데 몸을 맡긴다는 내용이 모파상 소설의 대강의 줄거리입니다. 남자의 의심도 적당한 정도에서 멈췄으면 이 정도로 커다란 사건에 이르지 않았을지 모르지만 그랬다면 그가 품은 의심이 완벽하게 풀리는 날은 평생 오지 않았을 것입니다. 한편 여자의 진심이 밝혀지기는 하지만 돌이킬 수 없는 잔혹한 결과에 빠진 뒤에 회고해보건대 역시 과장이 없는 진실의 실상은 몰라도 좋으니 여자를 불구자로 만들지 않고 그만 두었어야 좋았을 것입니다. 현대 일본 개화의 진상도 이 이야기와 동일합니다. 모르니까 연구도 해보고 싶지만 이렇게 노골적으로 그 성질을 알고 보면 차라리 몰랐던 쪽이 행복했다는 느낌도 듭니다. 하여튼 내가 해부한 부분이 사실이라고 한다면 우리는 일본의 장래에 대해 아무리 생각해도 비관하고 싶어집니다. 오늘날에는 외국인에게 "우리나라에는 후지산이 있다"는 바보 같은 말은 그다지 하지 않는 듯한데 "전쟁[51] 이후 일등국이 되었다"고 하는 시건방진 소리는 도처에서 듣는 것 같습니다. 매우 속 편한 관점에서 보면 그러하리라고 생각합니다. "그러면 어떻게 해서 이 절박한 고비를 돌파할 것인가?" 하고 질문을 받아도 앞서 말씀드린 대로 나에게는 명안도 아무것도 없습니다. 다만 "가능하면 신경쇠약에 걸리지 않을 정도로 내발적으로 변화해가는 것이 좋으리라" 정도로 형식적인 말을 할 수밖에 도리가 없습니다. 괴로운 진실을 염치없이 여러분 앞에 죄다 털어놓고 행복한 여러분에게 설령 1시간이라도 불쾌한 상념을 드린 점은 정중히 사과합니다. 그렇지만 내가 말한 부분도 상당한 논거와 응분의 사색을 거쳐 나온 진실로 진지한 의견이라는 점을 동정하시어, 좋지 않은 점은 너그럽게 봐주시기 바랍니다.

메이지 44년(1911) 11월 10일, 《아사히강연집朝日講演集》

내용과 형식

메이지 44년(1911) 8월 사카이堺에서의 강연.

나는 이 지방에 기주하는 사람은 아니고 도쿄 쪽에서 살고 있는 사람입니다. 이번에 오사카의 신문사 주최로 여러 곳에서 강연회를 갖기로 했으니 도와달라는 명령──통지인지 의뢰인지 여하튼 행사에 참가해야 한다는 얘기를 들었습니다. 그래서 일부러 내려왔습니다. 그렇지만 이 사카이[52]에서만 강연하고 곧장 되돌아가는 것도 아니라서 오늘은 아카시明石나 와카야마 쪽에 가기로 되어 있고 내일은 또 오사카에서 강연하기로 되어 있습니다. 물론 화제만 있으면 어디에 가서 무슨 얘기를 하든 상관없겠지만 한창 더운 때 몸도 지탱하지 못할 테니 적당한 선에서 사절하려고 생각하고 있습니다. 그렇지만 이 사카이는 처음 약속부터 꼭 강의를 해야 할 곳으로 정해져 있어 나도 그것은 각오하고 왔습니다. 따라서 이야기다운 이야기를 해야 할 형편인데 아무래도 그렇게 잘 되지 않아 매우 유감입니다. 조금 전에는 다카하라[53] 씨가 사할린 여행담을 곁들이기도 하고 바다표범 섬 등에 대해 이야기해주셨는데 실제 견문담으로 정말 유익하고 재미있었습니다. 내 얘기는 여러분들께 흥미나 이익을 준다는 점에서는 도저히 다카하라 씨만큼 할 수 없을 것입니다. 다카하라 씨는 보시는 그대로 서양식 예복인 프록코트를 입었지만 나는 이처럼 양복 한 벌만으로 체면을 차리고 있는 입장이고, 이야기의 재미도 이 복장의 차이처럼 차이가 날지도 모르니만큼 우선 그 정도 상황이라고 생각하고 참고 들어주시기 바랍니다. 다카하라 씨는 계속해서 청중 여러분을 향해 싫증나면 사양 말고 도중에 돌아가라고 말한 듯합니다만 나는 싫증이 나더라도 꼭 들어달라고 할 것이며 대신 다카하라 씨 정도로 길게 이야기하지는 않겠습니다. 이렇게 더운데 그렇게 길게 강연하면 어쩐지 뇌빈혈이라도 일어날 것 같아 위험하니 되도록 압축해서 재빠르게 정리할 것이므로 그동안은 돌아가지 말고 더워도 참았다가 끝났을 때 박수갈채를 하며 반갑게 폐회를 해주시기 바랍니다.

나는 전에도 사카이에 온 적이 있습니다. 오래 전 내가 아직 학생이었을 때인데 아마 메이지 이십 몇 년이었던가, 매우 오래된 일로 기억하고 있습니다.[54] 실은 방금 전 올라온 다카하라 씨는 내가 고등학교에서 지도하던 때의 제자입니다. 이런 훌륭한 제자가 있을 정도이니 나도 꽤 나이가 들었습니다.[55] 그런 내가 아직 젊었을 때의 일이니까 그냥 옛날이라고 해도 좋을 것입니다. 지금 생각해보면 그때 본 사카

이의 기억은 거의 없습니다만 아마 묘코쿠사妙國寺[56]라고 하는 절에 가서 소철을 찾았던 기억이 납니다. 그리고 그 절 옆에 주머니칼이랑 식칼을 파는 상점이 있어서 기념으로 괜찮은 칼을 구입했던 기억도 있습니다. 또 해안에 큰 요리점이 있었던 것도 기억이 나는데 이름이 이찌리키ㅡカ이던가 그랬습니다. 모든 것이 희미해서 상기하면 마치 꿈 같습니다. 그 꿈 같은 사카이에 오늘 우연히 와서 차에 흔들리며 옛날 거리를 통과해보니 대단히 넓은 듯한 느낌이 듭니다. 정거장에서 이 강연장까지의 거리도 꽤 멉니다. 이렇게 말하면 실례가 될 텐데 옛날에 봤을 때는 극히 초라한 곳이었다는 느낌밖에 스치지 않았습니다. 그래서 차 위에서 감탄하며 놀란 듯한 얼굴을 하고 두리번두리번 둘러보는데 군데군데 사거리에 강연 간판이라고 할까 광고라고 할까 '나쓰메 소세키 씨 등'이라든가 하는 이름이 먹물로 검게 씌어져 벽에 걸려 있었습니다. 어쩐지 구모에몬雲右衛門[57]인가 뭔가가 흥행을 위해 목적지에 도착한 것 같았습니다. 신문사 쪽에서라면 그렇게 하는 것이 좋겠지만 나쓰메 소세키 씨 입장에서라면 저렇게 놀림감이 되는 것은 그다지 고맙지 않습니다. 계속 차 위에서 관찰해보니 거리의 폭이 매우 좁습니다. 하지만 그게 문제가 아니고 내가 묘하게 느낀 부분은 그 좁은 거리가 너무나 고요해서 조용하게 낮잠이라도 자고 있는 듯 보인 점입니다. 하기는 여름 한낮이라서 사람들이 문 밖으로 나올 필

요가 없는 시간이었을 것입니다. 내가 여기 도착한 것은 정확히 12시가 조금 넘어서입니다. 2층에 올라가 긴 복도 끝에 보이는 강연장 입구에서부터 안쪽을 쭉 훑어보니 잠시 사람의 머리가 검게 보였을 정도이고 시내가 한산한 것처럼 청중 또한 조용한 모습이었습니다. 이것이 다행이라고는 생각하지 않았지만 곤란하다고도 생각하지 않았습니다. 그렇지만 '청중이 별로 없구나' 하고 생각하면서 대기실에 들어가 휴식하고 있었더니 어느 사이에 이렇게 모였습니다. 이 강당에 이렇게까지 많은 사람이 몰려든 것으로 추측컨대 사카이라고 하는 곳은 결코 인색한 곳이 아니고 훌륭한 곳임에 틀림없습니다. 시내가 저렇게 고요한데도 불구하고 제시간에 이렇게 많은 청중이 모인 점이 훌륭하고 강연 취미가 무척 발달한 곳이라고 생각됩니다. 모처럼 도쿄에서 일부러 내려왔는데 이렇게 강연 취미가 가장 발달한 사카이 같은 장소에서 강연하게 되어 정말로 기분이 좋습니다. 따라서 여러분도 그 뜻을 이해하고 끝까지 정숙하게 들어주시기를 희망합니다. 이 정도로 하고 여기에 붙인 '내용과 형식'이라는 제목으로 옮겨 가고자 합니다.

무엇보다 제목에서부터 그다지 재미있을 것 같아 보이지 않습니다. 내용은 물론 시시할 것 같습니다. 나는 학회 연설은 때때로 의뢰받아 한 적이 있는데 이러한 대중, 즉 여러 종류의 직업을 지닌 분들이 모이신 자리에서는 그다지 이야기한 경험이 없습니다. 또한 부탁하러 오지도 않습니다. 부탁을 받아도 대체로 거절합니다. 왜냐하면 여러 종류의 직업을 지닌 여러분 모두에게 흥미가 있을 듯한 얘기는 내 연구 범위, 혹은 흥미 범위에서 도저히 힘이 미치지 않을 거라고 염려하기 때문입니다. 그래서 되도록 피하고 있었는데 어쩔 수 없이 오늘은 가능한 한 일반인에게 흥미 있는 사회 문제 같은 것을 고르겠습니다. 하지만 사회를 보는 관점이나 인간을 관찰하는 방식이 또한 사연히 내기 오늘끼지 한 하문이나 연구에 영향을 받아 아무래도 좋아하는 쪽으로만 기울기 쉽다는 점은 피하기 어려운 부분이므로 직업 여하, 흥미 여하에 따라서는 정말로 재미없는 잡담으로 시작해서 시시한 수다로 끝날 것이라고 생각합니다. 뿐만 아니라 지금부터 얘기할 '내용과 형식'이라는 문제가 지금 말한 대로 너무 건조한, 윤기가 부족한 표제라서 특히 걱정이 됩니다. 그렇지만 변명은 이 정도로 충분하니 슬슬 앞으로 나가겠습니다.

　우리 집에는 어린애가 많습니다. 여자 애가 다섯에 사내애가 둘, 합해서 일곱 명인데 제일 위가 열세 살이므로 갓난아기에 이르기까지 쭉 순서 있게 늘어서, 말하자면, 체제 바르게 모여 있습니다. 그건 아무래도 좋은데 이와 같이 어린애가 많아서 때때로 여러 가지 요청을 받습니다. 뛰어오르는 말을 사달라거나 움직이는 전차를 사달라거나 여러 가지 요청이 쇄도하는 가운데 활동사진을 보러 데려가 달라는 주문이 때때로 나옵니다. 원래 나는 활동사진이라는 것을 그다지 좋아하지 않습니다. 어쩐지 연기 흉내 따위를 내기도 하고 이상한 목소리를 사용하기도 하여 싫증이 납니다. 게다가 때리기도 하고 걸어차기도 하는 등 잔혹한 장면이 들어 있어 아이의 교육상 무척 좋지 않아서 되도록 보여주고 싶지 않은데 아이들은 자꾸만 가고 싶어하니——하기는 활동사진이라 해도 꼭 여자가 등장하여 묘한 교태를 부린다고는 정해져 있지 않아 그중에는 바보스럽고 우스운 것도 많이 있고 하여 어린애가 보고 싶어하는 것도 무리가 아닐지 모릅니다. 그래서 세 번 중에 한 번은 완고한 나도 그만 유인을 당할 때가 있습니다. 감독이라 할까 뭐라고 할까 어쨌든 안내자 혹은 시중을 드는 사람이라고도 불리는 역할일 것입니다. 더운 곳에 들어가 콧등에 땀방울을 흘리며 참고 움직이지 않고 있을 때가 있습니다. 그러면 아이들은 자꾸 질문을 해대면서 나를 난처하게 합니다. 다만 해학적 작품인가 뭔가 하는 활동사진에서 모자를 날리고는 길 한가운데로 뒤쫓아가는 듯한 연기는 그냥 그대로 재미있어서 어린애라도 보고만 있어도 이해할 수 있기 때문에 질문을 해오지는 않지만 인정人情을 소재로 한 작품, 연극조의 연재물의 경우에는 이따금 질문을 받습니다. 그 질문은 매우 간단해서 단지 "어느 쪽이 선인이고 어느 쪽이 악인인가?" 정도입니다. 내 입장에서 말하면 어느 쪽도 보통의 인간이 되어 있지 않아서 선인, 악인이라고 할 수 없습니다. 비록 그렇게 되어 있다 해도 유치하지만 줄거리는 어린애 머리보다 복잡하게 뒤얽혀 있어서 그렇게 간단하게 판단을 내릴 수는 없습니다. 그래서 매우 갈팡질팡할 때가 자주 생깁니다. 어른 입장에서 말하면 그냥 보면서 사건의 진행과 줄거리의 진척 상황만 납득하면 그것으로 족합니다만 딱하게도 어린애에게는 그 정도로 자초지종을 수용할 머리가 없습니다. 그렇다고 해서 그냥 막연하게 장막에 비치는 인물의 형체가 끊임없이 활동하는 모습만 보고 있을 수도 없습니다. 어떻게 하면 이 뒤얽힌 그림의 배합과 등장인물들의 난투 장면을 꽉 움켜쥐고 통틀어서 그 특색을 가장 간명한 형식으로 머리에 넣을 것인가를 두고 유치한 머릿속에 이미 얼마간이라도 유사하게 형성된 윤리상의 2대 성질, 즉 선인지 악인지를 결정하여 이 복잡한 광경을 매듭짓고 싶은 희망에서 이러한 질문을 한다고 생각됩니다. 활동사진의 경우는 차라리 좋습니다. 동화랑 역사책 등을 보고 나서 옛날 영웅 등에 대해 역시 마찬가지로 간단한 질문을 할 때가 있습니다. 도요토미 히데요시와 구스노키 마사시게 중 어느 쪽이 훌륭한가, 워싱턴과 나폴레옹 중 어느 쪽이 강한가, 히타치야마常陸山[58]와 벤케이辨慶[59]가 씨름을 하면 어느 쪽이 이기는가 등, 그중에는 대답하기 곤란하지 않은 것도 있지만 대개는 난처한 문제입니다. 요컨대 복잡한 내용을 정리할 수 있는 정도를 넘어 그 이상으로 정리한 간략한 형식을 보이라고 다그치므로 곤란합니다. 하기는 근래 초등학교 등에서도 학생들에게 "일본의 현대 인물 중 누가 가장 훌륭한가?" 따위를 묻는 선생님이 있습니다. 이전에 내가 어떤 지방에 갔더니 한 신문에서 초등학생에게 그러한 문제를 내서 답안 투서를 모으고 있었습니다. 그중 "내 아버지가 가장 훌륭하다"고 답한 학생이 있다고 해서 무척 재미있게 느꼈습니다. 자신의 아버지가 천하제일의 인물이라고 생각하는 것은 지극히 좋은 생각으로 훌륭합니다. 이건 다른 문제지만 하여튼 선생님이나 신문 등에서 일본에는 훌륭한 사람이 단 한 사람 있는데 그 사람은 갑도 을도 병도 능가하니 맞혀보라는 식으로 수학적 문제를 내는 세상이니 어린애한테서 질문이 나오는 것도 무리는 아닙니다. 그렇지만 곤란합니다. "구스노키 마사시게와 도요토미 히데요시 중 누가 훌륭한가?"라고 물을 수는 있지만 보는 견해에 따라 여러 가지 결론도 가능하고, 그렇게 백이 아니면 흑이라는 식으로 재빠르게 평가할 수도 없고 요컨대 복잡한 지식이 있으면 있을수록 당황하게 됩니다.

이러한 예를 말하는 것을 단지 시시할 뿐이고 우스갯소리로 들려줄 뿐이라고 생각할지도 모르지만 실은 그렇지 않습니다. 이렇게 비평하면 과연 어린애는 유치해서 딱하다고밖에 받아들일 수 없는데 그 유치하고 딱함을 어른인 우리가 무리하게 행하고 있으니 매우 한심한 상황입니다. 나는 어른으로서 어린애가 이처럼 철없다는 증거로 내 딸이나 누군가를 예로 든 것이 아니라 오히려 어른 또한 언제나 그렇듯이 어리석다는 사실을 증명하고 싶어서 잠시 알기 쉬운 어린애를 예로 들었습니다. 대체로 정치가나 문학가 혹은 실업가 등을 비교할 경우 누구보다 누가 훌륭하다거나 월등하다거나 하는 식으로 일률적으로 상하를 구별하는 것은 대개 그 길에 어두운 비전문가나 하는 짓입니다. 전문 지식이 풍부하고 사정을 자세히 알고 있으닌 그렇게 간략하게 정리한 비평을 머릿속에 저장해둔 채 안심할 필요도 없으며, 또한 비평을 하려고 하면 복잡한 관계가 머리에 명료하게 나타날 것이니 좀처럼 "갑보다 을이 훌륭하다" 따위의 간결한 형식으로 판단하지 않습니다. 유치한 지식을 지닌 자, 벽창호 같은 자 혹은 문외한인 자들은 모르는 것을 모르고 만족하는 게 지당하고 게다가 본인도 그럴 작정으로 아무렇지 않게 있을 테지만, 아무래도 처세상의 편의에서 그렇게 무관심하기 어려운 경우가 있고 한편으로는 별난 사람이라 해도 문제의 요점만은 가슴에 간직해두는 것이 마음 든든하기 때문에 최후의 판단만을 요구하려 합니다. 그런데 그 최후의 판단이라는 것이 선악이나 우열 같은 범주로는 충분하지 않은데, 무리하게 이 척도에 맞추려고 어떤 복잡한 형태라도 거리낌 없이 요약되는 것으로 가정하고 덤벼들곤 합니다. 내용이 뒤얽혀 있는 탓에 눈이 어른어른할 뿐이라서 무리하게 정리된 총합만이라도 알고 싶다고 한다면 그런 대로 온당한 점도 있지만, 어떤 동물을 보아도 요컨대 이것은 소인지 이것은 말인지 하며 우마 일변도로 모조리 사족동물四足動物을 평가해서는 상당한 무리가 생깁니다. '문외한'이라는 자는 이 무리함을 알아차리지 못하고 또 알아차려도 개의치 않습니다. 어떠한 무리한 판단이라도 내려주기만 하면 안심합니다. 그래서 나라에서도 고등관 1등이나 2등을 만들어내기도 하고 혹은 학사, 박사를 만들어내기도 하여 문외한들에게 편의를 제공함으로써 일종의 총괄이라는 두 글자의 기호를 본래의 구별이라 이해하고 만족하는 자들에게 안위를 주고 있습니다. 이상을 한마디로 말하면 사물의 내용을 다 아는 사람, 내용 속에서 생활하는 사람은 형식에 구애되지 않고 무리한 형식을 기뻐하지 않는 경향이 있는데, 문외한이 되면 내용을 모를지라도 어쨌든 형식만을 알고 싶어하고 그러한 형식이 그 사물을 나타내는 데 매우 부적절해도 상관하지 않고 일종의 지식으로 존중한다는 의미가 됩니다.

이는 복잡한 일을 간략한 예를 들어 이야기하는 것이기 때문에 그 점을 감안해주시기 바랍니다. 여기에 하나의 평면이 있고 거기에 다른 평면이 교차하고 있는데, 이 두 평면의 관계를 무엇으로 나타낼 것인가 하면 말할 것도 없이 양면이 엇갈린 각도일 것입니다. 어느 쪽이 높지도 다른 쪽이 낮지도 않습니다. 30도의 각도를 이루고 있다든지 60도의 각도를 이루고 있다든지 하면 대단히 명료하고 그 외에 따로 설명할 필요도 질문할 필요도 다른 무엇도 없습니다. 그런데 이 두 면이 언제나 때마침 평평하게 병행이라도 하고 있는 것처럼 이해하여 도대체 어느 쪽이 높은지를 묻지 않고서는 납득할 수 없다는 점은 송구스러울 따름입니다. 사람과 사람, 사건과 사건이 충돌하거나 얽히거나 빙글빙글 회전할 때 그것이 우열과 상하를 분명히 알 수 있는 성질을 가지고 있어 결과를 비교하는 것이 가능하다면 좋겠지만 애석히게도 이를 비교할 만한 재료, 비교할 만한 머리, 정리할 만한 근성이 없기 때문에, 말하자면 문외한이라서 아무래도 각도를 알 수 없기 때문에 상하나 우열이나 마침 그때의 규정으로 임시 조치를 취하고 싶어지는 것은 방금 말한 대로 문외한의 통폐입니다. 나는 '어찌 홀로 문외한만 그러랴' 하고 생각하고 있는데 전문학자 또한 뽐낼 만한 체면도 아닌 정리를 하고서 태평하게 있으니 놀라울 뿐입니다.

학자라고 하는 사람은 여러 가지 사실을 모아서 법칙을 만들고 정리를 합니다. 더러는 무슨 주의라고 호칭하며 그 주의를 하나로 정리합니다. 이는 과학에서도 철학에서도 필요한 일이고 게다가 편리한 일이라서 누구나 거기에 이의를 제기하지 않을 것입니다. 예를 들어 '진화론'이나 '세력 보존'이라고 하면 그 용어 자체가 필요할 뿐만 아니라 실제로 도움이 되고 있습니다. 그렇지만 앞서 설명한 어린애와 문외한처럼 내용에 그다지 맞지 않는 형식을 만들어 단지 표면상의 정리로 만족하는 일이 이따금 있다고 생각합니다. 일전에 나는 어떤 학자가 쓴 책을 읽었습니다. 오이켄이라고 최근 독일에서 유명한 학자가 저술한 것입니다. 많은 저술 중에서 극히 짧은 한 권을 읽었을 뿐인데 여하튼 그 사람의 말 중에 이러한 내용이 있었습니다. 현대인은 자꾸만 자유나 개방 같은 용어를 주장합니다. 동시에 질서나 조직이라는 형태도 요구하고 있습니다. 한편으론 속박을 풀고 자유를 주지 않으면 견딜 수 없다고 말하면서 또 한편으론(예를 들면 자본가라고 하는 자가) 질서나 조직을 세우지 않으면 사업이 발전하지 않는다고 떠들어대고 있습니다. 이 두 요구를 비교하면 분명히 모순입니다――여기까지는 좋습니다. 하지만 오이켄은 이 모순을 어느 쪽으로든 정리하지 않으면 안 된다고, 정리해야 할 것 같은 어조로 논하고 있었다고 기억하는데――즉 그처럼 상반되는 점을 동시에 외치는 것은 모순이니 하나로 정리해서 의미 있는 생활을 해나가야 한다고 지적합니다. 여러분은 어떻게 생각하십니까? 오이켄이 말한 대로 좋다고 생각하고 과연 이 모순이 하나로 정리되리라고 생각하십니까? 또한 분명한 모순이라고 생각하십니까? 여러분에게 이런 질문을 한다는 게 시시하고 사실 질문할 필요도 없습니다. 하지만 나는 아무리 생각해도 오이켄의 설은 무리라고 생각합니다. 왜 무리냐 하면 자본가나 정부나 교육자나 모두 다수의 인간을 상대로 어떤 일인가를 민첩하게 진행하고 솜씨 좋게 정리하기 위해서는 아무래도 통일이라는 부분과 조직이라는 부분과 질서라는 부분을 정면으로 내세우지 않으면 불가능하기 때문입니다. 예를 들면 사업가가 사업을 합니다. 인부를 100명 고용하고 직공을 1,000명 고용합니다. 그런데 그들 사이에 규율이라는 것이 없다면——그들 가운데는 오늘은 머리가 아파 쉰다고 하는 사람도 있고 아침 7시부터는 싫으니 오후부터 나간다고 세넛내로 밀하는 자도 있으며 또는 오늘은 조금 빨리 끝내고 연예장에 간다거나 오늘은 아침에 나가서 술을 마신다거나 하며 각자 멋대로 뿔뿔이 행동해서 1개월에 가능한 사업도 1년 걸릴지 2년 걸릴지 전망을 알 수 없게 합니다. 그렇지만 어떨까요? 이러한 군인, 교육자, 실업가 등이 공무를 마치고 집에 돌아가 이제부터는 자기 마음대로 해도 괜찮은 경우에도 마찬가지로 답답하기 짝이 없는 생활에 만족하겠습니까? 사람에 따라서는 잠자고 식사하는 시간 등이 매우 규칙적인 사람도 있을지 모르겠지만 원칙적인 관점에서 말하면 편안한 마음으로 자유로운 휴식을 취하기를 바라거나 또한 가능하다면 낙관주의를 실행하고자 하는 것이 사람들의 일반적 속성입니다. 그러면 그들에게는 분명히 서로 배치되는 양면 생활이 있게 됩니다. 업무에 종사하는 자신과 업무와 분리된 자신은 어떻게 보아도 모순입니다. 그러나 이 모순은 생활의 성질에서 나오는 어쩔 수 없는 모순이므로 형식에서 보면 정말로 모순 같지만 실제 내면 생활에서는 이처럼 두 모습이 공존하는 편이 오히려 본래의 조화일 것이고, 무리하게 그것을 정리하려고 한다면 그야말로 진짜 모순에 빠지는 형태가 아닐까 싶습니다. 왜냐하면 하나는 사람을 지배하기 위한 생활이고 또 하나는 자신이 좋아하는 욕구를 만족시키기 위한 생활이어서 그 의미가 완전히 다르기 때문입니다. 의미가 다르면 모습도 다른 것이 지당하다고 하는 논리입니다. 이번에는 반대의 예를 들어 똑같은 내용을 역으로 설명해 보겠습니다. 세상에는 예술가라는 일종의 직업이 있습니다. 이는 매우 변덕스러운 직업으로 공동으로는 절대 일할 수 없는 성질을 지닌 업종입니다. 아무리 사소한 불평불만이 있어도 개인적으로 꾸준히 해나가는 것이 원칙으로 되어 있습니다. 더욱이 그 개인이 마음 내킬 때가 아니면 결코 일할 수 없습니다. 게다가 할 마음이 생기지 않으면 일하지 않는다는, 대단히 제멋대로인 자기본위 가업으로 취급받고 있습니다. 그러므로 아침 7시부터 12시까지 일해야 한다는 질서, 조직, 순서가 있는 곳에서는 그만큼 솜씨 좋은 일이 가능할 수 없습니다. 말하자면 자신의 마음이 내킬 때 작업한 것이 가장 의욕적인 제작이 되어 나타납니다. 따라서 예술가에게는 지금 말한 자본가, 교육자 등의 업무 방식이나 수업 방식은 적합하지 않습니다. 하지만 개인적으로 활동하는 예술가라도 그들 동업자의 이익을 단체로 보호하기 위해서는 모임, 클럽, 조합을 조직하여 규칙이나 그 외의 속박을 받을 필요가 생기게 됩니다. 그들 중 어떤 사람은 지금 현재 이를 실행하고 있습니다. 그러고 보면 자유분방함을 생명으로 하는 예술가마저도 때와 경우에 따라서는 조직을 둔 모임을 만들고 질서 있는 행동을 취하고 통일된 기관을 갖춥니다. 나는 이를 생활 양면에 수반되는 조화라 이름을 붙이지 결단코 모순이라는 이름을 붙이고 싶지 않습니다. 모순임에는 틀림없지만 그것은 단지 형식상의 모순일 뿐 내면 깊숙한 심정에서는 차라리 생활의 융합입니다.

여기에 학자 한 사람이 있어 갑자기 큰 소리로 "그것은 모순이고 어느 한 쪽은 좋고 한 쪽은 나쁜 것에 틀림없다" 혹은 "한 쪽이 다른 한 쪽보다 작고 한 쪽이 큰 것에 틀림없으니 하나로 정리해서 더욱 큰 쪽으로 동여매야 한다"고 했다면 그는 통일성을 좋아하는 학자 정신이 있는 사람인지는 모르겠으나 실제로는 '세상 물정 모르는 사람'이라 말해야 합니다. 사실 많은 사람이 오이켄의 저술을 읽지는 않지만 내가 읽은 한도에서 말하면 이러한 비난을 보낼 수 있을 듯도 합니다. 이렇게 논하자니 왠지 학자는 무용지물처럼 보입니다만 나는 절대 그러한 과격한 생각을 품고 있지 않습니다. 학자는 물론 유익한 사람입니다. 학자가 행하는 통일, 개괄이라는 작업 덕분에 우리가 일상에서 얼마나 많은 편의를 얻고 있는지 모릅니다. 앞서 예로 든 진화론이라는 세 글자 어휘

만으로도 알 수 있듯이 대단히 가치 있는 존재입니다. 그렇지만 학자들에게는 모든 것을 통일하고 싶다는 생각이 강하기 때문에 가능한 한 무엇이나 통일하려고 서두른 결과, 게다가 학자의 일반적인 속성상 냉담한 방관자의 위치에 서 있는 경우가 많기 때문에 그냥 형식만의 통일에 그친 채 내용의 통일도 아무것도 아닌 정리 방식을 취하며 우쭐거리는 일도 적지 않음은 부정할 수 없는 사실이라고 단언합니다.

"냉정한 방관자의 태도가 왜 이러한 폐단을 초래하는가?"하고 묻는다면 나는 이렇게 설명하고 싶습니다. 잠시 생각하건대 그들은 일반인보다 두뇌가 명석하고 보통 사람보다 근성이 강해 분명하게 생각하기 때문에 그들의 정리는 틀림이 없을 것이라고 판단하지만 그들은 자신이 취급하는 재료에서 한 발 물러나서 서성거리는 습관이 있습니다. 바꿔 말하면 연구 대상을 어디까지나 자신과 분리해서 눈앞에 두고자합니다. 철두철미한 관찰자입니다. 관찰자인 이상 상대와 동화하는 일은 거의 바랄 수 없습니다. 상대를 연구하고 상대를 안다고 하는 것은 거기에서 벗어나서 생각함을 뜻하는 것으로, 마치 상대가 된 듯 행세하여 그것을 체득한 것과는 의미가 전혀 다릅니다. 아무리 과학자가 자연을 면밀히 연구한다 해도 필시 자연은 원래의 자연이고 자신도 원래의 자신이며 결코 자신이 자연으로 변화할 시기가 오지 않는 것처럼 철학자의 연구도 영원히 제3자로서의 연구이기 때문에 연구 대상인 인간의 성정性情과 동일한 맥을 짚지 않는 경우가 많습니다. 학교 윤리 선생님이 아무리 훌륭한 이야기를 해도 학생은 학생, 자신은 자신으로 분리되어 있어서 학생의 동작만 형식적으로 연구하는 일은 가능해도 학생 자신이 되어 생각하는 일은 가망 없는 것과 같은 이치입니다. 방관자라고 하는 상태는 강목팔목岡目八目[60]이라고도 하며 당사자는 헤맨다고 하는 속담도 있을 정도이니 냉정하게 태도를 취하는 편의가 있어서 관찰할 사물을 잘 아는 위치임에는 틀림없지만 그 아는 방식은 요컨대 자신의 일을 자신이 안다는 것과는 크게 취지가 다릅니다. 이런 방식으로 인식하고 정리한 형태가 기계적으로 흐르기 쉽다는 것은 당연할 것입니다. 환언하면 형식에서는 잘 정리되지만 내용에서는 전혀 정리되지 않는 듯한 경우가 발생합니다. 즉 외부에서 관찰하여 상대와 떨어져서 그 형태를 결정할 뿐 내부에 들어가 그 이면의 활동에서 저절로 발생하는 형식을 포착할 수는 없다는 뜻이 됩니다.

이에 반해 몸소 활동하고 있는 형태는 그 활동의 형식이 분명 자신의 머리에서 정리돼 나오지는 않을지 몰라도 대신에 관찰자의 태도를 유지하기 쉬운 학자처럼 표면상의 모순 따위를 무리하게 정리하려고 하는 폐해에는 빠질 염려가 없습니다. 바로 전에 오이켄에 대해 평하면서 형식상의 모순을 내용의 모순으로 바꾸어 반드시 정리하려고 하는 행위는 물정을 모르는 짓이라고 비난했는데, 만약 오이켄 자신이 이 모순처럼 보이는 생활의 양면을 몸소 체험하고 질서를 중시하는 한편 개방의 필요를 동시에 느끼고 있었다면 설령 형식상 이러한 결론에 도달한 시점에라도 "아무래도 이상하다. 어딘가에 실수가 있을 것이다"라고 먼저 스스로 의아심을 일으켜 반성할 수도 있었으리라 생각합니다. 아무리 철학적이고 개괄적이어도 자신의 생활에 친밀감이 없는 이상은 이 개괄을 무리하게 시행할 경우 "글쎄, 이상하네. 엉뚱하다"라고 깨달아야만 합니다. 알아차리고 반성한 결과, 점점 분해分解의 행보를 진행하다 보면 과연 형식 쪽에는 그 정도의 실수와 빈틈이 있을 수 있다는 사실이 분명해질 것입니다. 따라서 내용을 지니고 있는 자, 즉 실생활의 경험을 겪고 있는 자는 그 실생활의 형식이 어떠한지 깊이 생각할 시간조차 없을지도 모르겠지만 내용만은 확실히 체득하고 있으며, 한편 외형을 정리하는 사람은 정말로 깨끗이 솜씨 좋게 정리할지는 모르지만 어딘가에 부주의한 실수를 남기기 쉽습니다. 마치 중학교 학생들이 문법이라는 과목을 배우고 있는데, 그것을 배웠다고 해서 회화에 능숙해지는 것이 아니고, 또 문법에는 서투르다 해도 회화에 능숙한 통역자도 있으니 이 이 실제로 도움이 되는 것과 동일한 현상입니다. 같은 예입니다만 시를 만드는 규칙을 알고 있기 때문에 와카를 잘 짓는다고 하면 이상할 것이고, 잘 만든 와카는 그 안에 자연히 시의 규칙을 포함하고 있을 것입니다. 사람들은 자주 문법가에 명문가가 없고 와카 규칙 등을 연구하는 사람에게는 가인이 부족하다고 말하는데 만일 그렇다면 모처럼 만든 문법에 묘하게 융통성이 없는 획일적인 부분이 생기기도 하고, 게다가 고심해서 정리한 노래의 법칙도 때로는 좋은 노래를 망치는 도구가 되기도 하는 것처럼 실제 생활의 파도 속을 잠수해 나오지 않는 학자의 개괄적 품성 속에 내용의 성질에 개의치 않고 그냥 형식적으로 정리한 듯한 약점이 발견되는 것도 어쩔 수 없는 현상입니다. 덧붙여 이 원리를 적당하게 설명하자면 아무리 형상을 머리로 분명히 알고 있고 어느 정도 이렇게 되어야 한다고 확신이 선다 하더라도 단지 형식상으로만 정리되어 있을 뿐 사실 그것을 실현해보지 않았을 때에는 언제나 불안감이 존재합니다. 그건 여러분들의 경험으로 잘 아실 것입니다. 4~5년 전 러일 전쟁이라는 큰 사건이 있었는데, 러시아와 일본 중 어느 쪽이 승리할 것인가가 초미의 관심사로 떠오른 엄청나게 큰 전쟁이었습니다. 일본의 국시는 선전포고를 하는 것으로 결정이 났고 결국 러시아와 전쟁을 해서 승리했지만 그 전쟁을 시작할 때 계산도 없이 결코 무모하게 하지는 않았을 것입니다. 반드시 상당한 논거가 있고 연구가 있어서, 러시아의 군대가 몇만 명 만주에 투입될 경우 일본에서는 어느 정도 투입한다거나 혹은 대포는 몇 대 있고 병사의 식량은 어느 정도 있는지 그리고 군자금은 어느 정도 확보되어 있는지 등, 대체로 전망을 세웠을 겁니다. 전망이 서지 않으면 전쟁 따위는 가능할 리 없습니다.[61] 그러나 그 전쟁을 하기 직전, 또는 하는 순간, 또는 계속하고 있는 동안 얼마나 걱정했는지 모릅니다. 왜냐하면 아무리 전망이 분명하게 섰다 해도 단지 형식상으로 정리되었을 뿐이라 불안해서 견딜 수 없는 것입니다. 당초 계획대로 실행해서 그리고 유리한 전망에 틀림없이 들어맞는 결과를 뒤돌아보고 "과연" 하며 비로소 수긍하며 납득한 듯한 얼굴을 하는 것은 아무리 깨끗이 형체가 정리되어 있어도 실제의 경험이 그것을 증명해주지 않는 이상 대단히 불안하기 때문입니다. 말하자면 외형이라고 하는 것은 그 정도로 확실하지 않은 것이라는 사실에 귀착됩니다. 요즈음 유행하는 비행기도 이와 마찬가지라서 여러 가지 이론적으로 생각한 결과, 이런 식으로 날개를 달아서 이렇게 날리면 날지 않을 리 없다고 미리 예상한 후에 모형을 만들어 날려보면 정말로 납니다. 날기는 날아서 일단 안심하지만 만일 거기에 자신이 타고 있다면 날 수 있을까 어떨까 하는 문제에 마음 졸이며 날아보기 전까지는 역시 불안할 것이라 생각합니다. 이론대로 비행기가 자신을 태우고 움직여준다면 그때 비로소 형식에 내용이 정확히 합치되어 있음을 증명하는 것이므로 경험을 통한 확신을 얻지 않은 형식은 아무리 머릿속에 완비하고 있다 해도 불안전한 느낌을 줄 수밖에 없습니다.

그러고 보면 요컨대 형식은 내용을 위한 형식이지 형식을 위한 내용이 될 수 없다는 이치와 같습니다. 더 한 발 나아가 말하자면 내용이 변하면 외형이라는 것도 자연히 변하지 않으면 안 된다는 논리도 됩니다. 방관자의 태도에 안주하는 학자의 객관적 관찰에서 성립되는 규칙, 법칙 내지 모든 형식이나 관례를 위해 우리 생활의 내용이 구성된다고 하면 좀 논리가 역전되니까 우리의 실제 생활이 오히려 그들 학자(때에 따라서 법률가라고 해도, 정치가라고 해도, 교육가라고 해도 상관없습니다. 하여튼 학자적 태도로 오로지 관찰하는 입장에서 형식을 정비하는 방면의 사람을 칭합니다)에게 연구의 재료를 제공하고, 그들은 그 결과로 일종의 형식을 추상할 수 있는 것입니다. 그 형식이 미래를 실천하는 데 있어 참고 자료가 되지 않는다고는 할 수 없지만 본래의 입장에서 말하면 아무리 생각해도 내용이 원칙이어야 합니다. 그런데 지금 이 순서와 주객을 역으로 설정하여 미리 일종의 형식을 사실보다 앞에 갖추어두고 그 형식에서 우리의 생활을 산출하려 한다면 어떤 경우에는 크나큰 무리가 생기게 됩니다. 뿐만 아니라 그 무리를 수행하려 할 때 그곳이 학교라면 소동이 일어나고 나라라면 혁명이 일어납니다. 정치든 교육이든 혹은 사회나 우리 아사히처럼 신문사의 경우에도 그렇습니다. 따라서 세간에서도 그렇게 온통 규칙에만 사로잡혀서는 견딜 수 없다고 자주 말합니다. 규칙과 형식이 나쁜 것은 아닙니다. 그 규칙을 적용받는 인간의 내면 생활은 자연히 하나의 규칙을 부연하고 있다는 점은 앞에서 설명할 때 이미 밝힌 분명한 사실이기 때문에 그 내면 생활과 근본적으로 저촉되지 않는 규칙을 추상하여 표방하지 않고서는 오래가지 못합니다. 쓸데없이 외부에서 관찰하여 깨끗이 정리해낸 규칙을 갖다 대고 "이것은 학자가 만든 것이니 틀림없다"고 생각한다면 오히려 틀리게 됩니다. "자네 말대로 하면 매우 이상할 때가 있다. 예를 들어보면 연극에는 전형적인 틀이 있다. 혹은 음악에는 틀이라고도 말해야 할 악보가 있다. 또한 요코쿠謠曲[62]에는 절節이나 뭔가와 같은 틀이 있다. 이처럼 이들에는 모두 일정한 틀이 있어서 그 형식을 우선 본보기로 하여 오히려 형식의 내용을 구성하는 목소리나 몸짓 등을 이 틀에 적합하도록 만들어가는 것이 아닐까? 그렇게 하여 그 목소리나 몸짓이 자연스럽고 편안하게 조금의 불만도 느끼지 않고 표현된 틀대로 잘 맞도록 연습한 결과로 가능하지 않을까? 더러는 구파의 연극을 보아도 가면극의 동작을 보아도 이 지점에서 다리를 이 정도 앞으로 내라든가 손을 이 정도 위로 올려 모두 틀대로 하고 게다가 자신의 활력을 거기에 몰두하니까 조금도 곤란함이 없지 않을까? 틀을 본보기로 해놓고 그 속에 정신을 부여해서는 안 된다고 하는 법은 없다." 이렇게 말하는 사람이 있을지도 모르겠습니다. 그러나 이러한 경우에는 이 틀이나 형식 등이 담아야 할 실질, 즉 음악으로 말하면 소리, 연극으로 말하면 손발 따위인데 이들의 실질을 언제나 똑같이 작용하는, 말하자면 변화가 없는 상태라고 보는 관점에서 하는 이야기입니다. 만일 형식 속에 담아야 할 내용의 성질에 변화가 초래된다면 옛날의 틀이 오늘의 틀로 행해져야 할 리가 없고 옛날의 악보가 오늘에 통용될 리 없습니다. 예를 들어보면 인간의 목소리가 새의 목소리로 변한다면 어떠한 방법으로도 지금까지의 음악 악보는 통용되지 않습니다. 모든 신체 운동도 인간의 체질이나 구조에 지금까지와 달리 이상이 생겨서 근육이 움직이는 꼴이 조금 달라지면 종래의 익숙한 틀 따위는 흐트러져야 할 것입니다. 인간의 사상이나 그 사상에 수반하여 추이되는 감정도 돌이랑 흙과 마찬가지로 고금을 통해 영원히 변하지 않는 것이라고 간주한다면 일정불변의 틀 속에 밀어넣고 교육하는 것도 가능하고 지배하는 것도 용이할 것입니다. 실제로 봉건 시대의 평민들은 어느 정도 긴 시간 동안 일종의 틀 속에 답답하게 몸을 웅크리고 참으면서 "이것은 내 천성에 맞는 틀이다"라고 인정했는지도 모릅니다. 프랑스혁명 때에 바스티유 감옥을 부수고 죄인을 구출해주었더니 기뻐하기는커녕 뜻밖에 오히려 햇빛을 보는 것을 두려워해 여전히 어둠 속으로 들어가려 한 경우가 있었다고 합니다. 조금 우스운 이야기인데 일본에는 사흘만 걸식하면 그 맛을 잊어버릴 수 없다는 속담이 있으니 이 이야기는 어쩌면 실제 있을 법한 이야기인지도 모르겠습니다. 걸식의 틀이나 감옥의 틀이라는 표현도 묘하지만 사실 긴 세월 동안에는 인간 본래의 경향도 그런 식으로 바뀌지 말란 법도 없다고 할 수 없습니다. 이러한 예만을 본다면 기존의 틀로 어디까지나 밀고 갈 수 있다는 결론이 가능해지는데, 그렇다면 왜 도쿠가와德川 씨가 멸망했고 유신혁명이 일어났을까요? 말하자면 하나의 틀을 영원히 지속하려는 상태를 내용 쪽에서 거부했기 때문일 것입니다. 정말로 한때는 재래의 틀로 억압당했을지도 모르지만 아무리 생각해도 내용을 동반하지 않는 형식은 언젠가 폭발해야 한다고 보는 것이 온당하고 합리적인 견해라 생각합니다.

원래 이 틀 자체가 무엇 때문에 존재의 권리를 지니고 있는가 하면 앞에서도 말한 대로 내용의 실질을 내면의 생활에서 경험할 수 없는데도 불구하고 아무래도 정리해서 한데 묶어두고 싶다고 생각하기 때문입니다. 그래서 회사의 결산이나 학교의 점수와 같이 표면상 빨리 이해하려는 일종의 지식욕, 혹은 실제상의 편의 때문이지 엄밀한 의미에서 말하면 틀 자체가 독립해서 저절로 존재하는 것은 아닙니다. 예를 들면 여기에 밥공기가 있습니다. 밥공기의 모양이라 하면 누구나 다 알지만 그 모양만 남기고 실질을 제거하려 한다면 도저히 제거할 수가 없습니다. 실질을 제거하면 모양도 없어져버립니다. 굳이 모양을 간직하려 해도 단지 상상의 추상물로 머릿속에 남을 뿐입니다. 마치 집을 만들기 위해 도면을 그리는 것과 마찬가지로 다다미 8장의 방, 다다미 10장의 방, 도코노마[63]라고 하는 식으로 칸막이가 쳐져 있어도 도면은 어디까지나 도면일 뿐 결코 집으로서 존재할 수는 없습니다. 결국 도면은 집의 형식입니다. 따라서 아무리 형식을 만들어 내도 그것을 구성하는 물질에 따라 생각대로의 집은 완성하기 어려울지도 모릅니다.

하물며 산 인간, 변화가 있는 인간이 일정불변의 틀로 지배될 리 없습니다. 정치를 하는 사람이나 교육을 하는 사람, 많은 사람을 통치하려고 하는 사람은 물론, 개인이 개인과 교섭하는 경우에조차 틀은 필요한 것입니다. 만날 때 인사를 한다거나 손을 쥔다거나 하는 틀이 없다면 사교가 성립하지 않는 일마저 있습니다. 그렇지만 상대가 물질이 아닌 이상, 다시 말해 움직이는 동물인 이상, 여러 가지 변화를 겪는 이상, 때와 장소에 따라서 무리가 없는 틀을 만들어 시행하지 않으면 도저히 이쪽의 요구대로 진행되지 않습니다.

그런데 현재 일본의 사회 상태는 어떠한가를 생각해보면 눈앞에서 대단한 기세로 변화하고 있습니다. 그에 따라서 우리의 내면 생활이라고 하는 것도 또한 시시각각 굉장한 기세로 변하고 있습니다. 순간의 휴식도 없이 회전하면서 진행하고 있습니다. 그러므로 오늘의 사회 상태와 20년 전, 30년 전의 사회 상태는 분위기가 매우 다릅니다. 다르기 때문에 우리의 내면 생활도 다릅니다. 이미 내면 생활이 다르다고 한다면 분명 그것을 통일하는 형식이라는 것도 자연히 변하지 않으면 안 될 것입니다. 만일 그 형식을 움직이지 않고 원래대로 고정시켜 두고, 그리고 어디까지나 그 속에 변화하고 있는 우리의 생활 내용을 억지로 적용시키려 한다면 실패는 눈에 보이듯 빤할 뿐입니다. 우리가 자신의 딸, 혹은 처와의 관계에서도 유신 전과 오늘날이 어느 정도 다른가 하는 점을 여러분이 판단했다면 여기에 대한 사정은 곧 알게 될 것입니다. 요컨대 이처럼 사회를 지배하는 형식이라고 하는 것이 변화하지 않으면 사회가 잘 돌아가지 않습니다. 흐트러지고 정리되지 않는 형태로 귀착되리라 생각합니다. 아내와 딸에 관해서도 전술한 대로입니다. 아니 집안의 하녀에 대해서도 옛날과 다른 분위기가 느껴진다면 교육자가 일반 학생을 대하거나 정부가 일반 시민을 대하는 방식도 새로운 각도에서 참작해야만 할 것입니다. 내용의 변화에 주의하지도 않고 개의치도 않고 일정불변의 틀을 세워서, 그리고 그 틀이 단지 원래부터 있었다고 하는 의미에서 또는 그 틀을 자신이 선호하고 있다는 이유만으로 방관자인 학자와 같은 태도로 상대의 생활 내용을 자신이 접하지 않은 상태에서 밀고 간다면 위험합니다. 한마디로 말하면 메이지 시대에 적절한 틀이라고 하는 개념은 메이지의 사회적 상황, 좀더 나아가 말하면 메이지의 사회적 상황을 형성하는 여러분의 심리 상태, 거기에 정확히 맞는, 무리가 가장 적은 형태가 아니면 안 됩니다. 요즈음은 개인주의가 어떻다거나 자연파 소설이 어떻다거나 하며 매우 시끄러운데 이러한 현상이 생기는 것은 모두 우리 생활의 내용이 옛날과 자연히 달라졌다는 증거이고, 재래의 틀과 어떤 의미에서 어디에선가 충돌하기 때문에 옛날 틀을 지키려는 사람은 그것을 파괴하려고 하며 생활의 내용에 의거해 자기 자신의 틀을 만들려는 사람은 그것에 반항하려고 하는 경우가 많아지는 게 아닌가 생각합니다. 마치 음악과 악보의 관계에서처럼 소리를 악보 속에 억지로 넣어서 소리 자체가 아무리 자유롭게 발현되어도 그 틀을 거역하지 않고 행운유수와 같이 지극히 자연스럽게 흐르는 것과 마찬가지로 우리도 일종의 틀을 사회에 부여해 그 틀을 사회의 구성원들에게 따르게 하는 데 무리가 없는지 깊이 생각해보아야 할 것입니다. 이러한 고민은 여러분의 문제이기도 하고 일반인 모두의 문제이기도 하고 사람을 가장 많이 교육하는 자, 가장 많은 사람을 지배하는 자의 문제이기도 합니다. 우리는 현재 사회의 일원인 이상, 부모도 되고 자식도 되고 친구도 되고 동시에 시민이기도 하고 정부의 지배를 받아 교육도 받고 어떤 의미에서는 교육도 해야 하는 몸입니다. 이러한 주변의 일을 잘 생각하고 그 다음으로 상대의 심리 상태와 자신을 정확히 맞추도록 해서 방관자가 아니라 젊은 사람 등의 심정에도 관여하고, 그 사람에게 적당하고 한편 자신에게도 타당한 형식을 부여해 교육을 하고 또 지배해가야 하는 때가 아닌가 생각됩니다. 수동적인 입장에서 말하면 이와 같은 새로운 형식으로 대우받지 않으면 일종의 말할 수 없는 고통을 느낄 것이라 생각합니다.

　내용과 형식이라는 것에 대해 왜 이야기했는가 하면 이상과 같은 이유로 이 문제에 관해 우리가 생각할 필요가 있을 것이라 여겨졌기 때문입니다. 그것을 구체적으로 어떻게 표현하면 좋을까 하는 것은 여러분들의 판단에 달려 있습니다. 시시한 문제를 어지간히 길게 늘려 말해 미안합니다. 상당히 피곤할 것입니다. 마지막까지 정숙하게 경청해주신 점, 강연자로서 깊이 감사드립니다.

메이지 44년(1911) 11월 10일,《아사히강연집》

문예와 도덕

메이지 44년(1911) 8월, 오사카에서의 강연.

내가 오사카에서 강연하는 것은 이번이 처음입니다.[44] 또한 이렇게 많은 사람 앞에 선 것도 처음입니다. 실은 연설을 할 예정이 아니고 오히려 강의를 할 예정으로 왔습니다만, 강의라는 것은 이렇게 많은 수를 상대로 하는 성질의 것이 아닙니다. 이 정도 청중 모두에게 통할 수 있는 목소리를 내려면——나오지도 않겠지만 만일 나온다 하더라도 15분 정도 강연하고 연단을 내려오지 않으면 해낼 수 없으리라 생각합니다. 따라서 처음 경험하는 일이기도 하고 이렇게 모이신 여러분들의 후의 때문에라도 가급적 만족할 수 있도록 재미있는 강연을 하고 돌아가고 싶은 심정은 간절한데 하지만 너무 많이 오셔서——그렇더라도 결코 시시한 연설을 일부러 하려는 등의 악의는 추호도 없지만 되도록 짧게 매듭짓도록 하고——차후에도 재미있는 얘기가 많이 있으므로 그 기회에 보충하고 우선 주어진 업무를 수행하려고 합니다. 실제로 이 더위에 이렇게 모여서 대나무 껍질에 싼 초밥처럼 밀고 밀려서는 견딜 수 없을 것입니다. 또한 강연자 쪽에서도 주위 전후좌우에서 흘러나오는 사람의 숨소리만으로도——잠시 여기에 서서 보시면 곧 아시겠지만——정말로 용이한 일은 아닙니다. 실은 이처럼 원고지에 적어 두었으니까 때때로 이것을 보면서 진행하면 순서가 바르게 정돈되고 빠뜨림도 적어서 매우 순조로운데 그런 미적지근한 방법을 이용해서는 아무래도 여러분이 얌전하게 들어주지 않을 것이라고 생각하기 때문에 군데군데가 아니고 대부분을 간략하게 줄여서 강연할 예정입니다. 그러나 만약 조용히 들어주시면 준비한 것을 충분히 할지도 모릅니다. 하려고 생각하면 할 수 있습니다.

문제는 저쪽에 적혀 있는 대로 '문예와 도덕'이라는 명제인데 아시는 바와 같이 나는 소설을 쓰기도 하고 비평을 쓰기도 하고 대체로 문학 쪽에 종사하고 있어서 문예 방면의 일을 화제로 얘기할 때가 많습니다. 오사카에 와서 문예를 이야기한다는 사실의 옳고 그름은 모릅니다. 돈 버는 이야기라도 한다면 가장 좋을 것이라고 생각하고 있는데 '문예와 도덕'으로는 제목을 듣는 것만으로도 알겠지만 돈을 벌 수 없습니다. 그 내용을 들으시면 더더욱 벌 수 없습니다. 하지만 특별히 손해를 입을 정도의 불길한 제목도 아니라고 생각합니다. 물론 듣는 시간 정도는 손해가 되지만 그 정도의 손해는 불운이라 여기시고 단념하고 참고 들어주세요.

옛날 도덕과 지금 도덕의 개념 구별, 거기에서부터 이야기를 하고 싶은데——아무래도 차분하게 할 수 없을 것 같아 견딜 수 없습니다. 그 전에 잠시 이 제목을 설명하겠습니다만 '문예와 도덕'이라고 되어 있는 한, 즉 문예와 도덕의 관계에 귀착되니까 도덕이 관계하지 않는 방면, 혹은 부분적으로 문예에만 해당하는 방면에 대해서는 여기에서 논하지 않겠습니다. 따라서 문예 속에서도 도덕적 측면에서 의미가 있는 윤리적 취향을 틸피할 수 없는 문예상의 저자물에 대한 이야기라고 해도 좋고, 문예와 교섭이 있는 도덕 이야기라고 해도 좋습니다. 그러므로 먼저 도덕이라는 개념에 대해 옛날과 지금의 구별에서부터 이야기를 시작하여 점차 진행해나가기로 하겠습니다.

옛날의 도덕, 이것은 물론 일본에서의 이야기이기 때문에 옛날 도덕이라면 유신 전의 도덕, 이를테면 도쿠가와 시대의 도덕을 가리킵니다만, 그 옛날 도덕은 어떤 것이었는가 하면 여러분도 잘 아시는 것처럼 한마디로 말해 일종의 완전한 이상적인 유형을 만들어 그 유형을 표준으로 삼는 것으로서, 우리의 노력 여하에 따라 실현될 수 있는 것으로 제시된 것입니다.[65] 그러므로 충신이라도 효자라도 혹은 정숙한 여인이라도 모두 다 완전한 모범을 앞에 정해두고 우리처럼 미치지 못하는 자도 의사 여하, 노력 여하에 따라서는 이 모범대로의 실행이 가능하다고 보는 교육 방식, 덕의의 정립 방식이었던 것입니다. 하기야 일률적으로 완전하다고 해도 분석에 따라서는 여러 가지 의미로 해석이 가능하지만 여기에서 말하는 것은 불교용어 등에서 사용하는 순일무잡純一無雜, 여하간 불순함이 없다는 뜻으로 보면 지장 없겠습니다. 예를 들면 원광석처럼 여러 가지 이물질을 함유한 자연물이 아니고 순금과 같이 정련된 충신이나 효자를 의미합니다. 이처럼 완전한 모형을 표방하고, 거기에 달할 수 있는 염력을 가지고 수양의 공을 쌓기 위해 어쩔 수 없이 행한 것이 옛날의 덕육德育입니다. 조금 더 구체적으로 말씀드려야 마땅하지만 간략하게 줄여서 우선 그 정도로 하고 다음으로 넘어가겠습니다.

그건 그렇고 이런 식의 윤리관이나 덕육이 개인에게 어떤 영향을 미치고 사회에 어떤 결과를 끼치는지 생각해봅시다. 우선 개인에게 있어서는 분명히 모범이 설정되고 또 그 모범이 완전하다고 하는 자격을 갖춘 형태로 존재하니까 각 개인은 꼭 이 모범대로 되어야 하고 완전한 경지로 나아가야만 한다는 내부의 자극이나 외부의 편달이 있기에 모방이라는 개념을 항상 염두에 두어야 하겠지만, 그 대신 생활 전체로 보면 모든 사람은 향상의 정신을 충족시키고 강한 기개로 매진하는 용기에 고무된 듯한 일종의 감격적 생활을 영위하게 됩니다. 또한 사회의 일반적 관점에서 말하면 분명히 이러한 식의 모범적이고 비난할 여지가 없는 충신, 효자, 정조 곧은 여인을 내세워서 그들의 존재를 인정하는 정도이므로 개인에 대한 일반 윤리상의 요구는 매우 가혹한 것입니다. 한편 개인의 과실에 대해서는 무척 엄격한 태도를 지닙니다. 약간의 실수가 있어도 용서되지 않고 곧 목숨과 관계됩니다. 그도 그럴 것이 옛날 사람은 할복을 함으로써 사죄를 구했음을 여러분들은 알고 있을 것입니다. 지금은 손쉽게 배를 가르지 않습니다. 이는 배를 가르지 않고도 수습할 수 있기 때문이지 옛날이라고 해서 결코 배를 가르고 싶었던 것은 아니었을 터입니다. 그렇지만 배를 갈라야만 했습니다. 이른바 강요당한 할복으로 사회 체제가 너무 악랄하고 가혹해 살아서 다른 사람과 얼굴을 대할 수 없기 때문에 함부로 쉽게 목숨을 버렸을 겁니다.

오늘날 사람들의 입장에서 보면 완전할지도 모르지만, 실제 있을지 없을지 모르는 이상적 인물을 그려놓고 그 우상을 향해 잠시도 멈출 새 없이 노력하고 감격하고 분발하고 혹은 기뻐하고 끝없이 사모하고, 그리하여 사회로부터는 덕의상 약점에 대해 추후도 용서 없이 엄중히 다뤄지면서 옛날 사람들은 어떻게 그렇게 용하게 참고 있었는지 의문이 일지만 여기에는 여러 가지 원인이 있을 겁니다. 무엇보다 지금처럼 과학적 관찰이 두루 미치지 않았습니다. 요컨대 인간은 아무리 교육받는다 해도 불완전하다는 사실을 알아차리지 못했습니다. 그 당시 사람들은 인간이 불완전한 이유는 우리의 마음가짐이 완전함에 미치지 못해서 일어나는 태만함에서 기인한다고 생각하여, 좀더 수양해서 흑설탕을 백설탕으로 정제하는 듯한 상태로 향상시키지 않으면 안 된다는 생각으로 열심히 노력했습니다. 말하자면 옛날 사람에게는 비판적 지식이 부족했습니다. 옛날부터 전해지고 있는 효자나 열녀라고 칭해지는 이들을 그대로의 모습으로 완전 재현할 수 있다고 하는 신념이 강해서 이들 모범을 비판적으로 볼 수 있는 정신이 결핍되어 있었다는 것이 주된 원인일 겁니다. 한마디로 말해 과학이라는 것이 그다지 발전되지 않았기 때문이라 해도 좋습니다. 뿐만 아니라 당시는 교통이 매우 불편해서 도쿄에서 오사카까지 편지 한 통으로 불려 와서 강연하는 일은 불가능하다고는 할 수 없지만 꽤 귀찮아서 이렇게 간단하게 되지는 않습니다. 온다고 해도 가마에 흔들리며 53차66를 차례대로 도는 꼴이므로 시간에 맞춰 도착하기 어렵습니다. 제시간에 도착하지 않은 상태로 강연이 끝난다면 내가 어떤 인간인가는 여러분에게 알려지지 않은 채로 끝나버릴 상황입니다. 차라리 알려지지 않는다면 굉장히 훌륭한 사람이라고 생각해주지 않을까 하고 추측합니다. 이렇게 연단에 서서 프록코트도 입지 않고 고베神戶 근처의 상점 종업원들이 입는 듯한 묘한 양복 따위를 걸치고 불쑥거리고 있어서는 품위가 없어 안 됩니다. 분명 "응, 저런 놈인가" 하는 생각이 들 것입니다. 하지만 가마를 타는 시대라면 그렇게까지 체면을 깎이지 않고 넘겼을지도 모릅니다. 교통이 불편한 옛날에는 산 속에 선인이 있다고 생각할 정도였으니까 "에도江戶 시대에는 소세키라는 선인은 아니나 이를테면 선인에 가까운 인간이 있다더라" 하는 정도의 평판을 시종일관 유지해 준다면 나도 대단한 만족감에 도달했을 터인데, 오늘날 기차와 전화의 세상 속에서는 이미 선인의 존재가 소멸했기 때문에 선인에 가까운 인간의 가치도 자연히 하락해 상점 종업원 그대로의 품채를 안타깝게두 제군에게 보이지 않으면 안 되는 형편입니다. 다음으로 옛날에는 계급 제도[67]가 사회를 통제하고 있어 계급이 다르면 쉽게 접촉조차 할 수 없는 경우가 많았습니다. 지금도 천황께는 마음대로 다가갈 수 없습니다. 나는 아직 뵙지 못했습니다만, 옛날에는 일반적으로 지금의 천황 폐하 이상으로 다가가기 어려운 계급의 부류가 많이 있었습니다. 한 나라의 영주와 말을 나누는 것조차 평민에게는 매우 이례적인 일일 것입니다. 중요한 인물이 탄 가마가 지나갈 때에는 도게자土下座[68]라고 해서 땅바닥에 엎드려 머리를 꾸벅 숙이고 사람의 얼굴을 전혀 물색할 수 없었습니다. 무엇보다 가마 속에 짐승이 있는지, 인간이 있는지조차 알지 못했을 정도라 들었습니다. 그러고 보면 옛날 사람에게는 계급이 다르면 인간의 부류가 다르다는 의미가 되고, 그것이 심해지면 세상에 어떤 인간이 살고 있는지 호기심을 품을 여지도 없어질 정도로 자타의 생활에 현격한 차이가 나는 사회 제도가 있었던 것 같습니다. 따라서 당치도 않게 훌륭한 인간, 즉 모범적인 충신 효자, 그 외의 훌륭한 인간이 세상에 실제로 존재한다는 관념이 어딘가에 있었음에 틀림없습니다.

이상과 같은 여러 원인에서 자연히 모범적인 도덕을 사람에게 강요하는 것을 이상하게 여기지 않았을 것입니다. 또한 강요당해도 참거나 혹은 자진해서 자신에게 강요도 했을 것입니다. 그렇지만 유신 이후 44~45년이 경과한 오늘의 시점[69]에서 이 도덕이 추이된 경로를 되돌아보면 분명하게 일정한 방향이 있고, 단지 그 방향으로만 의심과 주저함 없이 흘러온 것처럼 보이는 부분은 사회 현상을 연구하는 학자에게는 대단히 흥미로운 내용이라고 말해야 합니다. 그러면 유신 후의 도덕이 유신 전과 어떤 식으로 달라졌는가 하면, 그처럼 정확하게 이상대로 정해진 완전한 도덕이라는 것을 사람에게 강요하는 세력이 점점 미약해졌을 뿐만 아니라 옛날에 갈구했던 이상 그 자체가 어느 사이에 우상시되어서, 그 대신 사실이라는 것을 토대로 하여 새로운 도덕을 만들어내면서 오늘까지 진행해온 듯합니다. 인간은 완전한 동물이 아닙니다. 처음은 물론 언제까지라도 불순하다는, 사실의 관찰에 입각한 주의를 표방했다고 한다면 그것은 잘못이지만 자연의 추세를 거꾸로 점검하여 44년간의 도덕계를 꿰뚫고 있는 풍조를 한 구절로 집약해보면 이 주의로밖에 될 수 없는 듯 생각됩니다. 요컨대 우리가 모르는 사이에 이 주의를 실행하면서 오늘에 이른 것과 같은 결과가 되었습니다. 그런데 자연의 사실을 그대로 말씀드리면 설령 어떠한 충신이나 효자나 정조 깊은 여인이라도 각각 상당한 미덕을 갖추고 있는 것은 물론이지만 이와 함께 한편으로는 매우 의심스러운 결점을 지니고 있습니다. 말하자면 충과 효와 정조가 있는 동시에 불충과 불효와 부정이 있기도 하다는 사실입니다. 이렇게 언어로 表現해서 말하면 왠지 매우 부적절하게 느껴지지만 아무리 덕에 이른 사람이라도 어딘가에 약점이 있다고 남도 이해하고 자신도 인정하고 있다는 점은 의심할 여지가 없는 사실일 것이라고 생각합니다. 실제로 "내가 이렇게 연단에 선 것은 전적으로 여러분을 위해서, 오로지 여러분을 위해서입니다"라고 구세군처럼 말한다고 해서 여러분이 납득할까요? "누구를 위해 서 있는가?"라고 묻는다면 "신문사를 위해 서 있다. 《아사히신문》의 광고를 위해 서 있다" 혹은 "나쓰메 소세키를 천하에 소개하기 위해 서 있다"라고 답할 것입니다. 그걸로 좋습니다. 결코 순수한 한 가지 동기에서 이렇게 서서 큰소리를 내고 있는 것은 아닙니다. 이 더위에 옷깃이 흐물흐물하게 될 정도로 땀을 흘리면서까지 여러분을 위해 유익한 이야기를 하지 않으면 오늘밤 잠을 잘 수 없다고 할 정도의 갸륵한 마음가짐은 사실 없습니다. 그렇다고 해서 호의도 인정도 전혀 없는 일방적인 사람도 아닙니다.

털어놓고 말하자면 이번 강연을 거절하는 것이 내가 면직될 정도로 큰 사건은 아니므로, 도쿄에서 앓고 있어 지장이 있다거나 건강이 허락하지 않는다거나 이런저런 변명거리를 만들기만 하면 그것으로 족합니다. 그러나 여러분의 이익을 생각하고 또한 신문사의 이익을 생각한다고 하면 느닷없이 위선처럼 느껴지는데, 이를테면 의리나 호의 등을 가미한 동기에서 잽싸게 내려왔다고 한다면 역시 어느 정도 선인의 모습도 발견할 수 있을 것입니다. 사실대로 자백하면 나는 선인이기도 하고 악인이기도——악인이라고 말하는 것은 본인임에도 불구하고 조금 심한 듯한데 아마도 선악이 함께 혼합된 인간으로 일종의 평가를 받는 사람으로 모래도 붙고 진흙도 붙은 더러움 속에서 돈이라는 것을 있는 듯 없는 듯 지니고 있는, 그 정도의 인간이라고 생각합니다. 내가 이런 점을 아무렇지도 않게 여러분 앞에서 말하고 그래서 여러분은 웃으며 듣고 있을 정도이니 요즘 사람은 옛날과 비교하면 윤리적 견해에 있어서도 상당히 관대해져 있음을 알 수 있습니다. 지금이 제재가 엄중하고 모범적인 행동을 타인에게 강요해 마지않던 막부 시대였다면 이렇게 노골적으로 거리낌 없이 말하는 나는 틀림없이 사장에게 꾸중을 들었을 겁니다. 만일 사장이 영주였다면 꾸중은 물론이거니와 할복의 명을 받았을지도 모르는 상황이지만, 메이지 44년 오늘은 사장이라 해도 잠자코 있습니다. 그리고 여러분은 웃고 있습니다.

이 정도로 세상은 온후해졌습니다. 윤리관의 정도가 낮아졌습니다. 점점 살기 좋은 세상이 되어 모두 행복하시지요?

이처럼 사회가 윤리적 동물인 우리에게 인간다운 비근한 덕의를 요구하고 그것을 수용함으로써 완전完全이라든가 지극至極이라든가 하는 이상적인 요구를 점차로 철회해버린 결과는 어떻게 될 것인가를 생각해보면 우선 이전부터 존재하고 있던 평가율(도덕상의)이 자연스럽게 달라지지 않으면 안 될 것입니다. 세상은 무서운 곳이라서 점점 두덕이 무너지게 되면 그것을 평가하는 눈이 달라집니다. 옛날에는 인사법이 맘에 들지 않으면 칼자루에 손을 댄 적도 있었지만 지금은 설령 친밀한 사이에서도 수고가 될 듯한 인사는 하지 않는 듯합니다. 그러므로 자타 모두 불유쾌함을 느끼지 않고 만족하는 상황이 내가 이른바 '평가율의 변화'라고 말하는 것의 의미입니다. 인사 따위는 하찮은 일례이지만 대체로 윤리적 의의를 포함한 개인의 행위가 종전보다는 어느 정도 자유로워졌기 때문에, 부자연스러운 상황이 개선되었기 때문에, 즉 옛날처럼 강제적으로 행하고 무리하게 이루려는 억지도 압박도 미약해졌기 때문에, 한마디로 말하면 덕의상의 평가가 어느 사이에 변했기 때문에 자신의 약점이라고 인정될 듯한 점을 두려워하지 않고 남에게 이야기할 뿐만 아니라 그 약점을 행위상에 노출하더라도 본인도 그것을 의아하게 느끼지 않고 남도 비난하지 않는 세상이 된 것입니다. 나는 메이지 유신 바로 전 해에 태어난 인간이므로[70] 오늘 이 청중 속에 보이는 젊은이들과는 달라서 엉거주춤한 교육을 받은, 바다와 육지 모두에 서식하는 양서동물과 같은 이상한 사람인데 우리 또래의 과거에 비교하면 지금의 젊은이는 대단히 자유로운 듯 보입니다. 혹은 사회가 그 정도의 자유를 허락하고 있는 듯 보입니다. 한학 학교에 이삼 년이나 다녔던 경험이 있는[71] 우리에게는 훌륭하지도 않은데 훌륭한 듯한 얼굴을 해보기도 하고 성질을 속이고 오기를 부려보기도 하는 버릇이 자주 있었습니다──지금도 상당히 그런 기분이 있을지도 모릅니다만──그런데 요즘 젊은이는 예상 외로 담백하고, 옛날처럼 감동적인 시정詩情을 윤리적으로 발휘할 수는 없을지 모르지만 대체로 뻥 뚫린 통처럼 아무것도 숨기지 않는 부분이 좋습니다. 여기에는 자신을 치장하고 싶지 않다는 올바른 정신이 작용하고 있는 경우도 있겠으나 한편 숨기지 않고 계속 열고서 내장을 내보여도 세간에서 특별히 코를 쥐고 괴로운 얼굴을 하는 사람이 없기 때문이기도 하겠는데, 내 집에 젊은이들이 처음 방문하고 후에 편지 따위로 그때의 감상을 있는 대로 써서 보내준 경우 등에서도 생각지도 못한 고백을 한 적이 있으니 재미있습니다. 그렇다고 해서 "대단한 약점을 봐줘!"라고 할 정도로 쓴 것은 아닌데 하여튼 이쪽에서 부탁하지도 않았는데 상대방이 멋대로 보내온 색다르지만 별 뜻 없는 문자, 즉 어떤 의미에서의 예술품을 보내오기도 합니다. 만약 우리들이 젊은 시절의 기분으로 쓴다고 하면 "천하의 영웅군과 나하고만"이라고 써서 비교하며 뽐내지는 않더라도 습관적으로 고상한 관념을 깊이 생각하지 않고 문자로 나열하면서 자기의 윤리성이 기분 좋은 일종의 자극을 받은 것처럼 시정을 발휘하는 것이 통례였습니다. 그러나 지금 예로 들려고 하는 편지에는 그런 모습이 전혀 없습니다. 무엇보다 문을 열고 들어가면서 가슴이 설레었다거니 격지를 열 때에 삘이 올러 더욱더 놀랐디거니, 부탁하자 안내를 청하면서도 말을 전하러 나온 하녀가 "안 계십니다"라고 말해주면 좋았겠다고 현관에서 신발을 벗기 전에 느꼈다거나 "댁에 계십니다"라는 한마디에 갑자기 돌아가고 싶다는 마음으로 변했다거나 그러던 참에 "이쪽으로 올라오세요"라고 또 전하러 나와서 점점 더 미안했다던가 전부 그러한 약한 신경 작용이 조금의 겉치레도 없이 표현되어 있습니다. 덕의적 비판을 내포한 언어로 말하면 "겁이 많다"거나 "담력이 없다"고 해야 할 약점을 자유롭게 자백하고 있습니다. 고작 나쓰메 소세키의 집에 오는데 이렇게 벌벌 떨 필요는 없을 것이라 생각할지도 모르겠지만 실제로 그런 경우가 있었습니다. 그러나 나는 이것이 지금의 청년이니까 가능한 것이라고 믿습니다. 막부 시대 문학의 어느 곳을 어떻게 찾아보더라도 이러한 의미의 방문 감상록은 결코 발견할 수 없을 것이라 믿습니다. 올봄이었는데 어떤 곳에서 음악회가 있었습니다. 그때 내가 아는 사람이 연주대에 서서 노래를 불렀습니다. 나는 초대를 받아서 제일 앞 열의 가운데 자리에서 듣고 있었습니다. 그런데 그 노래는 서툴렀습니다. 나는 음악을 듣는 귀도 아무것도 갖추고 있지 않은 초보자지만 그 사람이 노래를 부르는 방식은 대단히 서툴게 느껴졌습니다. 나중에 그 사람을 만나 느낀 대로 서투르다고 말했습니다. 하지만 그 음악가는 그 연주대에 섰을 때 자신의 다리가 부들부들 떨렸는데 알아차렸냐고 나에게 묻습니다. 나는 알아차리지는 못했지만 당사자 자신은 다리가 부들부들 떨렸다고 자백합니다. 옛날이라면 설령 다리가 떨려도 떨리지 않는다고 우겨댔을 겁니다. 어떻게 좀 억지를 부리고 싶을 정도의 장소로 와서 사람들이 눈치채지 못했음에도 불구하고 자신의 입으로 다리가 부들부들 떨렸다고 자백합니다. 그만큼 요즘 사람이 담백해진 것 아니겠습니까? 한편 이 정도 담백하게 될 수 있을 만큼 세간의 비평이 관대해진 것이 아니겠습니까? 인간에게 그 정도의 약점은 흔히 있는 일이라고 아예 인정하고 있는 것 아니겠습니까? 나는 옛날과 오늘날을 비교해서 어느 쪽이 좋다거나 나쁘다고 말할 생각은 없습니다. 다만 이 정도의 구별이 있다고 말하고 싶습니다. 또한 과거 40여 년간 도덕의 경향은 분명히 이러한 방향으로 흐르고 있다는 사실을 인정해주실 것을 희망하는 것입니다.

옛날과 지금의 도덕 구별은 이것으로 끝내두고 이야기를

갑작스럽게 문예 쪽으로 옮기겠습니다. 그렇지만 문예 쪽 이야기를 구체적으로 할 작정은 아니므로 필요한 설명만으로 멈추고 극히 대강을 말씀드리겠는데 근년 문예 쪽에서 낭만주의[72] 및 자연주의,[73] 즉 로맨티시즘과 내추럴리즘이라는 두 가지 용어가 널리 사용돼왔습니다. 그리고 이 두 가지 용어는 문예계 고유의 술어로 그 외의 방면에는 전혀 통용되지 않는 듯 다뤄지고 있습니다. 하지만 나는 지금부터 이 두 용어의 의미와 성질을 매우 간략히게 서술하고 그것을 앞서 말씀드린 옛날과 지금의 도덕과 관련지은 후 양쪽을 종합해서 보여드리려고 합니다. 요컨대 낭만주의도 자연주의도 문예가의 고유 언어가 아니라는 점을 알면 그 결과 자연히 이들이 또한 앞에서 설명한 두 종류의 도덕과 연관된다는 점을 주장하려는 것입니다.

이 낭만주의, 자연주의 문학에 대해 말씀드리기 전에 잠시 여러분께 주의를 요청하고 싶은 점이 있는데, 앞서 말씀드렸듯이 오늘 이야기는 모두 도덕과 문예와의 교섭 관계에 대한 것이기 때문에 두 종류의 문학 중(특히 낭만주의의 문학 중) 도덕의 분자分子가 뒤섞이지 않은 부분은 처음부터 제외하고 생각해주시기 바랍니다. 그리고 설사 도덕의 분자가 섞여 있다 해도 윤리적 관념이 아무런 도발을 받지 않는——아니 받을 수 없는 깊이 없는 문학도 제외하고 생각해주세요. 그들을 제외한 뒤 이 두 종류의 문학을 조망해보면 낭만주의 문학에서는 그 속에 등장하는 인물의 행위, 성품이 우리보다 위대하다거나 공명하다거나 혹은 감동이 풍부하다거나 하는 점에서 독자를 윤리적으로 향상시키거나, 독자가 옳은 길로 들어서는 데 자극을 준다는 특색을 갖습니다. 이 영향은 옛날에 유행한 권선징악이라는 말과 관계는 있지만 절대로 같지는 않습니다. 훨씬 고상한 의미로 말하는 것이니 오해 없기를 바랍니다. 한편 자연주의 문학에서는 인간을 전설적인 영웅의 후손이나 그 무엇처럼 대단한 것으로 여기지 않고 달갑게 쓰지 않습니다. 따라서 독자도 작가도 윤리적 감성은 부족합니다. 경우에 따라서는 인간의 약점만을 하나로 묶은 듯 보이는 작품도 생길 뿐 아니라 이따금 그 약점이 일부러 과장된 경향마저 보이는데 이를테면 보통 인간을 그냥 있는 그대로의 모습으로 그리는 형태이므로 도덕과 관련한 방면의 행위에서도 결점이 섞여 나온다는 점을 피할 수 없습니다. 다만 이러한 한심스러운 부분이 있는 것도 인간 본래의 모습이라며 자신도 수긍하고 타인에게도 이해시키는 것이 이것의 특색입니다. 이 두 장르의 문학을 구체적으로 설명하자면 그것만으로 많은 시간이 경과하니까 그냥 누구나 알고 있는 정도의 설명으로 양해를 구하고 두 장르의 문학이 앞의 두 경향을 지닌 도덕을 작품에 반영하고 있다는 것만 깨닫는다면 여기서 비로소 '문예와 도덕이 어느 점에 있어서 관계가 있는가' 하는 의문이 명확해지리라 생각합니다.

반복해서 말하는 것 같은데 제목이 분명 문예와 도덕이기에 도덕이 관계하지 않는 문예 이야기는 완전히 논외로 하여 생각하지 않으면 오해를 부르기 쉽습니다. 도덕과 관계 없는 문예 이야기는 얼마든지 할 수 있지만 예를 들면 지금 내가 여기에 서서 어려운 얼굴을 하고 여러분을 내려다보며 뭔가 이야기를 하고 있는 중에 어느 순간 야비한 이야기지만 방귀를 크게 뀐다고 합시다. 그러면 여러분은 웃겠습니까? 화를 내겠습니까? 이렇게 말하면 아무리 생각해도 사람을 부시하는 듯한 예인 듯해서 불만이긴 하지만, 나는 여러분이 웃는지 화를 내는지에 따라 이 사건을 두 가지 의미로 해석할 수 있다고 생각합니다. 먼저 내 생각으로는 상대가 여러분처럼 일본인이라면 웃으리라고 생각합니다. 하지만 실제로 해보지 않으면 모르는 이야기이니까 어느 쪽이라도 상관없는 일이지만 아무래도 여러분은 웃을 것 같습니다. 이에 반해 상대가 서양인이라면 화를 낼 것 같습니다. 왜 이렇게 상이한 결과를 초래하는가 하면 그것은 같은 행위에 대한 시각이 다르기 때문이라고 말하지 않으면 안 됩니다. 다름 아닌 서양인이 상대인 경우에는 내 야비한 거동을 고지식하게 덕의적으로 해석하여 부덕의不德義——조금도 부덕의라고 할 정도의 일도 아니겠지만 여하간 예의를 벗어났다고 보아 그 방면에서 화를 낼지도 모릅니다. 그렇지만 일본인이라면 예상 외로 단순하게 간주하여 덕의적 비판을 내리기 전에 우선 우스꽝스럽게 느껴 웃음을 터뜨릴 것이라고 생각합니다. 나의 진지한 태도와 당당한 강연 제목에 마음을 기울이고 어느 정도까지 엄숙한 기분을 계속 연장하려고 기대하던 참에 갑자기 인간으로서는 삼가야 할 이상한 소리를 들었으니 그 모순의 자극을 참을 수 없을 것이기 때문입니다. 이 웃는 찰나에는 윤리적 관념이 조금도 머리를 들 여지를 찾을 수 없는 상황이니 설령 도덕적 비판을 내려야 할 요소가 혼합돼 있는 사건에 대해서도 덕의적으로 해석하지 않고 덕의와는 전혀 관계없는 해학으로만 볼 수도 있을 것임을 예증합니다. 하지만 만일 윤리적 요소가 독자를 윤리적으로 자극하기 위해서, 또한 그것이 전혀 다른 방면으로 해석될 수 없는 상태로 작품 속에 복잡하게 얽혀 있다면, 도덕과 문예라는 것은 결코 분리할 수 없는 요소입니다. 양자는 원래 별개여서 각각 독립한 개체라고 보는 경우도 있다는 점에서 말하면 이것은 진리이지만, 근래 일본의 작가처럼 밑바탕에 깔린 자신감도 사려도 없이 도덕은 문예에 불필요하다는 듯 주장하는 것은 세상 사람들을 대단히 혼란스럽게 하는 맹인의 어리석은 이론이라 해야 할 것입니다. 문예의 목적이 덕의심을 고취하는 것을 근본 의의로 삼고 있지 않다는 주장은 논리상 그럴 수 있는 주장입니다. 그러나 덕의적 비판을 허락해야 할 사건이 '경'이 되고 '위'가 되어서 작품 속에 형상화되어 있다면, 또 그 사건이 덕의적 지평에 있어서 우리에게 선악사정善惡邪正

의 자극을 준다면, 어떻게 문예와 도덕이 서로 교섭할 수 없다고 하겠습니까?

　도덕과 문예의 관계는 대체로 이러한 형태인데 아직 앞에서 설명한 낭만, 자연 두 주의에 대해 이들이 어떤 식으로 도덕과 교섭하고 있는지를 좀더 명료하게 조사해볼 필요가 있다고 생각합니다. 즉 이 두 종류의 문학에서 어느 부분이 도덕적이고 어느 부분이 예술적인지를 분석하고 비교해서 하나하나 짐작하는 것입니다. 이렇게 하면 문예와 도덕의 관계가 한층 명료하게 될 뿐만 아니라 낭만, 자연 이 둘의 문학 관계도 더욱 확실하게 되리라고 생각합니다. 먼저 낭만파의 내용부터 말하면 전술한 대로 충신이 나오거나 효자가 나오거나 정숙한 여인이 나오거나 그 밖에 여러 부류의 인물이 나오거나 모두 독자의 덕성을 자극하여 그 자극을 통해 사건을 이루고, 즉 독자를 움직이려 하는 방법을 강구하기 때문에, 자극을 주는 요소는 바꿔 말하면 도의적임과 동시에 예술적임에 틀림없습니다.[74] (문학이라는 것이 감성을 표출하는 형태로 우리의 감정을 도발·환기하는 것이 그 근본 의의라고 한다면) 이처럼 낭만파는 내용의 관점에서 말할 때 예술적이지만 그 내용의 처리 방식에 이르러서는 어쩌면 비예술적일지도 모릅니다. 이러한 의미는 아무래도 글을 쓰는 방식에 좋지 않은 목적이 있는 듯합니다. 이러한 사건을 이렇게 묘사해서 이렇게 감동시키려 한다거나 이렇게 사기를 진작시키려 한다거

나 작품 그 자체에 흥미가 있다기보다 사전에 마음속에 꿍꿍
이속이 있어 그것을 토대로 사람을 끌어들이려 합니다. 아무
래도 거기에서 혐오감이 발생합니다. 내가 오늘밤 이렇게 연
설을 한다고 해도 내 말 한 자, 한 구절에 나라고 하는 존재
가 엉겨 붙어 있기 때문에 어떻게 해서든 웃게 한다든가, 어
떻게 해서든 울게 하려고 자극하거나 겨자가루를 핥게 하는
듯한 고의의 흔적이 빤히 들여다보이면 틀림없이 듣기 괴로
울 것입니다. 그런 까닭에 예술품으로 본 나의 강연의 가치
가 크게 손상되는 것처럼 아무리 내용이 좋아도 언변, 사물
을 다루는 방식, 글 쓰는 방식이 독자를 꾀려 한다거나 도발
하려 한다거나 대체로 고의의 느낌을 준다면 그 고의인 듯한
곳, 부자연스러운 곳은 이를테면 예술로서의 품위를 떨어뜨
릴 것입니다. 예술적인 측면에서 이러한 결점은 혐오감을 내
포한 작위성이라 해서 비난받는 것입니다. 이에 반해 자연주
의 입장에서 말하면 도의의 관념에 호소하고 예술적 성공을
거두는 것이 그것의 본질이 아니기 때문에 작품 속에는 무척
더러운 사건도 등장하고 역겨워 참을 수 없는 사건도 나옵니
다. 그렇지만 그것이 도덕심을 침체시켜 타락의 경향을 조장
하는 결과를 파생시킨다면 그것은 작가나 독자 어느 한 이
나쁘기 때문이지만, 선이 아닌 것을 조장하는 행위 또한 결
코 이 종류의 문학이 추구하는 주의가 아니라는 것은 논리적
으로 증명할 수 있습니다. 따라서 선악 양면 모두 감동의 근

본 원인으로는 부족하다는 점에서 보면 그 부분이 예술적이 아니라고 비난할 수는 있습니다. 대신 글투나 사건의 처리법에 이르러서는 본래 그냥 있는 대로의 모습을 담백하게 묘사하는 형태이므로 작위성을 느끼는 일은 거의 없습니다. 작위성이라거나 작위성이 아니라고 하는 사항은 앞에서도 예술상의 비판이라고 미리 말해두었지만, 이것이 동시에 덕의상의 비판도 되니까 자연주의 문예는 내용 여하에 관계 없이 역시 도덕과 밀접한 연을 맺고 있습니다. 이렇게 말하는 것은 그냥 있는 그대로를 과시하지 않고 진술하게 쓴 부분이 작위성 없는 묘사로서 좋은 점인데, 있는 그대로를 과시하지 않고 진술하게 쓰는 부분을 예술적으로 보지 않고 도의적으로 비판하면 역시 정직이라는 용어를 같은 사실과 현상에 대해 사용할 수 있기 때문에 예술과 도덕도 대단히 밀접하게 연결되고 있다는 사실을 알 수 있을 것입니다. 더 나아가 예술적으로 작위성이 없고 도덕적으로 정직하다는 점이 이때 동일한 의미를 지시하고 있을 뿐만 아니라 이지理知의 측면에서 보면 '진眞'이라는 자격에 걸맞으므로 결국은 하나의 대상을 인간의 3대 활력의 시점에서 살핀다면 다른 부분은 없습니다. 삼위일체라고 말해도 좋을 것입니다.

이렇게 분석해보면 일견 도의적으로 꿰뚫고 있는 낭만파 작품에 예상 외로 부덕의한 요소가 발견되기도 하고, 또 잠시 생각하면 덕의 방면에 아무런 주의를 기울이지 않는 자연파의 흐름을 수용하는 작품에 묘하게 윤리상의 좋은 점이 있기도 하고, 더욱이 그 도의적인지 아닌지가 한마디로 그 예술적인지 아닌지에 의해 결정되므로 둘의 관계는 한층 명료해진 것입니다. 게다가 낭만, 자연이라 이름 붙인 두 종류의 문예상 작품 중에 이 도덕의 요소가 얼마만큼 포함되어 있는가 하는 점도 대체로 설명할 수 있었던 셈입니다.

덧붙여 논하여 이상 두 종류의 문예 특성에 대해 잠시 비교해보면 낭만파는 사람에게 용기를 북돋아주는 듯한 감동적 요소를 풍부하게 갖고 있는 것은 틀림없지만 아무래도 현재의 세상과 큰 차이가 난다는 애석함을 피할 수 없습니다. 함부로 이상계理想界의 사건을 점철한 듯한 치우침이 있을지도 모릅니다. 가령 그 이상이 실현 가능하다고 해도 그것은 미래를 기다려서 그렇게 될 수 있기 때문에, 그 사건을 쓴 사람이 아무리 도의심의 포만감에서 비롯된 기쁨을 야기시키는 솜씨가 충분하다 해도 사실 그 자신에게는 절실한 느낌을 주기 어렵습니다. 이에 반해 자연주의 문예에서는 아무리 윤리상의 약점이 씌어 있다 해도 그 약점은 곧 작자와 독자 공통의 약점인 경우가 많습니다. 따라서 그런 이야기는 결국 자신을 벗어난 형태가 아니라는 의미에서 더러운 것이든 어떤 것이든 절실하게 느낄 수 있다는 점이 우리가 직접 경험하는 내용입니다. 여기에서 한 가지 주의해야 할 부분은 보통 일반인은 평소 아무 일 없을 때에는 대체로 낭만파인데 무슨 일이 일어나면 열에 열은 모두 자연주의로 변한다는 사실입니다. 이는 곧 방관자일 때에는 타자에 대한 도의상의 요구가 매우 높아 객관적 입장에서 일말의 혼란이나 과실을 평가할 경우 매우 엄격해진다는 것을 의미합니다. 즉 내가 그의 지위에 있으면 이러한 실수는 저지르지 않는다는 식으로 나를 높게 어림잡는 낭만적인 생각이 어딘가에 잠복해 있습니다. 그런데 자신이 그 사태에 당면해보면 오히려 자신이 깔본 선임자부다도 심한 과실을 범하기 쉽기 때문에 그때 그 경우에 당면하면 본래 약점투성이인 자기가 허물없이 노출되어 자연주의로 시종일관 밀고 나가지 않으면 견뎌낼 재간이 없습니다. 따라서 나는 실행자는 자연파이고 비평가는 낭만파라고 말하고 싶을 정도입니다. 다음으로 말하고 싶은 점은, 몇 년 전부터 어떤 일부 사람들이 자연주의를 주장하기 시작하여 이후 일반인들은 이를 매우 싫어해 결국은 자연주의라 하면 타락이나 외설 따위의 대명사처럼 되어버린 것입니다.[75] 그러나 그렇게 두려워하거나 싫어할 필요는 조금도 없으니, 그 결과의 건전한 쪽도 조금은 보지 않으면 안 됩니다. 원래 자신과 동일한 듯한 약점이 작품에 그려져 있고 자신과 동일한 듯한 인물이 나타나 있으면 자연히 그 약점을 지닌 인간에게 동정심이 발생할 것입니다. 마찬가지로 자신도 언제 이러한 과실을 범하지 말란 법이 없으리라는 적막감도 동시에 수반될 것입니다. 자만심을 벗겨내고 겸손하게 처신하는 것은 오히려 그러한 문학의 영향이라 말해야 합니다. 혹시 자연파의 작품이면서 이러한 건전한 목적을 달성할 수 없다면 이야말로 작품 자체가 좋지 않다고 해야 합니다. 좋지 않다고 하는 의미는 작품이 불완전하다는 뜻입니다. 어딘가 결점이 있다는 뜻입니다. 앞에서 설명한 언어를 사용하여 평하면 그러한 작품에는 어딘가 부도덕한 요소가 있고, 이를테면 어딘가 비예술적인 부분이 있고, 또한 어딘가 거짓으로 썼다는 사실에 귀착됩니다. 있는 그대로의 사실을 있는 그대로 쓰는 정직이라는 미덕이 있다면 그것이 자연히 예술이 되고 그 예술적인 필치가 또한 자연히 사람에게 좋은 감화를 준다는 점은 이전 단락의 분석적 기술에 의해 이미 이해되었다고 생각합니다. 자연주의에 도의의 요소가 있다는 것은 사람들이 그다지 말하지 않는 부분이어서 일부러 길게 다루었습니다. 하지만 단지 새로운 나의 생각이니까 말을 마구 퍼뜨리는 상황은 아닙니다. 아시는 바와 같이 강연 제목이 '문예와 도덕'이니까 특히 이 점에 주의를 기울일 필요가 있습니다.

이것으로 낭만주의 문학과 자연주의 문학이 똑같이 도덕과 관계가 있고 이 두 종류의 문학이 서두에서 진술한 메이지 이전의 도덕과 메이지 이후의 도덕을 분명하게 반영하고 있는 사실이 명료하게 밝혀졌으니, 우리는 이 두 외래어를 문학에서 분리해 즉시 도덕의 형용사로 채택하여 낭만적 도덕 및 자연주의적 도덕이라는 용어를 사용해도 지장 없을 것입니다.

그래서 나는 메이지 이전의 도덕을 '로맨틱 도덕'이라 칭하고 메이지 이후의 도덕을 '내추럴리스틱 도덕'이라 이름붙였습니다만, 우리가 눈앞에 이 커다란 양대 구별을 가까이 두고 '향후 우리나라의 도덕은 어떠한 경향을 지니고 발전할 것인가'의 문제로 옮겨 간다면 나는 감히 다음과 같이 말하고 싶습니다. "로맨틱 도덕은 대체로 지나간 것입니다." 어러분이 "왜요?" 하고 추궁한다면 "인간의 지식이 그만큼 발전해서"라고 그냥 한마디로 대답할 뿐입니다. 인간의 지식이 그만큼 발전했습니다. 발전했음에 틀림없습니다. 처음에는 진실처럼 보였던 것이 지금은 아무리 생각해도 진실로 보이지 않습니다. 거짓으로밖에는 생각되지 않기 때문입니다. 따라서 실재의 권위를 잃어버리기 때문입니다. 단순히 실재의 권위를 잃을 뿐 아니라 실행의 권리마저 잃어버립니다. 인간의 지식이 발달하면 옛날처럼 로맨틱 도덕을 강요한다 해도 누구나 실천하는 것이 아닙니다. 불가능한 상담이라는 사실을 잘 알게 되기 때문입니다. 이 사실만으로도 로맨틱 도덕은 이미 쓸모없게 되었다고 말하지 않을 수 없습니다. 게다가 오늘날처럼 세상이 복잡해져 교육을 받은 자가 모두 무엇보다 자치의 수단을 목적으로 한다면 천하 국가[76]는 너무 멀어서 직접 우리의 현실로 나타나기 어렵게 됩니다. 두부 장수가 콩을 갈기도 하고 포목전이 자로 재기도 한다는 의미에서 우리도 직업에 종사합니다. 위아래 모두 힘을 모아 분주하게 생계를 위해 뛰게 되면 경세이민經世利民, 인의자비仁義慈悲의 정신은 점점 자신의 생계의 궁리와 양립하기 어렵게 됩니다. 가령 그런 국면에 처한 사람이 있어도 단순히 직업상 의무감에서 공공을 위해 계략을 꾸며 수행하는 것에 불과하게 됩니다. 더군다나 러일 전쟁도 무사히 끝나 일본도 당분간은 어쨌든 무사태평의 지위에 있게 된 결과로 천하 국가를 염려하지 않고 그동안 자신의 욕망을 만족시키는 계략을 궁리한다 해도 지장 없는 시대가 되었습니다. 이런저런 영향을 받아 우리는 날마다 달마다 개인주의의 입장에서 세상을 조망하게 되었습니다. 따라서 우리의 도덕도 자연히 개인을 본위로 해서 형성되었습니다. 말하자면 자아에서 도덕률을 산출하려고 시도하게 되었습니다. 이것이 현대 일본의 대세라고 한다면 로맨틱 도덕, 환언하건대 우리의 이익을 모두 희생으로 내놓고 타인을 위해 행동하지 않으면 부덕의라고 주장하는 듯한, 오로지 애타주의愛他主義적 견해는 겉치레뿐인 내용으로 인식되어져야 합니다. 옛날의 도덕, 즉 충忠·효孝·정貞이라는 글자를 음미해보면 당시의 사회 제도에서 절대 권력을 지니고 있던 어느 한쪽에게만 특별히 유리한 권리를 나눠준 것에 지나지 않습니다. 부모의 권세가 매우 강하면 아무래도 효를 강요당합니다. 강요당한다는 뜻은 보통 사

람으로서 무리하지 않고 자기 본래의 애정만으로 감당할 수
없는 과중한 분량을 요구당한다는 의미입니다. 단지 효뿐만
이 아닙니다. 충이나 정조도 역시 동일한 양상을 보입니다.
아무튼 인간의 일생 중에 셀 수 있을 정도로 근소한 경우에
해당되는, 도의의 정화情火가 연소하는 순간을 포착하여 그
열렬하고 순수한 기상을 앞뒤로 길게 연장해서 하루 종일 내
내 저처럼 행동하라고 명령하는 것은 사실상 있을 수 없는
것을 무리하게 주문하는 행위입니다. 따라서 냉정한 과학적
관찰이 진보해 그 허위를 깨달음과 동시에 그 때문에 과거의
무리한 도덕적 요구가 권위 있는 도덕률로서 존재할 수 없게
되는 것은 어쩔 수 없는 현상일 뿐 아니라, 사회 조직이 점점
변화해서 부득이하게 개인주의가 발전의 행보를 계속 진행
하게 된다면 더욱더 타격을 입을 것임은 분명합니다.

　이렇게 말하면 왠지 현재에 안주하는 성행주의成行主義를
그대로 받아들이는 것처럼 보일지도 모르겠는데 그렇게 오
해해서는 유감이니, 나는 최근의 어떤 사람같이 이상은 필요
가 없다거나 이상은 도움이 안 된다거나 하고 주장할 생각
은 조금도 없습니다.[77] 나는 어떤 사회에서도 이상 없이 생존
하는 사회는 상상할 수 없다고 믿고 있습니다. 실제로 우리
는 매일 어떤 이상, 그 이상은 낮기도 하고 작기도 하겠지만
하여튼 어떤 이상을 머릿속에 그려내 그것을 내일 실현하려
고 노력하면서 또한 실현하면서 살아간다고 평해도 지장은

없을 것입니다. 인간의 역사는 오늘의 불만족을 다음날은 만족하도록 개조하고 다음날의 불평을 또 그 다음날 누그러뜨리며 오늘까지 이어져왔으니, 이것은 한편 이상 발현의 과정에 불과합니다. 적어도 이상을 배척해서는 자기의 생활을 부정하는 것과 다름없는 모순에 빠질 터이니 나는 절대로 그러한 방면의 논자로서 여러분에게 오해받고 싶지 않습니다. 다만 내가 주의를 촉구하고 싶은 것은 최근 과학의 발견과 진보와 더불어 일어나는 주도면밀한 공평한 관찰 때문에 도덕 세계에서 우리의 이상 또한 옛날과 비교해보면 낮아지고 또 좁아졌다는 부분입니다. 따라서 옛날처럼 이상을 품거나 세우는 것도 좋을지 모르겠지만, 한편 우리도 옛날처럼 낭만적으로 되고 싶지만, 주위의 사회 조직과 내부의 과학적 정신에도 상당한 권리를 유지시키지 않으면 순탄하고 절제 있는 생활이 불가능하기 때문에 자연히 자연주의적 경향을 지니게 되는 것이 부득이한 일이 아닌가 싶습니다. 그러나 자연주의 도덕이라는 것은 인간의 자유를 너무 중시해서 좋아하는 행동을 시킨다는 우려가 있습니다. 본래가 자기본위이므로 개인의 행동이 자유 방종하면 할수록 개인으로서는 자유의 기쁨을 맛볼 수 있는 만족감이 존재하겠으나 사회의 일원으로서는 언제나 불안의 눈을 크게 뜨고 남을 응시하지 않으면 안 됩니다. 어떤 때는 두려워집니다. 그 결과 일부의 반동으로 낭만적인 도덕이 그때부터 일어나게 되는 것입니다. 실제로 지금 작은 파동으로서 그것이 계속 일어나고 있을지도 모릅니다. 하지만 작은 파동의 곡절을 그리는 일부분에 지나지 않기 때문에 대체적 경향에서 말하면 아무래도 자연주의 도덕이 아직은 전개돼나갈 것처럼 느껴집니다. 이상의 논의를 총괄하여 이후의 일본인에게는 어떠한 자격이 가장 바람직할 것인가를 판단해보면, 실현 가능한 정도의 이상을 품고서 미래의 이웃, 동포와의 조화를 추구하며 종래의 약점을 관용하는 동정심을 지니고 현재의 개개인과 접촉할 때 융합제融合劑 역할을 하려고 하는 마음가짐──이것이 중요하리라 생각됩니다.

오늘날의 상태에서 도덕과 문예라는 것은 매우 분리되어 있는 듯 생각하는 사람이 다수인데, 도덕을 논하는 사람은 문예를 이야기하는 것을 떳떳하게 생각하지 않고 한편 문예에 종사하는 사람은 도덕 이외의 별천지에서 생활하는 것처럼 혼자서 단정하고 깨닫고 있는 듯 보이는데 틀림없이 둘 다 위선입니다. 그것이 위선인 이유는 지금까지 계속 시도해온 분석과 해명으로 납득이 되었을 것입니다. 그러나 사회라는 형태는 언제나 일원적으로는 만족하지 않습니다. '사물은 극에 닿으면 통한다'고 하는 속담대로 낭만주의 도덕이 막다른 곳에 이르면 자연주의 도덕이 점점 머리를 쳐들고, 자연주의 도덕의 피폐가 현저하게 나타나 사람의 마음이 차츰 불편함을 느끼게 되면 또 낭만주의 도덕이 반동적으로 일어나는 현상은 당연한 이치입니다. 역사가 과거를 반복한다고 하는 점은 여기에서의 설명에 한정합니다만 엄밀한 의미에서 말하면 이론적으로 생각해보고 실제로 비추어보아도 한 번 지나간 과거는 절대로 반복되지 않습니다. 반복된 듯 보이는 것은 초심자이기 때문입니다. 그러므로 지금도 작은 파란으로 이 자연주의의 도덕에 반항해서 발생하는 것이 있다면 그것은 낭만파가 틀림없지만 유신 전의 낭만파가 두 번 다시 성행하는 일은 도저히 곤란하고 또는 불가능합니다. 같은 낭만파라고 해도 오늘날 우리 생활의 결함을 보충하는 새로운 의의를 지닌 일종의 낭만적 도덕이 아니면 안 됩니다.

도덕에 있어서 향후의 대세 및 국부의 풍파로 눈앞에서 일어나야 할 작은 파동은 요컨대 이와 같은 성질을 지닌 것으로, 도덕과 문예와의 밀접한 관계 또한 앞에서 말한 대로라면 이제부터 우리 사회가 필요로 하는 문예라는 장르 또한 동일한 방향으로 동일한 의미에서 발전해야 한다는 것도 많은 말을 필요로 하지 않는 명확한 이야기입니다. 만일 실제 사회에 필요한 도덕에 반대하는 문예가 존재한다면……'존재한다면'이 아니고 그러한 형태는 죽은 문예로밖에는 존재할 수 없는 것이고 사라져버려야 합니다. 천하에 인공적으로 아무리 목이 쉴 정도로 큰 소리로 외쳐도 거의 무익하리라 생각합니다. 사회가 문예를 낳는가, 혹은 사회가 문예에서 나오는가, 어느 쪽인가는 잠시 접어두고 적어도 문예가 사회의 도덕과 분리하려 해도 분리할 수 없는 인연으로 연결되어 있는 이상, 윤리 면에서 저급한 가치를 지닌 문예는 결코 우리 내심이 원하는 도덕과 괴리되어 번영할 리 없습니다.

우리들이 인간으로서 이 세상에 존재하는 이상 아무리 발버둥쳐도 도덕을 떠나 윤리 세계 밖에서 초연하게 생활할 수는 없습니다. 도덕을 떠날 수 없다면 언뜻 보기에는 도덕과는 교섭이 없어 보이는 낭만주의나 자연주의 해석도 한번 생각해볼 가치가 있습니다. 이 두 용어는 문학지의 전용물이 아니고 여러분과 분리할 수 없는 도덕의 형용사로서 곧바로 응용할 수 있다는 것이 내 의견입니다. 왜 그러한 응용이 가능한가 하면, 이렇게 응용된 용어가 표현하는 도덕이 일본의 과거와 현재에 흥미로운 음영을 제시하고 있고 그 음영이 어떠한 상태로 미래에 방사될 것인가 하는 예상을 시사해줄 수 있기 때문인데——무엇보다 이 문제들이 내 강연의 주안점입니다.

메이지 44년(1911) 11월 10일, 《아사히강연집》

점두록

또 정월이 왔다

또 정월이 왔다. 되돌아보면 과거가 마치 꿈처럼 여겨진다. 어느 사이에 이처럼 나이를 먹은 것인지 이상할 정도다.

이 느낌을 조금 더 강조하면 과거는 꿈으로조차도 존재하지 않게 된다. 완전히 무無가 되어버린다. 실제로 요즘 나는 때때로 그냥 무로 내 과거를 깨달을 때가 자주 있다. 언젠가, 우에노上野에 전람회를 보러 갔을 때 공원 숲속을 걸으면서 나는 어떤 목적을 가지고 조금 전부터 걸음을 옮기고 있었는데도 불구하고 아직 한 발짝도 움직이지 않고 있다고 생각하기도 했다. 이는 노쇠한 결과 때문이 아니다. 집을 나와 전차를 타고 야마시타山下에 내려서 그리고 신발로 대지 위를 분명히 밟았다는 기억을 틀림없이 가진 뒤의 느낌인 것이다. 나는 그때 "종일 가도 아직 한 발도 나아가지 않았다"라는 구절을 어딘가에서 본 듯한 느낌이 들었다. 그리고 '그 구절의 의미는 이러한 기분을 표현한 것이 아닐까'라고까지 생각했다.

이를 좀더 까다로운 철학적인 언어로 말하면 '결국 과거는 하나의 가상에 불과하다'는 뜻도 된다. 《금강경金剛經》에 있는 '과거의 마음은 불가사의하다'라는 의미와도 통할지도 모르겠다.[78] 더욱이 미래의 찰나는 모두 순간의 현재에서 곧장 과거로 흘러 들어가는 것이므로 또한 순간의 현재에서 아무런 단절 없이 미래를 창출해내는 것이므로 과거에 대해 말할 수 있는 일은 현재에 대해서도 말할 수 있어야 하는 게 이치다. 한편 미래에 대해서도 적용할 수 있는 이치라고 한다면 일생은 결국 꿈보다도 불확실한 형태가 되어야 한다.

이러한 견지에서 '나'라고 하는 정체를 해석하자면 아무리 정월이 와도 나 자신은 결코 나이를 먹을 리가 없다. 나이를 먹은 듯 여겨지는 것은 완전히 달력과 거울의 소행이고 그 달력과 거울도 실은 무의미한 것과 마찬가지다.

놀라운 일은 이와 동시에 현재의 내가 천지를 다 가리고 엄존하고 있다는 확실한 사실이다. 일거수일투족의 하찮은 것에 이르기까지 이 '나[我]'라는 존재가 인식하면서 끊임없이 과거로 이월하고 있다고 하는 부정할 수 없는 심경이다. 그러므로 거기에 기준을 두고 자신의 뒤를 돌아다보면 과거는 꿈이 아니다. 아주 명백하게 현재 나를 비추고 있는 탐조등과 같은 것이다. 따라서 정월이 올 때마다 나는 역시 보통 사람과 같이 평범하게 나이를 먹고 늙어 쓸모없게 되는 상태가 된다.

생활에 대한 이 두 가지 관점이 동시에 그리고 모순 없이 공존하고, 상식적으로 말할 수 있는 상황의 논리를 초월하고 있는 이상한 현상에 대해 나는 지금 아무것도 설명할 의도가 없다. 혹은 해부할 수완도 가지고 있지 않다. 다만 연초에 즈음해서 나 자신은 한 형체 두 모습이라는 견해를 품고 내 전 생활을 다이쇼 5년(1916)의 조류에 맡길 각오를 할 뿐이다.

만일 무에 입각해서 말한다면 나는 이번 봄을 맞이할 필요도 무엇도 없다. 아니 메이지 시대 초기부터 태어나지 않은 것과 마찬가지인 상황이다. 그러나 유有에 입각해서 병 많은 몸이 또 1년 연명함에 따라서 해야 할 일은 그만큼 양적으로 늘어날 뿐만 아니라 질적으로도 얼마간 개선되지 않는다고도 할 수 없다. 따라서 하늘이 나에게 또 1년의 수명을 빌려준 것은 평소부터 시간 부족을 느끼고 있는 나 자신에게는 어느 정도의 행복이 될지도 모르겠다. 나는 되도록 여생이 남아 있는 한 최선을 다해 이를 이용하고 싶다고 다짐하고 있다.

조주화상趙州和尙[79]이라고 하는 유명한 당나라의 스님은 사람들에게 '조주고불만년발심(趙州古佛晩年發心, 조주화상이 나이를 먹고 뒤늦게 불심을 깨닫기 위해 수행의 길로 들어섬)'이라는 말을 들었을 정도로 61세가 된 뒤에야 비로소 도에 뜻을 세운 갸륵한 마음가짐을 지닌 사람이다. "7세의 아동이라도 나보다 나으면 그에게 묻고, 100세의 노옹이라도 나에 미치지 못하면 그를 가르칠 것이다"라고 말한 뒤 남천南泉[80]이라는 선승이 거처하는 곳으로 가서 20년간 싫증내지 않고 수업을 계속했기에 졸업할 때에는 이미 80세가 되어버렸다. 그후 조주는 관음원觀音院[81]으로 옮겨 처음으로 인간을 구원하기 시작했다. 그리고 120세의 고령에 이르기까지 오직 중생을 교화하고, 구원함에 힘썼다.

수명은 자신이 정한 것이 아니므로 처음부터 예측은 불가능하다. 나는 병이 많지만 조주가 최초로 마음먹었을 때보다 아직 10년이나 젊다. 설령 120세까지 살지 못한다 하더라도 힘이 유지되는 동안 노력하면 아직 조금은 뭔가 가능하리라 생각한다. 그래서 나는 하늘이 수명을 허용하는 한 조주의 흉내를 내서 열심히 노력할 각오로 있다. 고승이라 일컬어졌던 사람 흉내도 긴 목숨도 물론 내 몫이 아닐지도 모르지만 허약하면 허약한 대로 실제 내 눈앞에 전개될 세월에 대해 모든 의미에서 감사의 뜻을 표하고 자기의 타고난 소질이 있는 만큼을 다하려고 생각하는 것이다. 나는《점두록點頭錄》의 서두에 이 정도의 내용을 밝혀두지 않으면 마음이 풀리지 않았다.

군국주의

1.

이번 1차 세계대전이 일어났을 당시, 나는 어떤 사람에게서 갑자기 질문을 받았다.

"어떤 영향이 생길까요?"

"글쎄요."

나는 실제로 생각할 여유를 갖고 있지 않았다. 하지만 내 답해야만 했다.

"어떤 영향이 생길지 닥쳐보지 않으면 물론 모릅니다만 아무튼 우리가 '이것 봐' 하고 놀랄 만큼 눈에 띌 결과는 예측하기 어려우리라 생각합니다. 원래 사건의 발생이 종교, 도의 혹은 일반 인류에 공통적인 깊은 뿌리를 지닌 사상이나 감정이나 욕구 능에서 연유한 것이 아닌 이상, 어느 쪽이 이겼다고 해서 선이 번창하는 것도 아니고 또한 어느 쪽이 졌다고 해서 진실이 기세를 잃는 것도 아니며 아름다움이 빛을 잃는 처지에도 빠질 위험은 없는 게 아닐까요?"

나는 그렇게 잘라 말해버렸다. 그리고 전쟁이 전개되는 모습이 대단히 넓은 반면에, 또한 거기에 요구되는 파괴적 동력이 엄청날 정도로 맹렬한 반면에, 의외로 안정된 마음을 가질 수 있다는 점은 이 견해가 어느새 마음속에 완전히 존재하고 있기 때문일 것이라고 나는 은근히 나 자신을 판단했다.

실제로 이 전쟁에서 인간의 신앙에 혁명을 일으킬 만한 결과가 발생할 거라고는 생각하지 않는다. 또는 종래의 윤리관을 바꿀 만한 결과가 발생할 거라고도 생각하지 않는다. 이 때문에 아름다움과 추함의 표준에 차질이 생긴다고는 더더욱 걱정할 필요가 없다. 어느 방면에서 보아도 우리의 정신생활이 급격한 변화를 받아서 이른바 문명 형태의 본류 방향이 큰 각도로 전환될 염려는 없는 것이다.

전쟁이라 이름 붙은 것 대부분은 옛날부터 대체로 이러한 것일지도 모르지만 특히 이번 전쟁은 그 시작이 전례 없이 요란스러운 만큼 자칫하면 깊이가 부족한 내막을 정반대로 오히려 생각나게 할 뿐이다. 나는 항상 저 탄환과 저 화약과 저 독가스와 그리고 저 육탄과 선혈 등이 우리 인류의 미래의 운명에 어느 정도 공헌하고 있는 것인가 하고 생각한다. 그리하여 어떤 때는 안타까워진다. 어떤 때는 슬퍼진다. 또 어떤 때는 어처구니없어진다. 마지막에는 때때로 우스꽝스러움조차 느끼는 경우도 있다는 잔혹한 사실을 자백하지 않을 수 없다. 그러한 입장에서 응시하면 아무리 어마어마한 광경이라도, 아무리 피비린내 나는 무대라도 그에 상응한 내면적 배경을 갖추고 있지 않다는 점에서 혹은 그에 비례한 강경한 근거를 지니고 있지 않다는 의미에서 천박한 활동사진이나 경박하고 센세이셔널한 소설 등과 다를 바 없는 듯한 느낌이 든다. 설령 살상에 참여하는 사람들 개개인의 두상에는 천차만별의 비극이 복잡하게 뒤얽혀 시시각각 그들의 운명을 변화시키고 있다 해도 그건 그 자리에서의 영향에 불과하다. 영구히 우리 일반의 내면 생활을 변색시킬 듯한 강한 결과는 어디에서도 발생하지 않는다. 그렇다고 한다면 이번 전쟁은 유사 이래 대서특필해야 할 심각한 사실일 뿐만 아니라 정말로 가치가 없는 허울뿐인 허무한 사건인 것이다.

2.

그러나 조금 더 낮은 견지에 서서 더욱 가까운 부분을 응시하면 이 전쟁이 당연히 초래할 결과는 얼마든지 우리 시선 속에 들어와야만 한다. 정치적이든 경제적이든 향후 해결되어야 할 여러 문제가 어느 정도 그들 앞에 가로놓여 있는지 모른다고 해도 좋을 정도다.

그중 사건 최초부터 내 흥미를 가장 끈 것, 또한 지금도 계속 끌고 있는 것은 '군국주의의 미래'라는 문제밖에 없다. 인도人道를 위한 전쟁이라고도 신앙을 위한 전쟁이라고도 혹은 의의 있는 문명을 위한 충돌이라고도 간주할 수 없는 이 포화의 진동을 나는 그냥 '군국주의의 발현'으로 생각하는 것 외에 달리 해석할 방법이 없기 때문이다. 1차 세계대전이라는 복잡하기 짝이 없는 혼란한 현상을 이렇게 붙들어 정리하고 관찰했을 때 나는 비로소 이 전쟁에 어떤 의미를 부여할 수 있었다. 그리고 주로 그 의미를 통해서만 승패의 결과를 조망하게 되었다. 따라서 개인으로서 동정이나 반감을 도외시하면 독일이나 프랑스, 영국 등과 같은 국명은 나에게 이제 중요한 용어도 아무것도 아닌 것이 돼버렸다. 나는 군국주의를 표방하는 독일이 어느 정도로 연합국을 타파할 수 있을지, 또한 어느 정도로 꿋꿋하게 그들에게 저항할 수 있을지를 흥미에 찬 눈으로 주시하기보다는 훨씬 더 날카롭게 신경을 곤두세우며 독일이 대표하는 군국주의가 다년간 영국과 프랑스에서 배양된 개인의 자유를 완전히 파괴할 것인가를 관망하고 있는 것이다. 국토나 영역이나 라틴 민족이나 게르만 인종이나 모든 구체적 사항은 지금의 나에게는 중요한 문제가 되지 않는다.

독일은 처음 예상과 달리 매우 강하다. 연합군에 맞서 이 정도로 버티리라고는 누구도 생각하지 못했을 정도로 강하다. 그렇다면 승부에 있어서 이른바 군국주의 형태의 가치는 이제 상당히 세계 각국에서 인정받았다고 말하지 않으면 안된다. 따라서 향후 독일이 성공을 거두면 거둘수록 이 가치는 점점 고조될 뿐이다. 영국처럼 개인의 자유를 중요시하는 나라가 '강제 징병안'을 의회에 제출할 뿐만 아니라 이것이 105 대 403의 대다수 의견으로 제1독회[82]를 통과한 것만 봐도 그 사정을 잘 살필 수 있을 것이다.

이전에 기싱[83]이 쓴 책을 읽어봤더니 "어렸을 때 학교에서 체조를 강요당한 것이 대단한 고통과 불쾌함을 주었다"는 내용이 자세히 서술되어 있었고 말미에 "만일 우리 영국에서 본인의 의사를 역행하면서까지 징병을 강요하게 되었다고 가정한다면 나는 어떤 심정이 될 것인가? 그런 일은 결코 일어날 리 없지만 그냥 상상해보는 것만으로도 참을 수 없다"고 첨가되어 있었다. 기싱처럼 혼자 지내는 것을 좋아하는 사람은 특별하다고 말할지도 모르지만 영국인에게 자유를 사랑하는 마음은 거의 제2의 천성으로 일반적으로 널리 퍼져 있으므로 강제 징병에 대한 혐오감은 누구라도 기싱에 뒤지지 않는다고 봐도 틀림없다. 그 영국에서 무리하게도 국민을 병적부에 올리려고 하는 시도에는 지대한 곤란함이 존재한다고 생각하지 않으면 안 된다. 그 곤란함을 무릅쓰고 새로운 의안이 제출되어 또한 그 의안이 과반수에 의해 통과되었다고 한다면 실제로 대단한 변화가 영국 국민의 머릿속에서 일어나고 있다는 증거가 된다. 그리고 이 변화는 이미 독일이 정면으로 내세우고 있는 군국주의의 승리로 볼 수밖에 도리가 없다. 전쟁이 아직 해결되지 않는 동안 영국은 정신적으로 이미 독일에 패했다고 평해도 좋을 정도인 것이다.

3.

개전 벽두부터 수도 파리를 위협받은 프랑스인의 뇌리에는 영국 국민보다도 이 군국주의의 영향이 훨씬 깊게 새겨져 있음에 틀림없다. 그렇지 않아도 독일에게 어떻게 복수해줄

까 하고 계속 생각에 생각을 거듭해온 그들은 상황이 다급해지니까 오히려 그 독일에게 영토의 일부분을 유린당했을 뿐만 아니라 정부 관청마저 먼 곳으로 옮기게 되었다. 그것은 그들에게는 매우 고통스러운 사실이다. 그 사실을 눈앞에서 본 그들의 정신에 일종의 강한 자극이 일어난 것도 또한 필연적인 결과라 해야 할 것이다. 비행선에서 투하된 폭탄 이외에는 국토는 아직 조금도 적병에게 침범당하지 않은 영국과 비교하면 이 정신적 타격은 한층 몇 배의 심각함을 끼치고 있다고 보는 것이 정말로 타당하다.

불행하게도 강제 징병안처럼 사실상 내 상상을 직접 확인시켜줄 정도의 뚜렷한 현상이 프랑스에서는 아직 일어나고 있지 않아서 나는 내 억측을 솜씨 좋게 실제로 증명할 수는 없다. 하지만 전쟁 경과에 따라서 그들이 공표하는 사상이나 언설言說 등에 나타나는 변화를 조사해 확인하면 내 생각이 그다지 정곡을 벗어나고 있지 않는 것만은 대략 분명하게 느껴진다. 이전에 어떤 잡지에서 '힘'이라는 관념에 대해서 독일, 프랑스 양자를 비교한 파란트84라고 하는 사람의 문장을 읽었을 때 나는 더욱더 깊은 감명을 받았다.

그는 '힘'이라는 관념 속에 독일인이 섞어놓은 불순한 개념을 열거한 뒤에 프랑스의 그것 역시 이상하게 왜곡되어버렸다는 사실을 다음과 같이 설명하고 있다.

프랑스에서는 과학적으로 이른바 '힘'이라는 것이 정의, 권리의 관념과 충돌했다. 루터식, 독일식은 아니지만 루소식, 톨스토이식, 사해동포식, 평화식, 평등식, 인도주의식인 이 관념때문에 본래의 '힘'이라는 뜻이 그만 왜곡되어 부덕不德, 불인不仁의 속성을 띠게 되고 말았다. 그래서 정의와 인도와 평화를 위해 이 '힘'이라는 개념을 경멸하고 동시에 부정하지 않으면 안 되게 되었다. 그리고 미와 정의를 일치시키고 미와 조화를 일치시키는 미학을 진실했다. 분투와 차별도 자연 법칙이라고 하는 사실을 잊었다. 미 그 자체도 일종의 힘이고 힘의 발현이라는 사실을 잊었다. 정의 그 자체도 본래의 의미에서 말하면 균형을 얻은 힘에 불과하다는 사실을 잊었다. 힘쪽이 원시적이고 정의 쪽이 오히려 전래적傳來的이라는 사실도 잊었다. 이러한 편견에 비교하면 니체 쪽이 얼마나 지당했는지 모른다……그래서 우리는 아무래도 힘이라는 관념을 여기에서 일신할 필요가 있다. 그리고 진정한 의미로 다시 한번 더 그것을 평가의 층 속에 바꿔 넣어야 한다. 자연의 법칙을 나타낸다는 점에서 힘은 과학적인 형태다. 승리를 간절히 바라는 인간의 정신을 나타낸다는 점에서 힘은 고상한 형태다. 우리는 이제 권리와 힘을 대립시키는 행위를 중단해야만 한다. 권리가 없어서 지는 것은 그래도 낫지만 권리가 있는데도 지는 것은 이중의 패배다. 최대의 손해다. 무상의 불행이다.

지루해지거나 난삽해질까 두려워 일부러 대강의 뜻만을 초역한 이 구절만 읽어봐도 상대의 군국주의가 어떤 식으로 프랑스 사상계의 일부에 파고들고 있는지 판단할 수 있을 것이다.

4.

그렇다면 전쟁이 아직 해결되지 않은 몇 해 전부터 독일에 의해 표방된 군사적 정신은 이미 적국을 움직이게 했던 셈이다. 멀리 동쪽 끝에 살고 있는 우리의 시각과 청각을 자극할 정도로 강하게 그들 마음을 움직이기 시작했던 것이다. 그래서 이 영향은 설령 이번 전쟁이 끝나도 그들 뇌리에서 쉽게 사라지지 않으리라고 생각한다. 단지 과거 경험을 통절하게 기억해야 할 어쩔 수 없는 결과로서 지울 수 없을 뿐만 아니라 미래에 대한 배려라는 측면에서도 도저히 이 영향을 초월할 수는 없을 것이다.

현실 세계의 모든 것이 전부 조건부로 그 존재를 허용하고 있는 이상, 향후에 회복돼야 할 세계 평화에도 또한 절대 권위가 수반되고 있지 않다는 사실만은 누구의 눈에도 확실하다. 그러나 그들이 그 평화의 필요조건으로 이와는 완전히 양립하기 어려운 '완력'이라는 두 자를 항상 염두에 둘 것을 강요받고 있는 사정에 이르러서는 그들이라 해도 새삼스럽지만 하늘의 아이러니에 놀라지 않을 수 없다. 현대에 이른바 열강의 평화는 완력의 균형에 지나지 않는다고 하는 평범한 이치를 그들은 또 새롭게 하늘로부터 배우게 된 것이다. 씨름판 한가운데서 서로 양팔을 맞잡고 움직이지 않는 씨름 선수는 외관상 지극히 평화롭게 보인다. 지금까지 그들이 향유한 평화도 실은 그 정도로 가치가 높고 또한 그 정도로 고통의 성질을 띠고 있었던 것이다. 그런데도 그들은 씨름 선수처럼 그것을 자각하고 있지 않았기 때문에 갑자기 벌을 받았다. 환언하면 생존의 차원에서 완력의 필요를 향후 당분간 잊어버릴 수 없을 정도로 피해를 당했다. 군국주의가 지금까지 그들에게 끼친, 혹은 지금부터 앞으로 그들에게 끼치게 될 영향은 결코 농도가 옅지 않을 것이다. 또한 기간도 짧지 않을 것이다.

"프로이센 사람은 문명의 적이다"라고 외쳐보기도 하고 "독일인이 옆에 있으면 먹은 것이 소화가 되지 않아서 곤란하다"고 하기도 한 니체는 위대한 힘을 주장한 인물이었다. 이상하게도 그가 역설한 논의의 일면을 그가 가장 꺼리고 피했던 독일인이 지금 정치적·국제적으로 실행하고 있다. 그리고 성공하고 있다. 군국주의 정신에는 일시적인 것 이상의 진리가 어딘가에 잠복해 있다고 인정해도 지장 없을지도 모르겠다.

그러나 군국주의에 대한 나의 흥미는 여기까지 관찰하게

되면 이제 사라져버려야 한다. 나는 더 이상 이와 같은 문제에 대해 생각할 필요가 있다고 생각하지 않는다. 더욱이 수고하는 것조차도 성가신 느낌이 든다. 나는 더욱 높은 장소로 오르고 싶어진다. 더욱 넓은 시야에서 인간을 조망하고 싶어진다. 그리고 지금 독일을 종횡으로 그저 맹렬하게 활약시키고 있는 이 군국주의의 형태를 더욱 원거리에서 더욱 사소하게 관찰하고 싶다.

장래에 인간의 생존의 차원에서 적나라한 완력의 발현이 대규모의 준비, 즉 전쟁이라는 형식으로 세상 속에서 발생한다고 한다면 그것을 해석하는 관점에서는 완력의 발현 그 자체가 목적이 되어 인간이 전쟁을 한다고 보던지, 혹은 목적은 따로 있지만 그것을 수행하는 수단으로 어쩔 수 없이 전쟁에 호소했다고 이해해야 한다. 그러나 옛날부터 전쟁 자체가 재미있어서 전쟁을 치른 적이 있었던가? 나폴레옹처럼 그 방면의 천재조차도 야습이나 전술에 흥미가 있었을지도 모르지만 그냥 싸우고 싶으니까 싸웠다고는 생각할 수 없다. 설령 노골적인 완력 행위가 개인의 본능이라고 해도 상대를 죽이거나 부상을 입히거나 하는 정도가 아닌 수준에서 그 본능을 만족시키는 것이 인정이다. 하루에 몇천 몇만이나 되는 인명을 내걸고 이 본능에 포만의 열락감을 안겨주는 것이 전쟁이라고는 누구도 말할 수 없을 것이다. 그렇다면 전쟁은 전쟁을 위한 전쟁이 아니라 달리 뭔가의 목적이 없어서는 안 되는, 결국 하나의 수단에 불과하다는 사실에 귀착되어버린다.

어느 측면에서 보더라도 수단은 목적 이하의 개념이다. 목적보다도 저급한 개념이다. 인간의 목적이 평화에 있다고 해도 예술에 있다고 해도 신앙에 있다고 해도 지식에 있다고 해도 그것을 지금 비판할 여유는 없지만 아무튼 전쟁이 수단인 이상, 인간의 목적이 아닌 이상, 그것에 성공의 실력을 부여할 군국주의 형태 또한 결코 활틱 씽사뇨 위에서 설대로 상위를 점할 상황이 아닌 사실은 명백하다.

나는 독일에 의해 오늘까지 고취된 군국적 정신이 그 적국인 영국과 프랑스에 커다란 영향을 끼친 사실을 확실히 인정하면서 동시에 이 시대착오적 정신이 자유와 평화를 사랑하는 그들에게 이처럼 커다란 영향을 끼친 점을 한탄한다.

트라이치케

1.

1차 세계대전이 발생한 뒤부터 독일 학자나 사상가의 언론을 실제적으로 해석한 것이 계속 나왔다.

우선 영국 잡지에는 니체라는 이름이 자주 보였다. 니체는 이번 사건이 발생하기 10년도 전에 이미 영어로 번역되었다.

그래서 니체는 영국 사상계에서는 특별히 새로운 이름도 아니다. 그러나 그들은 그 이름에 특별한 새 의미를 달았다. 그리고 그의 사상을 이 대전쟁의 영향물인 것처럼 입에 올렸다. 이는 누구의 눈에도 비칠 정도로 여러 차례 반복되었다. "기독교 도덕은 노예 도덕이다"라고 비난한 사람이 정말 니체였다는 것과 동시에 비스마르크를 증오하고 트라이치케를 경시한 사람도 니체라고 한다면 그가 이러한 해석을 수용하고 만족할지 어떨지는 의문이다. 본인의 생각 여하는 별개의 문제이고 그가 주창한 초인주의 철학이 이 즈음 독일에서 어느 정도 도움이 되고 있을지도 먼 곳에서 태어난 나는 거의 짐작할 수 없다.

프랑스의 한 비평가는 '이른바 독일적 발전'이라는 제목하에 헤겔과 비스마르크와 윌리엄 2세의 이름을 열거했다. 그는 헤겔과 같은 순수 철학자를 군인 정치가와 연결시킬 뿐만 아니라 그 사상이 그들 군인 정치가의 실행에 깊은 연관이 있다는 사실을 설명하려고 시도했다. 그가 말한 바에 의하면 프로이센의 군국주의는 헤겔 관념론의 결과에 불과한 것이다──원래 독일의 아이디얼리즘(관념론)은 관념의 과학으로 그 관념이라는 형체가 또 대단히 감정적 요소를 포함하고 있다. 문자가 나타내는 대로 단순한 명상이나 사색이 아니고 경우에 따라서는 언제라도 실행으로 변화할 뿐만 아니라 때로는 침략적인 방향으로 변화할지도 모를 정도로 독살스러운 의미를 갖는다. 아이디얼리즘이 논의의 도움을 받아서 주관, 객관의 일치를 발견했지만 마지막에는 외계와 내계의 장벽을 파괴하고 모두 다 흡수하지 않으면 멈추지 않게 된다. 아이디얼리즘에서 생각지도 못한 물질주의가 나타나게 된다. 이것은 처음부터 무관심에서 출발하지 않은 철학이 이르게 될 당연한 결과다.

이 비평가가 말한 것이 과연 진상을 밝히는 해석인지 어떤지 이것도 나는 모르겠다. 딘 밀리 있어서 그 지역의 공기를 호흡하지 않은 탓인지 이러한 설명은 내 입장에서 볼 때 아무래도 절실하지 않은 듯한 느낌이 든다. 기발한 부분은 유별날 정도로 기발하다고 생각하지만 이것 때문에 도리어 과연 그럴 것 같다고 수긍하기 어려울 정도다.

예를 들자면 아직 많이 있지만 그렇게 하나하나 기억하고 있지 않아서 우선 이 정도로 해두고 나는 잠시 그러한 현상과 관련하여 삽화의 형식을 빌려서 이쯤에서 생각해보고 싶다고 느낄 때가 있다.

영국, 프랑스의 평론가는 현재의 전쟁을 단지 당면 사실로밖에는 응시하고 있지 않을 뿐더러 또한 그것을 정치상의 문제로밖에는 생각하고 있지 않다. 또한 그 배후에 꼭 어떤 사상가나 학자 등의 말을 주요한 인자로 헤아리고 싶어하는 경향이 있는 것으로 보인다. 실제로 유럽의 사상가나 학자는 그 정도로 실제 사회를 움직이고 있는 것일까?

나는 러일 전쟁이 우리 일본이 낳은 대철학자의 영향을 입어 발현됐다고는 절대로 생각하지 않는다. 청일 전쟁도 마찬가지다. 전쟁뿐만 아니라 그 밖의 작은 사건이라 해도 일본에서 일어난 역사적인 사실의 배경에 사상가의 사상을 기점으로 고정될 수 있는 모습은 거의 없다고 생각된다. 현대 일본에서 정치는 어디까지나 정치다. 사상도 어디까지나 사상이다. 이 두 가지 형태는 동일한 사회 안에서도 제멋대로 고립되어 있다. 게다가 상호 간에 아무런 이해나 교섭도 없다. 가끔 양자의 연쇄적인 부분을 찾았다 생각하면 그것은 발매 금지 형식에서 일어나는 억압적인 것뿐이다. 산요山陽[85]의 《일본외사日本外史》가 유신의 대업에 발효소로 뒤섞이게 된 것은 예외 중의 예외이고 게다가 그것은 메이지, 다이쇼 이전의 사실에 불과하다. 일본의 사상가가 빈약한 것일까? 아니면 서양 비평가의 해석이 너무 지나치게 과장된 것일까? 나는 세 가지 다 부정할 수 없을 것이라고 생각한다. 그리고 그 속에서 서양 비평가의 과장이 가장 적다고 생각한다.

2.

만일 트라이치케의 이름이 니체나 헤겔과 같은 의미에서 이 전쟁에 인용된다면 나는 적어도 그 정도 상황을 염두에 두는 편이 편리하다고 생각한다. 그렇게 하면 특별한 곤란과 오해 없이 현재 독일에서의 그의 지위가 비교적 명료하게 상상될 수 있기 때문이다.

　니체나 헤겔은 이 사건 후에 부활한 이름은 아니다. 다만 기존의 이름에 영국인, 프랑스인이 새로운 의미를 붙였을 뿐이다. 일찍부터 알려져 있는 그들이 설파한 내용을 일종의 자극에 충만한 색다른 눈으로 특별히 응시했을 뿐이다. 트라이치케도 부활한 이름이 아닐지 모른다. 그러나 전자와 달리 이 경우 새로운 해석을 수용할 필요가 없는 이름이다. 지금까지의 트라이치케를 이전이 관점으로 보고 있으면 시선의 각도를 개선할 필요도 수고도 들이지 않고 금방 그와 이번 전쟁의 관계를 알 수 있다. 그의 말은 니체 정도로 고답적이지 않았다. 외딴 산봉우리 정상에서 아래쪽을 향해 명령하는 듯한 태도로 시와 같은 철학, 또는 철학과 같은 시를 절규하지는 않았다. 물론 헤겔 정도로 신비한 구름 속에 숨어서 변증의 번개를 쌍수로 농락하는 사람도 아니었다. 그는 처음부터 확실히 지상을 걷고 있었다. 뿐만 아니라 그의 시야는 좁은 독일에 의해 동서남북 모두 구분되어 있었다. 따라서 새삼스럽게 새롭게 그를 이해할 필요도 없고 혹은 하려고 해도 그 여지도 없는 것이다. 다만 당시의 그를 오늘의 시대로 길게 끌어 재생시켜 지금의 전쟁에 관련시키기만 하면 그것으로 양자의 관계는 무엇이든 판명된다. 나는 일부러 양자의 관계라고 말했다. 실은 "그가 지금 다음의 대전쟁에 끼칠 영향"이라고 말하고 싶지만 그것은 니체랑 헤겔의 경우와 마찬가지로 영향의 정도로 보아 나는 잘 모르니 도리 없이 그러한 말투를 삼가했다. 그런데도 앞서 말한 대로 그와 나의 국정 차이 및 비평가의 과장 따위를 염두에 두고 지금부터 트라이치케를 한번 슬쩍 살펴보려고 하는 것이다.

1834년 드레스덴[86]에서 태어난 그는 아버지가 군인이었다는 점에서나 어머니가 사관의 딸이었다는 인연에서 볼 때, 군인이 될 운명을 지니고 태어난 것과 마찬가지였다. 어릴 때 천연두에 걸렸고 또한 잇따라 귓병을 앓았기에 행운인지 불행인지 그는 이미 정해져 있었던 행로를 모조리 포기할 수밖에 없었다.

그러나 14세 정도부터 그가 부친에게 보낸 편지 속에는 벌써 정치적 의견 등이 여기저기 산발적으로 보이기 시작했다고 한다. 그리고 16세가 될까 말까 한 사이에 그는 어느 틈에 열렬한 독일 통일론자가 되어버렸다. 물론 프로이센을 맹주로 해야 한다는 것이 그의 애초부터의 주장이었다. 라이프치히[87]에 유학했을 무렵 그는 교수의 강의는 제대로 듣지도 않고 닥치는 대로 홀로 책을 읽어댔는데 책에서 얻은 모든 지식은 전부 이 '프로이센 중심 국가'라는 큰 이상을 구성하기 위해 이용되었다.

그는 마키아벨리[88]를 읽었다. 정의나 도덕이나 국가를 위해서라면 언제 희생해도 상관없다는 신념을 품게 되었다. 군정이나 압제라도 적어도 국가의 통일을 유지하고 혹은 국가

위력을 증진하는 이상은 어떻게 사용해도 상관없다는 결론에 도달했다. 그리고 그 의견을 그의 부친에게 써 보냈다. 이는 그가 괴팅겐[89]에서 수업하고 있을 무렵으로 당시 그의 나이는 22~23세였다.

3.

동서남북 어느 쪽을 바라보아도 그의 눈에 비치는 것은 모두 독일이 저였다. 그는 러시아를 경멸했다. 몇 해 전부터 독일 통일에 반대하는 오스트리아도 그의 증오를 피할 수 없었다. 밀턴과 셰익스피어에 감동하면서도 그 시인을 보유한 영국은 그의 입장에서 보면 독일의 발전을 방해하는 일종의 장애물에 불과했다. 그는 전쟁을 한 번 하지 않으면 도저히 문제가 풀리지 않는다고 생각했다. 또한 그 전쟁에서 참으로 견고하고 건전한 독일이 태어나게 된다는 사실을 믿어 의심치 않았다.

다수의 청강생을 보유한 그는 이 목적 아래 대학에서 프로이센 국사를 강의하기 시작했다. 혼잡하고 어수선한 작은 나라(소연방국가)는 전부 없애버리지 않으면 안 된다고 하는 그의 본뜻은 이 한 가지 예로도 엿볼 수 있었다. 그는 스스로 작은 나라에서 태어났다는 것을 잊었다. 부친에 대한 의리도 잊었다. 그는 부친을 향해 말했다.

"부모자식 간의 애정 때문에 자신의 신념을 굽히는 행위는 나에게는 어떤 일이 있어도 불가능합니다."

그는 이 말과 함께 라이프치히를 떠났다. 다시 한번 그곳에 초대받아서 연설을 시도했을 때 그는 독일 통일을 위해 불꽃같은 열렬한 말을 2만 명의 청중에게 퍼부었다. 천진한 청중은 아연해하며 놀랐다.

때마침 비스마르크가 나타났다. 그리고 비스마르크는 그가 필요로 하는 이상적인 인물이었다. 비스마르크 전성기의 프로이센 정부는 더더욱 통일의 중심이 돼야만 했다. 그가 추구하는 이른바 '국가'가 돼야만 했다. '첫 번째는 자유, 그리고 통일'이라는 외침을 무의미한 것으로 듣고 흘려버렸던 그는 '첫 번째는 국가의 권리, 그리고 국가'라는 기치를 거리낌없이 내세웠다. 그리고 그 국가는 곧 프로이센을 일컬었다. 다른 작은 나라는 숱한 희생을 감수하더라도 이 중앙 정부의 의지와 명령에 따르지 않으면 안 된다는 것이 그의 의견이었다.

"국가의 실질이라고도 간주할 수 있는 '힘'을 가지지 않은 작은 나라가 어떻게 국가를 대표할 수 있는가?"

그는 이렇게 말하고 많은 작은 나라를 곁눈으로 노려보았다. 그 속에는 그의 고향 작센90도 물론 포함되어 있었다.

1867년 비스마르크의 힘에 의해 성취된 북부 독일 연합은 이런 의미에서 그의 이상을 어느 정도까지 현실화한 것임에 틀림없었다. 그 결과로 모두에게 부여된 의무 병역과 그 의무 병역에서 발생한 놀랄 정도로 많은 군대는 지배권을 가진 프로이센에게 큰 힘이었다. 그것을 독일 세력의 증진에 필요한 조건, 즉 서방 발전 전략으로 응용한 것이 즉 '보불전쟁'[91]인 것이다.

그의 강의를 들은 많은 학생은 그때 종군했다. 그들 중 한 사람이 열렬한 고별사를 낭독했을 때 "어떠한 희생을 치르더라도 이겨라!"라고 말한 그는 금세 청년들에게 영웅으로 추앙받게 되었다. 물론 그는 독일의 승리를 믿어 의심치 않았다. 그리고 이상한 침묵 상태에 빠졌는가 생각했는데 그 사이에 그는 패국 프랑스에 부과해야 할 조건의 항목을 조사하기 시작했다. 그는 알자스·로렌의 역사를 연구한 끝에 이 두 주는 원래 독일의 영토였으므로 전쟁 후에는 당연히 옛 주인의 손에 돌아가야 마땅하다는 의견을 발표했다.

4.

독일은 이겼다. 독일 제국은 성립되었다. 그가 10년간 꿈에서까지 본 희망은 마침내 달성되었다.

"통일의 별은 올랐다. 그 길을 막는 자는 재앙을 입을 것이로다!"

이것이 그의 말이었다. "이 영광에 빛나는 시기를 때마침 맞이했는데도 아직도 염세철학을 말하는 하르트만[92] 같은 사람은 필경 일종의 정신병자에 불과하다"고 그는 단언했다.

그런데도 "의지의 긍정은 국가의 제일 의무다"라고 주장한 그는 하르트만에 의해 부활된 의지의 철학, 즉 우주 실재의 중심점을 의지 위에 두는 철학에 큰 영향을 입었다. 그는 실제 사회를 지극히 난폭한 세계로 생각했다. 인의박애는 입으로 말할 수는 있어도 정치적으로 행할 사항은 아니라고 그는 믿었다. 이리하여 그는 모든 인도적 운동과 자유주의 운동에 반대했던 것이다.

나는 트라이치케의 영향으로 이번 1차 세계대전이 일어났다고는 말하지 않겠다. 살아 있을 때 그는 비스마르크의 고문도 아니었고 조언자도 아니었다. 오히려 그의 주장과 비스마르크의 실행과는 우연히 일치했을 정도다. 설령 그가 철혈 재상[93]을 구가한 인물이었다고 해도 구가당한 비스마르크 쪽에서는 그 정도로 그의 말에 흔들리지 않았을지도 모른다. 그런데도 불구하고 결과적으로 그는 비스마르크가 정치적으로 단행한 행동을 그의 학설과 언론을 통해 일일이 입증했다고 해도 과언이 아닐 것이다. 그리고 오늘의 독일이 사회주의자, 그 외의 반항 세력에 상관없이 당시의 방침을 그대로 계속 유지하여 그 결과 이번 대란을 야기했다고 한다면 사상가로서 트라이치케의 독일에 대한 입장도 또한 명료해진 셈이다.

이 정도로 관계를 분명히 하면 내 입장에서는 다시 근본 문제로 되돌아가서 질문을 하고 싶어진다.

"트라이치케가 고취한 군국주의, 국가주의는 결국 독일 통일을 위함이 아니었을까? 그 통일은 사방으로부터의 압박을 막기 위함이 아니었을까? 이미 통일이 되고 제국이 성립되어서 침략의 우려가 사라진 독일이 충분히 존재할 수 있는 그때에는 철회해야 할 성질의 형태가 아니었을까? 혹시 영원히 이 주의로 관철한다고 하면 논리상 이 주의 자체에 가치가 없어서는 안 된다. 그리고 그 가치에 의해 이 주의의 존재가 보증되지 않으면 안 된다. 그러한 가치가 과연 어니에서 발생하는 것일까?"

개인의 경우라도 오직 싸움에 강하다는 것은 자랑이 되지 않는다. 공연히 남을 해칠 뿐이다. 국가와 국가 사이도 마찬가지로 단지 승리할 가망이 있다고 해서 함부로 무력을 사용해서는 주변이 피해를 입을 뿐이다. 문명을 파괴하는 것 외에 어떤 효과도 없다. 승리한 쪽은 승리한 뒤에 그 손해를 보상하는 것 이상의 공헌을 거대한 문명에 대해 하지 않으면 안 될 것이다. 적어도 그 마음가짐이 없어서는 안 될 것이다. 나는 지금 독일에 그 정도의 일을 해낼 정신과 실력이 있는지 어떤지를 걱정하지 않을 수 없다. 그렇다면 트라이치케의 주장은 독일 통일 전에는 생존의 차원에서 유효하고 필요하고 합리적이기도 했으나 지금의 독일에는 무효하고 불필요하고 불합리한 것일지도 모른다는 사실에 귀착된다.

그러나 그는 말했다.

"윌리엄 황제는 독일에 조국의 가치를 부여했을 뿐만 아니라 더욱 균형 잡히고 더욱 합리적인 지배하에 문명 세계를 두었다. 전 세계를 건전하게 하는 것이 독일의 사업이라고 한 시인 가이벨[94]의 말은 이제 곧 실현될 것이다."

그러고 보면 트라이치케는 독일이 전 유럽뿐만 아니라 전 세계를 정복할 때까지 이 군국주의, 국가주의로 밀고 나갈 작정이었을지도 모르겠다. 그렇지만 우리 인류가 모두 독일에 정복되었을 때 우리는 그에 대한 대가로 독일로부터 과연 무엇을 제공받을 수 있을 것인가? 독일도 트라이치케도 우선 그것부터 설명하지 않으면 안 될 것이다.

다이쇼 5년(1916) 1월 1~21일, 동경《아사히신문》

소세키의 자기본위

1. 소세키의 생애와 그 시대

나쓰메 소세키夏目漱石는 1867년, 즉 메이지 유신 바로 전해 에도(지금의 동경) 우시코메牛込에서 나누시(名主, 에도 시대의 촌장)의 5남으로 태어났다. 태어나자마자 곧장 수양아들로 보내졌다가 시오바라塩原가문의 양자로 보내졌다. 유년 시절부터 친부모를 모르고 성장한 환경은 소세키의 사상과 문학에 마음의 골이 되어 깊이 그 뿌리를 내린다.

9세 때 양부모의 이혼으로 시오바라가의 호적을 지닌 채 본가에 돌아왔다. 하지만 본가와 양가 사이에서 신분에 대한 귀속이 명확하지 않은 상태로 본가에서 학교를 다니게 되었다. 그후 22세 때 제일고등학교第一高等學校 재학 중에 가까스로 시오바라 가문에서 나쓰메夏目 가문으로 복적되었다.

제일고등학교를 졸업하고 도쿄대학 문과대학에 진학해 1893년 7월 문학부 영문과를 졸업했다. 졸업 후 도쿄고등사범학교 강사가 되지만 1895년 사임하고 에히메현愛媛縣의 마쓰야마 중학교 교사로 부임했다. 1896년 마쓰야마 중학교를 그만두고 구마모토의 제5고등학교 강사로 부임했다가 후에 드디어 교수가 되었다.

구마모토로 전임하고 나서 얼마 되지 않아 귀족원서기관장貴族院書記官長 나카네 시게카즈中根重一의 장녀 교코鏡子와 결혼하여 새살림을 꾸린다. 구마모토 생활 4년 후 문부성에서 영국 유학 명령을 받은 소세키는 현직을 유지한 상태에서 1900년 9월 요코하마에서 배로 유학길에 올랐다. 그러나 런던에서는 크레이그W. J. Craig 선생에게 개인 지도를 받았을 뿐 대학 등 연구기관에 소속되어 면학하는 일은 거의 없었고 오로지 서적만을 사들여 독학으로 '문학이란 무엇인가'라는 명제를 과학적으로 규명하는 연구에 몰두했다. 이와 같은 연구는 그 당시 세계에서도 유례를 찾아볼 수 없는 독창적인 형태로 그 때문에 그는 극도의 신경쇠약에 걸릴 만큼 번민에 번민을 거듭하게 되었다.

1903년 귀국 후 제일고등학교와 도쿄대학의 강사가 되었는데 도쿄대학에서는 '문학론'과 그 외의 과목을 강의했다. 아울러 1905년 1월 《호토토기스ホトトギス》에 게재한 《나는 고양이로소이다吾輩は猫である》를 시작으로 〈런던탑倫敦塔〉, 〈환영의 방패幻影の盾〉, 〈취미의 유전趣味の遺傳〉, 《도련님》, 《풀베개草枕》, 《노와키野分》 등을 연이어 발표하고 1907년에는 대학에서 나와 아사히신문사에 입사하여 이후 '문학을 생명으로 함'을 신조로 평생 신문소설을 쓰게 되었다. 주요 작품으로는《개양귀비虞美人草》,《산시로三四郎》,《그후それから》,《문門》,《춘분이 지날 때까지彼岸過迄》,《행인行人》,《마음》,《노방초道草》,《명암》이 있는데 최후의 작품《명암》집필 중, 1916년 12월 9일 영면했다.

소세키는 메이지 시대가 시작되기 바로 전 해, 소위 유신동란의 와중에 태어나 1차 세계대전이 한창일 때 세상을 띠났다. 자신의 생애를 메이지라는 시대 상황에서 분리해 생각해본 적이 없는 소세키는 자신의 생애를 통해 압도적인 열강의 압력에 항거하며 일본의 독립을 유지하고, 더 나아가 세계 문화 발전에 기여하고자 했다. 즉 그는 메이지 일본의 특징인 '국가주의'가 인간의 자유와 독립을 억압하는 것에 반대하고 개인주의 도덕의 확립을 과제로 삼았던 것이다.

러일 전쟁 도중에 발표된 처녀작《나는 고양이로소이다》에 보이는 풍자와 골계해학滑稽諧謔의 정신은 점점 러일 전쟁 후의 일본 현실에 대한 날카로운 비판으로 발전해가지만 이윽고 일본의 근대적 지식인을 좀먹는 자아의식의 모순을 추적하게 되고 보통평등의 인간관에 기초한 '칙천거사則天去私'의 리얼리즘을 지향하기에 이르게 된다.

이 책에 실린 내용대로 관서 지방 순회강연이 행해진 것은 1911년 여름이다. 그해 1월에는 고토쿠 슈스이幸德秋水 등 24

명의 무정부주의자가 천황 암살을 기도했다고 해서 '대역죄'
로 사형을 선고받아 12명에게는 사면이 통보되지만 나머지
12명에게는 즉시 형이 집행되어 일본 사회에 충격을 안겨주
었다.

고토쿠는 1901년《20세기의 괴물 제국주의二十世紀之怪物
帝國主義》를 간행하고 평민사平民社를 세워 사회주의자를 결
집해서 한국을 점령하려 한 일본 정부에 반대함은 물론 러일
전쟁 중에도 반전 활동을 계속했다.

러일 전쟁 후에는 의회주의적 사회주의 운동에 절망하여
무정부주의자로서 활동했지만 1910년 6월 동료인 미야시타
다키치宮下太吉 등이 폭발물 단속 벌칙 위반을 계기로 검거
되었다. 미야시타 등의 직접적인 행동 계획과 고토쿠의 이론
활동을 결부시킨 정부는 이 계획과는 관계 없는 무정부주의
자나 사회주의자를 잇달아 검거하고 투옥하며 출판물을 연
이어 발매 금지시키는 등 언론, 사상 활동을 가혹하게 탄압
했다.

러일 전쟁에서 승리했음에도 불구하고 전후 불황으로 실
업자는 증가했고 군비 확충으로 세금과 물가가 계속 상승했
으며 국민 생활의 곤란은 심각한 지경에 이르렀을 뿐만 아니
라 정치적, 경제적, 사회적 불안이 높아만 갔다.

'환멸의 비애'는 일반적인 국민의 감정이 되어 무이상·무
해결의 자연주의 사상이 청년들의 마음을 사로잡았고 반정

부적인 사상과 감정이 확대되었다. 이와 같은 시기에 '한일 합병[경술국치]'이 강행되어 '대역사건大逆事件'이란 이름하에 반정부적인 지식인에 대한 근본적인 탄압이 행해졌다.

정부는 스스로 날조한 대역사건을 구실로 천황 중심의 국가주의를 강조하고 이에 반대하는 모든 대상을 응징하며 국민의 사상 통일을 기도한다. 그 가장 단적인 형태가 고토쿠 등이 처형된 직후에 일어난 남북조정윤南北朝正閏[95]에 관한 정치문제화였다.

일본의 역사에서는 만세일계萬世一系의 천황이라는 이념이 강조되어 그 이념이 천황 신격화의 근거가 되어 있었다. 그러나 1836년에 아시카가 다카우지足利尊氏가 북조北朝의 고묘光明 천황을 옹립하고 고다이고後醍醐 천황이 요시노吉野로 옮겨 남조南朝를 연 때부터 50년 넘게 두 조정이 병립한 시기가 있었고 당시의 국정교과서도 병립설을 취하고 있었다. 이것이 만세일계의 천황이라는 관점에서 문제시되어 국정국사교과서가 고쳐서 씌어졌고 편찬관編纂官은 휴직 조치되었다.

이와 같이 정치 권력이 학문이나 교육에 개입하여 국민 사상을 부조리한 천황사상으로 통일하려 한 것이다. 소세키의 박사 호博士 号 사퇴사건[96]도 고토쿠 등이 처형된 직후의 일로 권력이 사상·문화·학문을 지배하는 현실에 대한 저항의 일환이었다.

이시카와 다쿠보쿠石川啄木의 〈시대 폐한의 현상時代閉寒の現狀〉은 이 어두운 시대의 현실에 날카롭게 다가간 뛰어난 평론이었지만 당시에는 끝내 발표할 수 없었다. 결국 소세키의 관서 지방에서의 강연, 〈현대 일본의 개화〉, 〈내용과 형식〉, 〈문예와 도덕〉은 이 어두운 시대와 분리해서는 생각할 수 없는 내용이다.

2. 〈《문학론》 서〉

《문학론》은 도쿄대학에서의 강의를 정리한 것인데 그 서문인 《문학론》 서〉는 본 작품보다 반년 앞선 1906년 11월 4일에 《요미우리신문》에 발표되었다. 소세키는 학술적인 저서인 《문학론》의 한정된 독자뿐만 아니라 넓은 세상을 향해 이 저서의 성립 경위와 관련 있는 영국에서의 경험, 자신의 문학에 대한 기본적인 입장 등을 설명하고 싶었을 것이다.

영국에 유학한 소세키는 동양인에 대한 영국인의 뿌리 깊은 편견을 접하고 동양인으로서의 자각에 눈을 떴다. 영국인은 무슨 일이나 자기를 표준으로 설정, 동양인을 모멸하고 동양의 사상이나 문화를 이해하려고 하지 않으며 서양에 동화시키려 한다고 생각했다.

영국인의 생활과 문화에 위화감을 느낀 소세키는 자신의

문학관을 배양한 동양과 서양은 문학에 관한 생각이 근본적으로 다르다는 사실을 깨닫는다. 모두 서양이 표준이라면 동양의 문학은 부정되고 오로지 서양인의 흉내를 내지 않으면 안 되는 상황이 된다. 여기에 반발한 소세키는 '문학이란 무엇인가?'라는 문제를 근본적으로 밝힐 필요가 있다고 생각했다. "문학은 심리적으로 어떤 필요에서 이 세상에 나와 발달하고 소멸하는지", "문학이 사회적으로 어떤 필요가 있기에 존재하고 융성하고 쇠멸하는지"를 규명하기 위해 사회학, 심리학을 배우며 서양 문학과 동양 문학을 모두 포함하는 근본적인 문학 이론을 과학적으로 확립하려고 했다. 이렇게 해서《문학론》은 탄생했다고 소세키는 서술하고 있다.

〈나의 개인주의〉는 1914년 11월에 학습원에서 젊은 학생들을 대상으로 행한 강연인데 이 강연에서도 소세키는 영국에서의 경험을 이야기하며 이 과학적인 이론 추구는 "문예에 대한 내 고유한 입장을 다지기 위해, 아니 새롭게 건설하기 위해"였다고 피력하고 있다. "풍속, 인정, 습관, 거슬러 올라가 국민의 성향"이 상이하면 그 문학은 달라진다. 서양인의 의견은 참고는 될지라도 그것을 무턱대고 고마워하며 자기 주장인 것처럼 말할 필요는 없다고 역설한다.

'자기본위'의 필요성을 생각하기에 이르러서는 "그 자기본위를 입증하기 위해 과학적인 연구와 철학적 사색에 몰두하기 시작한 것입니다"고 소세키는 주장한다. 자기본위의 입장은 소세키의 사상과 문학의 출발점이며 그의 생애를 일관되게 꿰뚫고 있는 근본 토대와 같은 것이다. 하지만 그 개념은 "자아 또는 자각이라는 개념이 주창되어 '아무리 방자한 행동을 해도 상관없다'"라는 뜻은 아니었다. 〈나의 개인주의〉에서 소세키는 "자기 개성의 발전을 완수하고자 생각한다면 동시에 타인의 개성도 존중해야 한다", "자기가 소유하고 있는 권력을 사용하고자 한다면 거기에 수반하는 의무 사항을 인식해야 한다", "자기의 금력을 나타내려 한다면 거기에 수반하는 책임을 중히 여겨야 한다"는 점을 강조했다.

3. 관서 지방 순회강연

1910년 여름 '슈젠지修善寺의 대환大患'이라고 일컬어지는 중병을 경험한 소세키는 다음 해 여름 관서 지방에서 개최된 아사히신문사 주최 강연회에서 〈도락과 직업〉, 〈현대 일본의 개화〉, 〈내용과 형식〉, 〈문예와 도덕〉이라는 제목으로 4회의 강연을 한다.

1910년은 한일합병의 해이지만 또한 천황의 암살 기도가 있었다고 해서 고토쿠 슈스이 등이 일제히 검거된 대역사건의 해이기도 했다. 이 사건을 계기로 언론 사상의 탄압은 극도로 가혹한 모습을 보였으며 천황 절대화의 경향이 강화되었다. 병을 앓은 후의 소세키가 정부의 박사 호 수여를 사퇴하고 문예원文芸院의 설립이나 문전(文展, 문부성 미술 전람회)에 반대하는 등 정부의 학문·사상·문화에 대한 관여와 간섭에 반기를 든 것은 국가주의에 반대하고 개인의 자유와 독립, 그 존엄성을 지키려는 강한 의지의 표현이었다.

4회의 강연은 각각 독립되어 있지만 서로 관련되어 있으며 전체적으로 하나의 결론을 도출할 수 있도록 구성되어 있다. 학자도 학생노 아니고 문학사도 특별힌 지식인도 이닌 '보통사람'들, 즉 냉엄한 현실 속에서 살고 있는 생활자들에게 직접 이야기하는 이들 강연은 이 '보통 인간' = '생활자'의 관점에서 자기본위의 문제를 구체적, 현실적으로 검토한 것이었다. 지면의 한계로 이 책에는 〈도락과 직업〉이 누락되어 있지만 독자의 이해를 돕기 위해 차례로 해설해나가고자 한다.

제1회 강연 〈도락과 직업〉은 현대 사회가 자급자족 사회가 아니라 분업 사회이고 인간은 각각 직업을 지니고 생활하지 않으면 안 된다라는 취지에서 논하기 시작한다. 직업은 자기본위로는 성립하지 않는다. 타인을 위한 생산이거나 서비스로 타인본위이다. 그렇지만 이 직업을 통해서 번 돈으로 타인이 생산한 물건과 서비스를 자기의 것으로 만들기 때문에 그것은 자신을 위한 행위이기도 하다. 소세키는 현대 사회에서 자기본위와 타인본위는 밀접하게 관련되어 있다고 논하면서 타인본위의 직업을 경멸하고 부정한 관념적인 자기본위론 또한 부정했다.

그러나 분업화가 발달한 현대 사회에서는 직업이 다양화, 세분화되어 사람들은 극히 한정되고 전문화된 일에 갇혀서 '불구'화 된다. "개화의 조류가 진행되면 될수록 또는 직업의 성질이 분할되면 될수록 우리는 비정상적인 인간이 되어버리는"[97] 것이다. 학자라고 해도 지금의 학자는 전문 영역 외에는 아무것도 모르는 불구가 모여 있다. 자신 등도 "완전한 인간에서 점점 소원해져서 실로 별난 사람이 되어버렸다"[98]고 소세키는 말한다.

직업의 전문화가 진행되고, 생존 경쟁이 격화됨과 함께 이 경향은 점점 속력이 빨라지고, 직업에 열심이면 열심일수록 이웃과의 교류도 단절돼 "각각 고립하여 산 속에 들어박혀 있는 것"과 마찬가지가 된다. 이 '고립무원의 폐해'를 벗어나 '인간적인 심성'을 느끼기 위해서 '도락'이 필요하게 된다. 소세키는 "그 부족한 여유를 나누어 일반 인간을 넓은 마음으로 이해하고 이에 동정할 수 있을 정도로 서로 다정함을 자아내는 법을 강구해야 한다"[99]고 덧붙이며 문학서를 읽을 것을 권장했다.

제2회 강연 〈현대 일본의 개화〉에서는 "개화라는 형태가 아무리 진보해도 의외로 그 개화의 수확으로 우리가 거두는 안심의 정도는 미약한 상태이고 경쟁이나, 그 밖의 이유로 안절부절못하게 되는 불안감을 계산에 넣고 보면 우리의 행복은 야만 시대와 그다지 다를 바 없는 듯한 느낌이 든다"고 지적한다.

특히 메이지 유신 이후의 일본은 서양 문화의 압도적인 영향을 받아 그 전까지는 '내발적'이고 자연스런 개화를 수행해왔지만 "갑자기 자기본위의 능력을 잃고 외부로부터 눌리고 눌려서 좋든 싫든 간에 그대로 하지 않으면 일어설 수 없는 듯한 모양"이 되었다. 연이어서 새로운 시양 사상이니 문화가 밀어닥쳐 오기 때문에 하나를 충분히 소화, 흡수할 틈도 없이 계속 그것을 뒤쫓지 않으면 안 된다. 소세키는 이것을 '외발적 개화'라고 칭하며 이와 같은 외발적 개화를 강요받은 국민은 어딘가에 공허감이 존재하고 '불만과 불안의 상념'을 품고 있어야만 한다고 경고했다.

'현대 일본의 개화'는 기계적으로 변화를 부득이하게 당하기 때문에 오로지 피상에 편승해나가는 것이다. 편승하지 않겠다고 생각하여 버티면 무리한 결과가 초래되어 신경쇠약에 걸린다. 개화 그 자체가 실현되어도 결코 행복하지 않은데다가 또한 이러한 모순을 피할 수 없다고 한다면 현대 일본 국민의 운명은 비참한 것이다.

러일 전쟁 이후 일본은 '일등국이 되었다'는 '거만한 목소리'를 도처에서 듣게 되었다고 소세키는 언급한다. 그러나 그 내실은 이처럼 비참한 상황으로 국민은 한층 무리를 강요당했던 것이다. 소세키는 이와 같은 일본의 현실, 표면적일 뿐인 근대화, 강국화強國化를 근원적으로 비판했다. 오직 서양을 미화하고 그것을 모방하려고 한 개화주의, 근대주의와 동시에 근거 없이 서양을 배격하는 편협한 국수주의, 복고주의, 또한 절대적으로 자유스런 정신 생활이나 자기본위 생활을 주장한 사회 현실에서 동떨어진 관념론에 대하여 현실에서 생활하는 '보통 인간'의 입장에서 반대했다. 생활의 현실에 서면 일본의 근대화, 서양화는 피하기 어려운 문제였다. 외발적 개화의 고통을 참고 가능하면 내발적 개화, 자기본위를 실현하는 것이 필요하다고 소세키는 생각했던 것이다.

제3회 강연 〈내용과 형식〉에서 소세키는, 절대적으로 자유로운 정신 생활을 강조하며 모든 규칙의 속박에서 인간을 해방시켜야 한다고 주장한 당시 유행하고 있던 오이켄의 사상을 복잡한 실생활의 현실을 무시하고 현실을 하나의 관념으로 통일하려고 한 경향, 즉 '통일병統一病'으로 지칭하고 비판했다.

어린애는 인간을 선인인지 악인이지로 구분하고 싶어서 "누구와 누구 중 어느 쪽이 훌륭한가?"라는 식으로 질문하기도 한다. 소세키는 "일본에는 훌륭한 사람이 단 한 사람 있는데 그 사람은 갑도 을도 병도 능가하니 맞혀보라는 식으로 수학적 문제를 내는 세상이니" 어린애에게서 그러한 질문이 나오는 것도 무리는 아니라고 설명하는데 이는 당시의 천황 절대화의 경향에 대한 비판이었다고 생각한다. 이 비판은 고등관 위계와 훈장의 등급, 박사 호 제도, 문전의 심사, 문예원의 설치 등에도 반영되어 나타난다.

이 강연에서 '형식'이라는 용어는 복잡하고 모순에 찬 현실을 간단한 꼴로 정리한 것, 즉 사상이나 도덕, 법률이나 사회제도 등을 가리키는 뜻으로 사용되고 있다. 소세키는 형식은 필요하지만 "형식은 내용을 위한 형식이지 형식을 위한 내용이 될 수 없다", "내용이 변하면 외형이라는 것도 자연히 변하지 않으면 안 된다"고 주장했다.

"왜 도쿠가와德川 씨가 멸망했고 유신혁명이 일어났을까요? 말하자면 하나의 틀을 영원히 지속하려는 상태를 내용 쪽에서 거부하기 때문일 것입니다. 정말로 한때는 재래의 틀로 억압당했을지도 모르지만 아무리 생각해도 내용을 동반하지 않는 형식은 언젠가 폭발해야 한다고 보는 것이 온당하고 합리적인 견해라 생각합니다"고 소세키는 서술하고 있다.

지금의 일본은 굉장한 추세로 변화하고 있으며 우리들 내면생활도 계속 변화하고 있으므로 사상, 도덕, 사회 제도도 지금의 시대에 걸맞게 변화하지 않으면 안 된다. '일정불변의 틀'을 세워 그것이 종래 있었기 때문이라는 이유로 혹은 그것을 자신이 좋아한다는 이유로 현대에 살고 있는 사람들의 생활 내용의 변화를 무시하고 그걸 밀어붙이려고 한다면 위험하다. 언제까지나 재래의 오래된 틀에 국민을 속박하려 한다면 반드시 반항이 일고 혁명이 일어난다고 주장했다.

관념에 대한 사실의 우위성을 설명하고 현실을 이론에 종속시켜 형식에 사로잡힌 학자의 결함을 비판하며 철학적 논의를 전개한 이 강연은 대역사건 이후 천황을 유일하고 절대적인 대상으로 인식한 복고사상을 통해 국민을 교육하고 지배하려 한 편협한 국가주의적 경향을 비판한 것이었다. 그뿐만 아니라 이 강연에서 소세키는 청중인 '보통 사람들'에게 '실생활의 경험을 겪고 있는' 여러분의 현실의 필요에서 옛 형식, 제도나 법률을 개혁하고 새로운 사회를 조성할 필요가 있다고 그 자각을 호소했다.

제4회 강연 〈문예와 도덕〉에서 소세키는 시대가 변하면 도덕도 변하며 현대에는 현대의 도덕이 존재한다고 주장했다. 옛날의 도덕, 유신 전의 도덕은 "일종의 완전한 이상적인 유형을 만들어 그 유형을 표준으로 삼는 것으로서, 우리의 노력 여하에 따라 실현될 수 있는 것으로 제시된 것"으로 "모범적이고 비난할 여지가 없는 충신, 효자, 정조 곧은 여인"을 내세워서 그와 같은 모범적인 인간이 될 것을 요구했다. 그러나 과학적인 정신이 발달한 현대에서는 이 같은 요구는 무리다. 그러한 '충신, 효자, 정조 곧은 여인'은 실제로 존재하지 않는다. 소세키는 그들도 한편으로는 "매우 의심스러운 결점을 지니고 있"다고 지적하고 "옛날의 도덕, 즉 충忠·효孝·정貞이라는 글자를 음미해보면 당시의 사회 제도에서 절대 권력을 지니고 있던 어느 한 에게만 특별히 유리한 권리를 나눠준 것에 지나지 않습니다"고 토로하고 있다.

옛날 사람들은 훌륭하지도 않은데도 훌륭한 척 행동하기도 하고 억지로 태연한 체하기도 했지만 지금 청년은 자신의 약점을 솔직하게 고백하고 대수롭게 여기지 않는다. 로맨틱 이상을 기치로 내건 옛날의 인간은 오히려 정직이라는 관점에서는 부도덕한 죄를 범하고 있다. 소세키는 명치 이전의 도덕을 '로맨틱 도덕', 명치 이후의 도덕을 '내추럴리스틱 도덕'이라 칭하고 모든 사람이 직업에 종사하며 주야로 의식주를 위해 분발해야 하는 현대에 와서는 "경세이민, 인의자비의 정신은 점점 자가생계의 궁리와 양립하게 어렵게" 되어 개인주의의 입장에 선 도덕이 필요하게 된다고 규정했다.

이들 강연은 한창 더울 때 냉방시설도 없이 여러 사람이 모인 만원 강연장에서 마이크도 없이 연일 계속되었기 때문에 대환 후 1년이 경과한 소세키에게는 대단한 고통이었다. 오사카에서 〈문예와 도덕〉을 강연한 뒤 위궤양이 재발, 그는 여행지에서 1개월이나 입원 생활을 해야 했다. 소세키가 그러한 노고를 감수하고 지금까지 경험한 적이 없는 일반 시민 대상의 연속 강연을 행한 것은 사회의 책임자인 시민에 대한 깊은 관심 때문이었다.

이 시대는 대역사건을 계기로 언론에 대한 탄압이 강화되었고 영원히 '만세일계'의 천황을 강조한 복고적 국가주의 사상으로 국민을 지배하려는 경향이 강해진 시대였다. 소세키는 이 시대의 풍조를 직접 비판할 수는 없었지만 우회적인 일반론을 전개하면서 시민 생활의 필요에 의거한 사회 개혁을 설파하며 시민의 자각을 요구했던 것이다.

"인간의 역사는 오늘의 불만족을 다음날은 만족하도록 개조하고 다음날의 불평을 또 그 다음날 누그러뜨리며 오늘까지 이어져왔으니"(〈문예와 도덕〉)라고 소세키는 말한다. 소세키의 사상은 이상사회의 목표를 내걸고 돌진하는 혁명적인 형태는 아니었다. 이데올로기적인 혁명 사상은 한창 전성기 때라면 '개량주의'라거나 '수정주의'라는 이름 아래 일축된 사상이다. 그러나 소세키는 그러한 이데올로기주의를 '외발적 개화'라거나 형식적 관념론으로 비판했던 것이다. 소세키가 주장한 '내발적 개화'는 그와 같은 구체적인 개혁, 개량의 축적에 의해서 실현된 '진보'였다.

소세키는 자기본위와 내발적 개화를 추구했다. 그러나 그것을 관념적으로 주장한 것이 아니라 그것을 방해하는 사회의 현실을 규명하고 외발적 개화를 어쩔 수 없이 수용하는 일본 사회의 특질에 바싹 다가선 것이다. 따라서 강연에서는 문학의 문제가 문화의 문제, 사회의 문제, 도덕의 문제와 상호 관련되어 입체적으로 논의가 전개된다. 결국 그것은 인간의 문제, 현대를 사는 '보통 인간'의 생활 문제, 또한 그 자각의 문제였다.

이 관서 강연 후 오사카의 병원에 입원해 있던 중에 중국에서 신해혁명이 일어나 신문 지면은 온통 이 문제로 들썩였다. 다음 해 명치 천황이 죽자 이때도 연일 지면은 관계 기사로 꽉 메워져 천황 예찬과 복고적 천황주의의 풍조가 일본 전체를 뒤덮었다. 이러한 상황 속에서 앞에서 기술한 네 강연에 아사히신문사 입사 직후의 강연 〈문예의 철학적 기초〉와 〈창작가의 태도〉가 함께 묶인 강연집 《사회와 자신社會と自分》이 간행되었다. 명치 천황이 죽은 다음 해인 1913년 2월의 일이다.

신해혁명에서 일본 사회도 위태롭다고 생각한 소세키는 명치 천황의 죽음을 계기로 한층 현저해진 반동화反動化의 풍조에 위기감을 실감했다. '사회와 자신'이라고 하는 책 제목에도 사회에 대한 소세키의 깊은 뜻이 담겨져 있다.

4. 〈나의 개인주의〉

학습원의 학생들 앞에서 〈나의 개인주의〉를 강연한 것도 이러한 깊은 뜻이 있었기 때문이다. 학습원은 황족皇族, 화족華族, 그 밖의 상류 계급의 자제가 배우는 학교였다. 소세키는 그들이 머잖아 일본의 지배 계급이 될 청년들임을 의식하고 권력과 금력에 대해서, 특히 그것을 소유하는 자의 책임에 대해서 훈계하고, 그 남용을 엄하게 경고했다.

권력은 "자신의 개성을 타인의 머리 위에 무리하게 강요하는 도구"이고 금력은 "개성을 확장하기 위해 다른 사람을 유혹하는 도구로 사용할 수 있는 지극히 유용한 것"이다. 특히 금전은 "인간의 정신을 사는 수단"이 되며 "그 사람의 혼을 추락시키는 도구"가 되니까 염려스럽다. 자기본위를 설명하고 개인주의 입장을 공언한 소세키가 자유를 수반한 의무와 타인의 개성과 자유의 존중을 강조한 것은 개인주의에 대한 세상의 오해를 고려해서였지만 한편으로는 청중인 학습원의 학생들 입장을 생각했기 때문이다.

당시 일본에서 개인주의는 악이라고 비난받았지만 권력자의 횡포에 대해서는 관용적이었고 개인의 자유와 권리를 억압하는 국가주의가 찬미되었었다. 이러한 시대에 저항해서 금력과 권력의 횡포를 가차없이 비판하고 개인주의를 주장한 것은 이 시점에서 보건대 생각할 수 있는 것 이상으로 대단한 일이었다. 특히 국가주의를 공공연히 비판한 것의 의미는 대단하다.

이 강연을 허락한 직후 1차 세계대전이 일어나 일본은 영국의 동맹국임을 이유로 독일이 지배하고 있던 산둥성에 공격해 들어가 청도青島를 점령했다. 학습원에서의 강연 날짜는 11월 25일이었지만 청도 점령은 11월 7일이었고 8일에는 제등행렬, 16일에는 입성식入城式이 거행됐다. 신문은 전쟁 일색으로 독일 군국주의를 찬미하는 경향도 고조됐고 국민은 청도 점령에 열광했다.

세계대전이 발발하자 독일은 중립국 벨기에를 침입하고 벨기에를 거쳐 프랑스를 공격했는데, 일본은 독일의 중국에 대한 권익을 탈취하려 한 것이다. 전쟁에 고무되어 전쟁에 의한 국가 발전이 찬미되던 그때에 〈나의 개인주의〉에서 소세키는 국가주의를 비판했다. "개인주의 요소를 유린하지 않으면 국가가 망할 것처럼 주창하는 자"도 적지 않지만 그런 터무니없는 얘기가 어디에 있겠는가? 일본이 타국으로부터 침략당하는 경우가 있다면 국가를 위해 일어서는 것은 당연하지만 "국가가 강해서 전쟁에 대한 우려가 적고 외부에서 침략을 당할 염려가 없으면 없을수록 국가적 관념이 희박해지는 것은 당연"하다고 서술했다.

지금 국가를 강조하며 국민에게 희생을 요구하는 것은 "화재가 끝나도 아직 방화용 쓰개가 필요하다고 말하며 쓸모도 없는데 답답해하는" 것과 마찬가지라고 소세키는 지적했다. 그것이 침략 전쟁을 정당화하고 국민을 전쟁에 동원하기 위한 목적임을 간파하고 있었던 것이다. 또한 그는 "국가를 표준으로 하는 이상, 국가를 한 단체로 보는 이상, 정말이지 저급한 도덕에 만족하고 태연하게 있어야" 한다고 보고 "덕의심 높은 개인주의에 중점을 두는 편이 나에게는 아무리 생각해도 당연하게 느껴집니다"라고 덧붙였다. 〈나의 개인주의〉

에서는 "자기 개성의 발전을 완수하고자 생각한다면 동시에 타인의 개성도 존중해야 한다"는 점이 강조되지만 이것은 자기 권력을 사용하는 자는 그에 수반하는 의무를 이행해야 한다는 의미와 함께 대국의 폭력을 경계하고 상호 상대국의 주권과 문화를 존중해야 한다는 뜻을 내포한 표현이었다. 동시에 그것은 독일이나 일본의 무법적인 형태를 비판하는 의미이기도 했던 것이다.

이 강연의 모두冒頭에서 소세키는 '오래 지속된 불쾌한 어두운 기분'에 대해서 말하고 있는데, 이 우울함의 원인 중 하나가 세계대전 발발 후의 세계 정세 때문이었음은 부인할 수 없다. 청년 시절의 소세키는 이와 같은 불안과 우울함을 자기본위의 입장을 확립하여 탈출했다. 소세키는 이 경험을 들려주고 상기시키며 권력과 금력의 횡포와 국가주의의 부조리를 비판, 개인주의의 입장을 확실히 표명하고 공공연히 선언함으로써 이 어두운 기분에서 탈출한 것이다.

개전 당시에는 단기간에 끝나리라고 생각하고 있었는데 전쟁은 4년 이상이나 계속되어 상상을 초월한 큰 피해를 초래했다. 소세키는 그 결말을 보지 못하고 생을 마쳤지만 그해 초 이에 대한 날카로운 비판을 잊지 않았다.《점두록》에서는 전쟁의 비참함과 무의미함과 군국주의를 논하며 독일의 군국주의를 낳은 트라이치케의 사상을 해부, 정치와 사상, 문학에 대해 조명했다. 이 연재 에세이는 소세키가 최후에 남기고 싶었던 평화의 메시지였으며 무샤노코지 사네아쓰武者小路實篤, 시가 나오야志賀直哉, 아쿠타카와 류노스케芥川龍之介 등 젊은 작가들에게 커다란 영향을 주었다.

5. 《점두록》

소세키는 1916년 12월 9일 50세의 나이로《명암》을 집필하던 중 죽음을 맞이했다. 1차 세계대전 중의 일이며 또한 러시아 혁명 전야의 일이었다. 많은 병에 시달리며 여명의 한계를 자각하고 있던 소세키는 이 생애 최후의 해 연두에《점두록》을 발표했다.《점두록》은 1916년 1월《아사히신문》에 연재되었다. 12월의 죽음을 앞두고 소세키는 글의 첫머리에 '또 정초가 왔다'고 쓰고 생애를 돌아다보며 수명이 1년 늘었으니 "나는 되도록 여생이 남아 있는 한 최선을 다해 이를 이용하고 싶다고 다짐하고 있다"고 서술한 뒤 군국주의와 트라이치케에 대해서 논했다. 트라이치케는 군국주의 사상을 탄생시킨 독일의 사상가이다.

"저 탄환과 저 화약과 저 독가스와 그리고 저 육탄과 선혈 등이 우리 인류의 미래의 운명에 어느 정도 공헌하고 있는 것인가?" 소세키의 관심은 "독일과 영국, 프랑스 중 어느 쪽이 이기는가"보다도 "독일이 대표하는 군국주의가 다년간 영국과 프랑스에서 배양된 개인의 자유를 완전히 파괴할 것인가"에 있었다. 그러나 전쟁은 자유주의를 표방한 영국, 프랑스도 군국주의화하지 않고서는 해결되지 않았으므로 어느 쪽이 이겨도 마찬가지 일이 돼버렸다.

이 전쟁은 인류가 처음으로 경험하는 대규모의 대량 살상 전쟁이었다. 그렇지만 그것을 "인도人道를 위한 전쟁이라고도 신앙을 위한 전쟁이라고도 혹은 의의 있는 문명을 위한 충돌이라고도 간주"할 수 없었던 소세키는 이 '포화의 울림'을 단지 '군국주의의 발현'으로 생각할 수밖에 없었던 것이다. "다년간 영국과 프랑스에서 배양된 개인의 자유"사상은 군국주의에 패배했다. 그리고 전쟁에서 승리만을 노린 군국주의는 문명에 아무런 이득을 안겨주지 않았다. 결국 이 대전쟁이 초래한 결과는 '군국주의의 승리'라는 사실뿐, 이 군국주의는 앞으로 매우 장기간에 걸쳐 세계를 지배할 것이라고 소세키는 지적하고, "이 시대착오적 정신이 자유와 평화를 사랑하는 그들에게 이처럼 커다란 영향을 끼친 점을 한탄한다"고 진술했다.

트라이치케의 사상은 '어떠한 희생을 치르더라도 이겨라'라고 하는 것이었다. "인의박애는 입으로 말할 수는 있어도 정치적으로 행할 사항은 아니라고 믿었다"라고 믿고 모든 인도적 혹은 자유주의 운동에 반대했다.

이를 비판하여 소세키는 "개인의 경우라도 오직 싸움에 강하다는 것은 자랑이 되지 않는다. 공연히 남을 해칠 뿐이다. 국가와 국가 사이도 마찬가지로 단지 승리할 가망이 있다고 해서 함부로 무력을 사용해서는 주변이 피해를 입을 뿐이다. 문명을 파괴하는 것 외에 어떤 효과도 없다"고 단언했다.

〈나의 개인주의〉에서 소세키는 "국가적 도덕이라는 형태가 개인적 도덕에 비해 훨씬 등급이 낮은 것처럼 보인다", "사기를 치고 속임수를 쓰고 엉망진창입니다"고 진술하고 있다. 이는 중립을 무시, 벨기에를 침입하고 프랑스를 공격해 들어간 독일의 무법성을 지적한 부분이라고 생각하는 것이 보통이지만 동시에 영일 동맹을 이유로 청도를 공략하여 방대한 권익을 탈취하려고 한 일본의 무법성도 지적한 것이라고 생각된다.

뿐만 아니라 일본에서는 이를 계기로 군사력의 증강이 도모되었고 국가주의 도덕의 진흥이 강조되었다. 만년의 소세키는 심한 병에 시달리며 여명이 얼마 남지 않은 것을 자각하면서 한편으론 인류가 일찍이 경험한 적이 없는 대량 파괴, 대량 살육의 세계전쟁의 현실을 주시하고 이 혹독한 현실과 대치, 현대를 사는 인간의 가능성을 계속 탐색했던 것이다.

이해에 소세키는 《명암》을 집필하는데 결국 그의 죽음으로 완성되지 못한 이 작품의 근저에는 '어떻게 해서 군국주의의 지배를 극복할 것인가'하는 문제가 내재되어 있다. 《점두록》에서 국가 간의 관계를 씨름판 위에서 정면으로 대결하는 씨름에 비유한 소세키는《명암》에서는 부부의 관계를 거기에 비유해 '사랑의 전쟁'이라는 용어를 사용했다.

부부가 만일 항상 상대를 점령하고 지배하려 한다면 그것은 전쟁과 마찬가지 행위이다. 그러나 강한 자아의식에 사로잡힌 근대의 부부는 이와 같은 '사랑과 전쟁'을 피할 수 없는 것이다. 그것은 인간의 자연적 속성일지도 모르는데 두 사람의 관계에 황폐와 파탄을 초래한다는 점에서 보면 불행한 일이다. 상대의 개성을 서로 인정하면서 새로운 사랑을 실현할 가능성은 없는가?

언제나 상대를 제압하려 하는 군국주의는 내셔널리즘의 자연적 귀결일지도 모르지만 그것은 무서운 희생과 파멸, 문명의 황폐를 야기한다. 죽음에 이르기까지 새로운 사랑의 가능성을 계속 추구하던 소세키는 인류에게 파멸을 초래한 군국주의의 행방을 주시, 그것을 헤쳐나가는 인간 본연의 자세를 모색하고 있었던 것이다.

6. 새로운 미래를 위하여

이 책은《문학론》서〉부터 관서 지방에서의 강연을 거쳐 〈나의 개인주의〉,《점두록》에 이르는 소세키의 강연과 평론

을 모은 것으로 소세키가 어떻게 사회와 관계를 맺고, '자기'
를 짓밟히고 사는 생활자의 입장에서 '자기본위'의 생활 방
식을 찾아 추구해왔는지를 규명하고 있다.

특히 이 책이《점두록》을 수록한 것을 기쁘게 생각한다.
일본에서는 문고본 등에 수록되어 있지 않아서 일반 독자가
간편하게 읽는 것은 어려운 일이다. 죽음의 해의 연초에 정
성을 들여 쓴 이 평론을 나는 소세키의 저작 중에서 가장 중
시할 작품의 하나라고 생각하고 있다. 그것이 지금까지 일반
독자에게 경원되어온 사실에서 지금까지의 일본 내 소세키
연구 수준을 가늠해볼 수 있다. 소세키의 사회에 대한 깊은
관심, 시대와 함께 살아온 관계를 무시하고 저마다 편의에
맞는 소세키 像을 만들어 정립해온 것이다.

대역사건 이후의 소세키는 이 정도의 열정으로 보통 생활
자인 청중을 향해 일본 사회의 모순을 해명하고 현대를 사
는 인간의 생활 방식=도덕을 역설했다. 세계전쟁의 소용돌
이 속에서는 이 전쟁의 가혹한 현실을 직시, 권력과 금력에
의한 인간 지배의 현실에 맞서 전쟁과 결부되는 국가주의 도
덕의 강압을 비판하고 개인주의 도덕을 공공연히 주장했다.
지금까지 소세키론의 상당수는 이 소세키의 사회성과 전투
성을 간과하고 있다. 초기 소세키의 사회성과 전투성은 시인
해도 만년의 소세키는 그것을 잃었다고 보는 것이 보통이다.
이 책은 그와 같은 상식을 사실을 통해 전복시킬 것이다. 나

는 이와 같은 번역서가 지금 한국에서 간행되는 것을 기쁘게 생각한다. 한국도 일본과 마찬가지로 압도적인 서양 문화의 조류에 밀려 있는 상태로 정치적, 문화적 독립을 위한 노력이 요구되고 있다. 한국에는 일본에게 점령당해 식민지 지배를 받은 고난의 역사가 존재하고 있고 그 때문에 일본의 경우보다도 소세키의 호소가 수용되기 쉬울지도 모르겠다.

일본의 경우 아시아 제국을 침략하고 제국주의적 발전의 행보를 계속하며 일등국이 되었다고 자만하는 경향이 강했다. 전쟁 후에도 미국에 전면적으로 종속되어 있으면서 세계 제2의 경제 대국이 되어 자국의 정치적, 문화적 식민지화의 현실에 눈을 뜨지 못했고, 이러한 경향을 비판하는 소세키의 언어는 이해되기 어려운 상황이었다.

그건 그렇고 이제까지의 전쟁과는 상이한 전쟁이 확대되어 서양 문명의 모순이 노골적으로 드러나기 시작한 지금 서양으로부터 자립하고, 새로운 아시아 시대를 개척해야 할 과제가 현실의 문제가 된 시대에 소세키의 정신이 한국에서 새롭게 되살아나는 것은 의미 깊은 일이라고 생각한다. 나는 이 책이 한일 양국의 새로운 미래를 여는 공통 정신의 기반을 형성하는 데 도움이 되기를 간절히 바라고 있다.

이즈 도시히코伊豆利彦, 요코하마 시립대학 명예교수

1   트라이치케Heinrich von Treitsclike(1834~1896)는 독일의 정치평
    론가이자 역사가이다. 본 대학과 라이프치히 대학에서 학습한 후
    1863년 프라이부르크 대학 교수가 되었다. 프로이센을 중심으로
    하는 독일 국민 국가 건설을 외치다가 1866년 프로이센 오스트리
    아 전쟁이 일어나자 베를린으로 가서 비스마르크에게 협력했다. 국
    가주의적 관점에 입각한 그의 사상과 평론은 사회에 큰 영향을 끼
    쳤다.

2   도요토미 히데요시(豊臣秀吉, 1536~1598)는 일본의 전형적인 무인
    이다. 오다 노부나가織田信長 아래서 요직을 맡아 활약하다 오다 노
    부나가가 죽자 그의 원수를 갚고 일본을 통일했다. 그러나 한반도
    노략질을 일삼다가 결국은 임진왜란을 일으켜 대군을 이끌고 한반
    도를 침략했다.

3   구스노키 마사시게(楠木正成, 1294~1336)는 남북조南北朝 시기의
    무장이다. 가마쿠라막부鎌倉幕府를 무너뜨린 주역이며 건무신막부
    建武新幕府 정부를 세우는 데 일등 공신 역할을 했다.

4   나쓰메 소세키夏目漱石는 1896년 구마모토 제5고등학교(현 구마모
    토 대학) 영어과에 위탁 교원으로 부임, 같은 해 7월 교수로 승격되
    어 근무하다가 1900년 5월 문부성으로부터 유학 명령을 받았다.

5   소세키는 1900년 9월 8일 독일 기선 프로이센호를 타고 요코하마를 출항, 도중에 프랑스 파리에서 1주간 체재하며 만국 박람회를 본 뒤 10월 28일 저녁 런던에 도착했다.

6   가쿠베角兵衛는 사자 머리를 잘 만드는 명공의 이름이고 가쿠베사자角兵衛獅子는 가쿠베가 만든 사자탈을 뜻하는데 여기에서는 어린 애가 작은 사자탈을 쓰고 물구나무로 걷는 등 재주를 부리는 행위를 일컫는다.

7   소세키는 1900년 11월 하순부터 1901년 10월까지 셰익스피어 연구가 크레이그W. J. Craig 박사 사택에 다니면서 1년간 개인 교습을 받았다.

8   좌국사한左國史漢은 《춘추좌씨전春秋左氏傳》, 《국어國語》, 《사기史記》, 《한서漢書》를 지칭한다. 당시 일본에서는 이것이 문장가들의 필독서로 알려져 있었다.

9   소세키는 1902년 초부터 《문학론文學論》을 정리하기 시작해 상당한 진전을 보나 그해 가을부터 극도의 신경쇠약 때문에 괴로움을 겪었다. 다른 유학생을 통해 일본에도 그 소식이 알려지게 되고 결국 일본 문부성의 명령으로 12월 5일 런던을 출발, 다음 해 1월 고베 항에 도착했다.

10 나카가와 요시타로는 소세키의 문하생으로 도쿄대학 영문과 재학 중에 소세키의 강의를 수강했고 1906년에 졸업했다.

11 《양허집漾虛集》은 1906년 5월 오구라大倉 서점에서 간행되었는데, 〈런던탑倫敦塔〉, 〈칼라일 박물관カーライル博物館〉, 〈환영의 방패幻影の盾〉, 〈하룻밤一夜〉, 〈해로행薤露行〉, 〈취미의 유전趣味の遺傳〉이 수록되어 있다.

12 《메추라기 새장鶉籠》은 1907년 1월에 춘양당春陽堂에서 간행되었다. 《도련님坊っちゃん》, 《풀베개草枕》, 《210일二百十日》이 수록되어

있다.

13 학습원은 현재 일본 도쿄의 학습원 대학을 가리킨다.

14 본명은 오카다 마사유키岡田正之로 당시 학습원 교수였다.

15 1914년 9월 초 위궤양이 네 번째로 재발하여 소세키는 자택에서 요양하며 약 한 달 동안 병상에 누워 있었다.

16 현 도쿄도東京都 메구로구目黒區 부근이다.

17 본명은 오오모리 긴고로(大森金五郎, 1867~1936)로 당시 학습원 교수였다. 소세키와 같은 해(1867년)에 태어났다.

18 나쓰메 소세키는 메이시 26년(1893) 학습원 영어 교사 채용에 도전, 시게미 슈키치重見周吉와 겨루게 되었는데 결국 그에게 못 미쳐 낙방하고 시게미 슈키치가 채용되었다.

19 구하라(久原, 1855~1919)는 도쿄대학 이학부 화학과를 제1회로 졸업하고 미국의 존스 홉킨스 대학에 유학한 후 귀국, 도쿄대학 교수와 제일고등중학교 교장을 거쳐 교토 제국대학 교수와 총장을 역임한 인물로 본명은 구하라 미쓰루久原躬弦다.

20 소세키는 1895년 초 요코하마의 영자신문 〈저팬 메일Japan mail〉 기자를 지망했지만 채용되지 못하고 그해 4월, 에히매현愛媛懸에 있는 마쓰야마 중학교에 영어 교사로 부임했다.

21 '붉은 셔츠'는 문학사 출신의 중학교 교감이지만 동료 교사의 약혼자 '마돈나'에게 접근하는 등 교장과 함께 표면상 내세우는 평소 언행과는 달리 표리부동한 전형적인 부패한 인물이다.

22 딕슨James Main Dixion(1856~1933)은 영국의 철학자겸 문학자로 당시 도쿄대학에서 영어·영문학을 강의했다.

23 폴리오Folio는 4페이지 분에 해당하는 2절판의 책이다.

24 소세키는 1892년 도쿄대학 재학 중에 도쿄 전문대학 강사로 출강하다가 27세인 1893년 7월에 도쿄대학 문과대학 영문과를 졸업

하고 같은 대학원에 진학하는 한편 10월에 도쿄 고등사범학교에 출강하게 된다.

25 베르그송Henri Louis Bergson(1859~1941)은 프랑스의 철학자다. 1928년 노벨상을 수상했으며, 칸트의 독일 관념론에 대립해 프랑스 유심론을 집성한 인물로 평가받고 있다.

26 오이켄Rudolf Christoph Eucken(1846~1926)은 독일 철학자로 신이상주의를 제창하며 정신 생활의 의의를 강조했다. 1908년 노벨문학상을 받았다. 근대 문명을 비판하고 '비인간적으로 변질된 문화'의 굴레에서 인간을 해방시켜 새로운 내적인 삶, 순수한 윤리적·정신적인 활동을 추구했다.

27 소세키는 귀국 3개월 후인 1903년 4월, 연봉 700엔에 도쿄 제일고등학교 강사로 취직했다.

28 도쿄 제일고등학교뿐만 아니라 연봉 800엔으로 도쿄 제국대학 영문과 강사를 겸임했는데 '18세기 영문학 형식론'과 '문학론' 등을 강의했다.

29 1904년 9월부터는 월급 30엔을 받으며 메이지 대학에도 출강했다.

30 학습원은 처음에는 조정과 관계된 사람들을 위한 학습소로 교토에 설립되었는데, 메이지 10년(1877년) 도쿄에서 귀족 학교로 재건된 뒤 대학으로 발족하여 오늘에 이르렀다. 현재와 달리 당시에는 황족과 귀족 자녀의 양성소로 유명했다.

31 넬슨Horatio Nelson(1758~1805)은 영국 제독이다. 12세에 해군에 입대, 20세에 함장이 되었다. 프랑스 혁명 전쟁과 나폴레옹 전쟁에 참전해, 1794년에 오른쪽 눈을 실명하고 1797년에는 오른팔을 잃었다. 1798년에는 나일 강 하구에서 나폴레옹의 프랑스 함대를 격파, '나일 강의 남작'이라는 칭호를 얻었다. 결국 "나는 나의 임무를 다했노라"라는 명언을 남기고 빅토리아호에서 전사했다.

32 일본에서는 메이지 시대 초기가 지난 뒤부터 민간의 근대 산업이 부흥, 기업이 나타나기 시작했는데 소세키가 학습원에서 연설하던 무렵인 1910년대에는 미쓰이나 이와자키 등의 재벌 산업체가 눈부실 정도로 발전했다.

33 미야케 세츠레이(三宅雪嶺, 1860~1945)는 평론가이자 저널리스트였다. 1884년에는 〈자유신문自由新聞〉기자로서 사회 문제에 각별한 관심을 보였고 1904년에는 러일 전쟁을 관전, 저널리스트로 활약했다.

34 미야케 세츠레이를 중심으로 한 국수주의적 평론지로 처음에는 《일본인日本人》이었으나 1907년에 《일본 및 일본인日本及び日本人》으로 제호를 바꿨다.

35 기노시타 히로지(木下廣次, 1851~1910)는 1851년 구마모토에서 태어난 법학자이자 교육자로 도쿄 제일고등학교 교장을 거쳐 교토 제국대학 초대학장을 역임한다.

36 본명은 마키 간지로牧巻次郎이며 당시 오사카 〈아사히신문〉 통신과장 겸 논설 기자였다.

37 긴키 지방의 남부에 있는 중심 도시로 중화학 공업과 경공업이 발달해 있으며 주위에 관광 자원도 풍부하다. '현대 일본의 개화'라는 강연은 당시 와카야마 시의 현의회의사당으로 건설된 일승각一乘閣에서 행해졌다.

38 오사카부大阪府, 교토부京都府, 나라현奈良懸, 효고현兵庫懸, 시가현滋賀懸, 와카야마현和山懸을 포함하는 지역으로 관서關西 지방이라고도 부른다.

39 소세키는 1911년 8월 오사카 《아사히신문》 주최 강연회의 강사로 초청받아 관서지방을 돌며 순회강연을 하게 되는데 와카야마에는 14일에 도착, 15일에 강연했다.

40 다마츠시마 신사는 와카야마 시에 있는 신사로 예부터 와카和歌의
   신을 숭배했고 하이쿠俳句를 새긴 가비歌碑도 세워져 있다. 와카는
   장가長歌, 단가短歌, 세도카旋頭歌 등을 포함한 일본 고유 형식의 시
   가를 통틀어 부르는 말이다.

41 기미이사는 와카야마 시에 있는 절인데 기주紀州의 세 개의 우물이
   라는 뜻에서 기미이데라紀三井寺라는 이름이 붙었다고 알려져 있으
   며 지금도 경내에는 세 개의 우물에서 맑은 청수淸水가 솟아오르고
   있다. 유명한 관광지로서 벚꽃이 아름다운 경내에서 와카의 포구도
   바라볼 수 있어 관광객의 발길이 끊이지 않는 곳이다.

42 와카和歌의 포구는 와카야마 시 서남부에 위치한 역사와 전통을 자
   랑하는 관광지다. 와카야마를 대표하는 곳으로 예부터 가인들이 이
   곳을 노래했으며 에도 시대 때에 도쿠가와가에서 중국의 정원을 모
   방하여 동조궁東照宮, 불로교不老橋) 관해각觀海閣 등을 건설했다.

43 '권현'은 원래 사람들을 구하기 위해 부처나 보살이 일본의 신으로
   모습을 바꾸어서 나타남을 일컫는데, 도쿠가와 이에야스의 사후의
   높임말이기도 하다. 와카의 포구에는 도쿠가와 이에야스의 사후를
   기리는 신사[東照宮]가 있다.

44 1904년 담배전매제도가 발족, 담배전매국에서 계속 신제품을 내놓
   았다. 그중 시키시마敷島는 8전에 판매되었는데 제법 인기를 끌었
   다.

45 에도 도쿠가와 막부는 봉건 지배에 방해가 되는 기독교를 금지했을
   뿐만 아니라 서일본의 영주가 무역을 통해 세력을 넓히는 것을 막
   고 무역 이익을 독점하기 위해 쇄국 정책을 폈다. 1630년 중반부터
   허가증 없는 국내 선박의 해외 출항과 재외 일본인의 귀국을 거부
   하고 네덜란드와 중국 외의 외국 선박 입항도 불허했다. 유일한 무
   역항은 나가사키의 데지마出島로 한정되는데 이 정책은 1852년 미

국의 페리 함대가 내방할 때까지 200년 이상 지속되었다.

46 메이지 유신과 함께 메이지 신정부가 들어선 후 일본은 급격하게 변하기 시작했다. 무엇보다 문명개화의 흐름 속에서 열강의 서양 제국과 나란히 어깨를 견줄 목적으로 무리하게 사회 전반에 메스를 가하며 신장을 도모했다. 소세키는 이러한 부자연스러움을 지적하고 있다.

47 러일 전쟁은 1904년 1월 일본의 함대가 갑자기 뤼순 항의 러시아 함대를 기습 공격하면서 시작되었는데 식민지 분할을 위해서 러일 간에 세력 다툼을 벌인 전쟁이나. 나시 밀하면 한빈도의 만주틀 지 배하기 위해 러시아와 일본이 제국주의적 근성을 보여준 전쟁이다. 미국과 영국은 자국의 이권을 위해 일본을 지원하고 프랑스는 러시아를 지원했다. 안타깝게도 이 전쟁으로 한반도는 이들 국가들의 인정하에 일본의 식민지가 된다.

48 영일동맹은 영국과 일본이 러시아의 동진 정책에 대항하며 동아시아의 이권을 차지하려고 체결한 조약이다. 1902년 1월 런던에서 조인된 1차 동맹에서는 전쟁시 방어를 우선으로 하고 중립을 지킨다는 내용을 토대로 체결하나 1905년 2차 동맹에서는 인도에 대한 영국의 권리와 한반도에 대한 일본의 권리를 상호 인정하는 제국주의적 내용을 담고 있다.

49 천구天狗는 하늘을 자유로이 날고 깊은 산에 살며 신통력이 있다는, 얼굴이 붉고 코가 높은 상상의 괴물이다.

50 모파상의 소설 《모델Le modèle》(1883)을 가리킨다.

51 러일 전쟁을 말한다.

52 사카이堺는 오사카부大阪府의 중앙에 위치한 거점 도시이며 문화, 경제가 발달되어 있는 곳으로 알려져 있다. 중세 자유 도시를 형성했던 중심 지역이라서 지금도 옛날 마을 분위기를 느낄 수 있다.

53 이 강연은 1911년 8월 17일 사카이 시 고등여학교 강당에서 행해
    졌는데 소세키의 강연에 앞서 그의 제자 다카하라 카이도高原蟹堂가
    〈사할린 기담樺太奇談〉이란 제목으로 강연했다.

54 소세키는 1892년(메이지 25년) 도쿄 제국대학 영문과 재학 시절 친
    구 마사오카 시키正岡子規와 여러 곳을 여행했는데 그때 사카이도
    방문했다.

55 이때는 1911년으로 소세키가 45세 되던 해다.

56 묘코쿠사妙國寺는 사카이 시에 있는 1562년에 창건된 절이다. 경내
    의 대소철大蘇鐵) 국가가 지정한 천연 기념물이다.

57 메이지 시대 때 의리와 인정을 주제로 한 노래로 시대를 풍미한 창
    의 대가이며 본명은 도츄켄 구모에몬桃中軒雲右衛門이다. 여기에서
    는 그의 공연을 알리는 선전 행위를 소세키가 비유적으로 표현하고
    있다.

58 히타치야마常陸山는 1899년부터 1914년까지 정식 씨름 경기에 출
    전하여 서른두 곳에서 통산 전적 150승 15패를 기록해 명성을 떨친
    씨름 천하장사이다.

59 벤케이辨慶는 일본의 전설적 무장 겸 씨름 영웅이다. 일본 각지에
    서는 그에 관한 기념 행사를 하기도 하고 동상을 세우기도 하며 그
    를 기린다. 그가 실존 인물인지 아닌지는 판명되지 않고 있다. 북해
    도의 슷쯔壽都에는 그의 씨름 동상과 공원이 있어 관광지로 유명하
    고 그 근처 도로변에는 그의 석비石碑도 세워져 있는데 한참 연습을
    하다가 상처를 입었을 때 흘린 피가 바위에 빨갛게 물들어버렸다는
    전설 또한 구전되어 내려오고 있다.

60 강목팔목岡目八目은 당사자보다는 제3자가 오히려 사물의 시비, 득
    실을 더 잘 알 수 있다는 의미다. 원래는 바둑에서 대국자보다 곁에
    서 보는 사람이 여덟 수 앞을 내다볼 수 있다는 뜻에서 유래된 말이

다.

61 실제로 일본군은 치밀한 계획 아래 1904년 5월 초 압록강을 건너 구연성과 봉황성을 함락시키고 랴오양遼陽으로 향하는데 여기서 13만여 명의 군대로 러시아의 22만 군대를 물리쳤다.

62 요코쿠謠曲는 일본의 가면 음악극인 노가쿠能樂의 대본에 가락을 붙여 부르는 노래나 그 대본이다.

63 도코노마는 일본식 방의 상좌上座에 바닥을 한층 높게 해서는 벽에 족자를 걸고 바닥에 꽃꽂이나 장식물을 놓아 꾸며놓은 곳이다.

64 소세키는 1911년 8월 18일 오사카 시 공회당에서 강연했다.

65 에도 시대, 즉 도쿠가와德川가 일본을 통치하던 때의 일로 1603년에서 1868년까지의 도덕 형태다. 에도 막부는 소수의 무가 집단을 지배 계층으로, 다수의 백성과 서민을 피지배 계층으로 분리하여 이중 구조의 사회 형태를 유지해가는데 백성의 신분 이동을 금지하고 학문, 특히 유교를 장려하며 무사도 정신, 도덕, 윤리 등을 통치 이념으로 삼았다.

66 53차는 동해도오십삼차東海道五十三次의 준말이다. 에도 시대의 5가도街道의 하나로 에도에서 교토에 이르는 해안선인 도카이도東海道의 곳곳에 있었던 53개의 역을 말한다.

67 에도 시대는 도쿠가와를 중심으로 무사가 지배하는 봉건 사회였기 때문에 계급 제도하에서 일반 시민의 신분은 사, 농, 공, 상으로 엄격하게 통제되었다. 사, 농, 공, 상 밑에도 형장의 잡역 등에 종사하는 천민 계급이 있어 차별 대우를 받았다.

68 도게자土下座는 영주나 귀인이 행차할 때 서민이 땅에 꿇어앉아 절하던 것을 말한다.

69 1868년 에도 막부가 붕괴하자 메이지 신정부는 근대 통일 국가 형성과 국가 변혁을 위해 정치, 사회, 문화, 도덕 등 사회 전반에 걸쳐

개혁을 단행했다. 소세키는 그후 44~45년이 지난 당시 시점에서 도덕의 추이를 회고하고 있다.

70 소세키가 태어난 해는 메이지 유신 바로 전 해인 1867년 게오慶應 3 년이다.

71 소세키는 15세 때인 메이지 14년(1881) 4월에 니쇼가쿠샤二松學舍라는 한학 학교에 들어가 학습했다.

72 일본에서는 모리 오가이森鷗外와 함께 서정적이고 예술적 경향을 띤 낭만주의 문학이 등장했다. 그는 1890년에 독일 유학을 소재로 한 《무희舞姬》를 발표, 근대 지식인의 자아 각성 문제를 지적하면서 일본 문단에 새로운 바람을 불어넣었다. 또한 이 무렵 기타무라 도코쿠北村透谷를 중심으로 한 잡지 〈문학계文學界〉에 의해 그 기운이 활발하게 전개되었는데 이 잡지는 1893년 1월 1호부터 1898년 58 호까지 계속 낭만주의 문학 작품을 담아 발간됐다.

73 소세키가 강연하던 1911년은 일본에서 자연주의 문학이 한창 성행하여 융성기를 맞이하고 있던 때다. 졸라나 모파상이 소개되기도 하는데 인생의 목적이 없다고 보고 모든 것을 무이상, 미해결의 대상으로 설정, 인생의 본래 모습을 그대로 조명하는 데 가치를 두고 주로 개인의 사실이나 경험을 진실하게 묘사했다.

74 낭만주의가 도덕적일 뿐만 아니라 예술적 경향을 내포하고 있다는 점은 잘 알려진 사실이다. 일본의 낭만주의도 18세기 말부터 19세기 전반까지 서양에서 전개된 주정적主情的 예술주의, 즉 서양 낭만주의의 영향을 받아 전통적 권위 타파, 진부한 질서 파괴, 자유로운 창조적 활동 신장, 범신론적인 자연관 등을 밑바탕에 깔고 있음을 부인할 수 없다.

75 예를 들면 시마자키 도손島崎藤村과 더불어 일본 자연주의 문학 운동의 선구자로 불리는 다야마 가타이田山花袋를 들 수 있다. 그는

1907년에 《이불蒲団》이라는 작품을 발표하여 문단에 큰 충격을 안
겨주었다. 이 작품은 작가 자신을 모델로 설정, 아름다운 여자 제자
에 대한 사랑의 감정을 적나라하게 폭로하고 묘사했는데 도덕적인
비난을 받음은 물론, 사회적으로 커다란 문제를 불러일으켰다.

76 천하 국가는 천하를 통일한다는 의미를 비유적으로 표현한 말이다.
당시 러일 전쟁이 일본의 승리로 끝난 상태였지만 국토를 더욱 확
장하려는 제국주의적 분위기가 사회 일반에 퍼져 있었다.

77 일본에서 근대문학사 최초로 본격적인 '이상'에 대한 논쟁이 벌어
진 것은 1890년부터이다. 여기에 관여한 쓰보우치 쇼요坪內逍遙는
셰익스피어에 의거하여 '몰이상론'을 전개했고 모리 오가이는 하르
트만의 미학에 의거하여 이상을 플라톤의 '이데아'처럼 해석하며
이에 대응했다.

78 선종에서 으뜸으로 여기는 대승 불교의 초기 경전인 《금강경金剛
經》에는 "과거심불가득過去心不可得"이라는 구절이 나온다. 직역하
면 과거의 마음을 얻을 수 없다는 뜻이나 과거는 이미 지나간 것으
로 붙잡을 수 없으므로 불가사의하다고 해석할 수 있다.

79 조주화상趙州和尙은 산둥성山東省 조주曹州 출신으로 남천南泉의 제
자다. 대중의 청을 받들어 하북성河北省 조주趙州 관음원觀音院으로
가서 오랫동안 깨우침에 정진, 조주고불趙州古佛이라고 불리게 된
다.

80 마조馬祖의 제자 139명 중 한 사람으로 본명은 남천보원南泉普願이
며 조주화상의 스승이다.

81 관음원은 중국 하북성 정정正定 근처의 조주에 있는 절이다.

82 독회讀會는 영국 의회에서 중요한 법률안을 심의하는 제도의 하나
다. 신중을 기하여 심의를 몇 단계로 나누어 행하기도 한다.

83 기싱George Robert Gissing(1857~1903)은 영국 빅토리아 여왕 시대

의 소설가이자 수필가다. 영국의 전원 풍경을 배경으로 중류 이하 빈민 계층의 생활 등 다양한 삶의 형태를 예리하게 성찰했다. 영국 자연주의의 대표 작가다.

84 프랑스의 역사가 겸 외교관이었던 바랑트Amable- Guillaume- Prosper Brugière, baron de Barante(1782~1866)로 추측된다.《소세키 전집(漱石全集)》(岩波書店, 1966), 680쪽 참조.

85 산요는 1780년에 태어나 1832년에 생을 마친 에도 말기의 한학자이자 주자학의 대가로 본명은 라이 산요賴山陽다. 히로시마로 가서 주자학을 배우고 에도로 나와 경학, 국학을 배웠다. 청년기에는 좋지 못한 소행 때문에 가족을 괴롭히기도 했지만 학문에 정진하고부터는 저작에 몰두, 많은 저서를 남겼다. 25년이 걸려 완성한 역사서《일본외사日本外史》전 22권은 과거의 역사를 토대로 일본이 나아가야 할 방향을 제시한 문헌으로 평가받는다.

86 드레스덴은 독일 남동부 작센 주의 주도州都이다. 베를린, 라이프치히에 버금가는 도시이며 상공업, 교육, 문화의 중심지로 널리 알려져 있다.

87 라이프치히는 독일 동부 라이프치히의 주도이다. 전통적으로 제본과 인쇄업이 발달한 출판 도시로 유명하며 운송 기계, 전기 공업 등도 발달했다.

88 마키아벨리Niccolò Machiavelli(1469~1527)는 르네상스 시대의 이탈리아 피렌체의 외교관이자 정치이론가다. 당시 이탈리아 군대를 바꾸자고 주장하고, 피렌체 주변의 농민으로 구성한 새로운 군대를 창설했다. 1509년 이 군대가 피렌체를 괴롭히던 피사의 반란을 진압하자 그의 명성이 높아졌다. 1513년에 완성된 그의《군주론Il principe》은 외교·군사에 대한 남다른 관심에서 비롯된 것이다.

89 괴팅겐은 독일 북부 니더작센 주에 있는 상공, 학술 도시다. 오래 전

부터 모직물 제조업으로 유명했으며 괴팅겐 대학이 들어선 후 북부 독일의 학술·문화 중심지가 되었다.

90 작센은 독일 북서부에 위치한 지방으로 양모 산업이 발달했다.

91 보불전쟁은 스페인 국왕 선출 문제에서 비롯된 프로이센의 비스마르크 정권과 프랑스 나폴레옹 3세 정권의 무력 충돌을 일컫는다. 1870년 군비가 우월한 프로이센은 독일 연방 제국의 지지를 얻어 프랑스로 쳐들어갔다. 프로이센 군대가 압도적으로 우세해, 프랑스는 독일에게 항복했다. 하지만 프로이센 군대는 계속 진격하여 파리를 포위하는데 프랑스 국민들도 완강하게 저항했다. 결국 1871년 1월 파리마저 함락되고 5월 프랑크푸르트에서 강화 조약이 체결되어 프랑스는 독일에 50억 프랑을 지불하고 알자스·로렌의 대부분을 이양했다.

92 하르트만Karl Robert Eduard Hartmann(1842~1906)은 베를린 출신의 독일 철학자다. 한때는 군인이었으나 무릎 부상을 당한 뒤 철학을 인생의 신조로 삼았다. 사회, 종교, 학술 등 다방면에 걸쳐 집필 활동을 하며 귀납적이고 자연과학적인 방법을 토대로 한 여러 종류의 독일 철학 이론을 통합, 근대 과학의 실증적 지식과의 접목을 시도했다.

93 철혈 재상은 비스마르크Otto von Bismarck(1815~1898)의 별칭이다. 비스마르크는 독일의 통일 방식에 대해 오스트리아와 협조할 것을 주장했지만 오스트리아가 프로이센을 동등하게 보지 않는다고 판단하여 결국 프로이센을 중심으로 통일 독일을 이룩하려는 결심을 굳혔다. 그리하여 총리가 된 후 '철혈 정책'을 들고 나와 군비를 증강했는데 이때부터 철혈 재상은 그의 별칭으로 통하게 되었다.

94 가이벨Emanuel von Geibel(1815~1884)은 뤼베크 출신의 독일 시인이자 극작가다. 베를린 대학을 졸업하고 시집을 발표하여 명성을

떨쳤다. 문인 집단 뮌헨 시파의 중심 역할을 하며 고전적이고 이상
주의적인 서정시를 남겼다.

95 교토의 북조北朝와 요시노吉野의 남조南朝가 대립한 남북조시대
(1336~1392)는 교토의 천황과 요시노의 천황이 동시에 존재하던
시대였는데 천황이 두 사람일 수 없다는 의식하에 어느 쪽이 정통
성이 있는가를 따졌던 논쟁이 남북조정윤南北朝正閏 논쟁이다.

96 1917년 2월 20일 문부성으로부터 문학박사 수여 통지를 받으나 뜻
이 있어 이를 사퇴했다.

97 《소세키 전집》, 307쪽.

98 《소세키 전집》, 308쪽.

99 《소세키 전집》, 311쪽.

일본 근대 문학사에서 중요하게 인식되는 삭가는 많나. 그렇시만 일본 내에서 소세키만큼 시공간을 초월하여 두터운 독자층을 형성하고 있는 작가는 없다. 그것은 그만큼 현대의 독자에게도 호소할 수 있는 문학의 불변성이 그의 작품에 내재되어 있기 때문이다. 이렇게 소세키 문학이 일본 근대문학을 대표한다고들 얘기하지만 연구자에게 소세키라는 작가와 그의 문학을 연구한다는 것은 곤혹스러운 일이다. 수많은 문헌과 논문의 홍수 속에서 '자기의 연구 테마와 관련지어 어느 문헌과 논문을 골라 읽어야 할 것인가'부터 문제가 되고 거기에 정면으로 도전하는 일 자체가 힘든 작업이기 때문이다. 하물며 학생이나 일반 독자의 입장에서 책을 선별해 읽는 일은 얼마나 난해하겠는가? 따라서 여기서는 최근에 국내에서 출간된 연구자의 단행본, 소세키 작품을 읽는 데 가장 기본이 되는 일본어 문헌, 그리고 이 번역본을 읽는 데 도움을 주기 위해 옮긴이와 해설자의 저서를 소개하고자 한다.

오경, 《가족 관계로 읽는 소세키 문학》(보고사, 2003년)
소세키의 문학에서 가족의 의미를 되새겨본 연구물이다. 소세키 문학에 나타난 '부부 관계'를 중심으로 가족 관계를 점검해봄으로써 당시 가족 제도의 실상을 명확히 분석하고 있다. 〈소세키 문학의 부모자식 관계〉,

〈소세키 문학의 부부 관계〉, 〈소세키 문학의 형제 관계〉, 〈소세키 문학의 친족 관계〉, 〈소세키 문학의 가족 관계의 총체〉에 〈서론〉, 〈결론〉을 포함해 7장으로 구성되어 있다. 《문》에서는 '화합동서'의 부부상으로 은폐된 부부 관계, 《마음》에서는 '고상한 사랑의 이론'으로 무장한 부부 관계, 《행인》에서는 '절대적 경지'를 갈망하는 부부 관계, 《노방초》에서는 '좀처럼 해결되지 않는' 부부 관계, 《명암》에서는 종합적으로 부부 관계뿐만 아니라 부모자식 관계, 형제 관계 모두를 대상으로 논의를 전개한다. 소세키 문학의 가족 관계를 작가의 성장 과정과 연결해 규명한 책이다.

유상희, 《나쓰메 소세키 연구》(보고사, 2001)

이 책은 작가의 체험과 전기적 사실에 초점을 맞춘 작가론이다. 〈소세키의 성격 형성기 가정 환경〉, 〈소세키의 서양 체험〉, 《《아사히신문》 입사 전후의 소세키〉, 〈소세키의 식민지 및 천황제 인식〉, 〈소세키의 여성관 및 결혼관〉과 서론, 결론을 포함해 7장으로 구성되어 있다. 저자는 "메이지 시대는 우리나라를 비롯한 인접국들에게는 암흑의 시대였음에도 일본은 이 시대의 역사를 미화·왜곡하고 있는 현실을 감안하면, 그들이 기술한 동시대의 일본 문학사도 액면 그대로 받아들일 수는 없는 일이다. 이런 역사 의식을 가지고 소세키에 대한 일본 측의 평가를 면밀히 점검해본 것이 이 연구서이다"라고 단언하고 논의를 전개한다. 후반부에서 일본의 아시아 대륙 침략과 천황제에 대한 소세키의 인식을 고찰하고 비판한다.

조영석, 《나쓰메 소세키의 문학 세계》(보고사, 2001)

'금전'이라는 관점에서 소세키 문학 세계를 조명하고자 한 작품론이다. 《《고양이》에 나타난 금전관〉, 《《도련님》에 나타난 금전관〉, 《《태풍》에 나타난 금전관〉, 《《마음》의 피해의식 위에 형성된 금전관〉, 《《노방초》에 나타난 금전관〉과 〈서론〉, 〈결론〉을 포함해 7장으로 구성되어 있다. 《고양이》에서는 '자본주의가 야기한 거의 모든 금전 문제', 《도련님》에서는 '직업에서의 금전 문제', 《태풍》에서는 '사회 생활에서의 금전 문제', 《마음》에서는 '지식인의 인간 불신의 원인으로 작용한 금전 문제', 《노방초》에서는 '작가 자신의 개인사에 얽힌 금전 문제'를 각각 다룬다. 결론에서 작품의 주요 등장인물들이 한결같이 경제적으로 자립하지 못한 '고등유민'이었다는 점과 모든 금전 문제가 인간의 갈등을 야기하는 주요 원인이었다는 점을 지적한다.

金正勳, 《男の言草·女の仕草》(和泉書院, 2002)

이 책은 소세키의 중·후기 텍스트를 분석·고찰하고 그 문예적 특질을 천착하려는 의도에서 저술되었다. 소세키의 경우는 문예성을 규명함에 있어서 새로운 시점이 항상 요구되고 있고 그것이 연구 과제처럼 여겨지고 있는데, 그 부분을 주목하여 문제를 제기하고 있다. "연구자들에게 이렇게 끊임없이 새롭게 연구되고 독자들에게 애독되는 소세키 문예의 불변성은 과연 무엇인가?"라고 저자는 본문에서 지적한다. 그리고 다음과 같이 서술한다. "일본을 벗어나 한국에서 객관적으로 그의 텍스트에 접해보면 시공을 초월, 남녀노소를 불문, 독자에게 공감을 주는 요소를 발견할 수 있다. 말하자면 텍스트마다 인간의 근원적 명제가 제시되는데, 그 문제에 고뇌하고 대처하는 남녀 주인공의 갈등하고 상극하는 모습이 현대 독자에게도 피부로 느낄 만큼 설득력을 주고 있다는 사실을 새삼 인식하게 된다." 그러고 나서 그런 형태가 구체적으로 어떠한 양상으로 나타나고 있는지를 작가의 전기적·체험적 시점에서 탈피하여 소설 텍스트를 적극적으로 수용하는 방식으로 근원적 시점에서 검토하고 문예학적 담론을 적용해 재조명한다.

小宮豊隆,《漱石の芸術》(岩波書店, 1942)

1935년에 간행된 결정판《소세키 전집》에 수록된 각 작품에 대한 해설을 집성한 책이다. 그러므로 초기 작품《나는 고양이로소이다》에서부터 최후 작품《명암》이 탄생하기까지의 배경, 과정, 의의를 상세하게 밝히고 있고 각 작품뿐만 아니라《문학론》,《문학평론》,《서간집》,《일기 및 단편》에 대해서도 자세한 설명을 덧붙이고 있다. 제자의 입장에서 작가의 전기적 사실을 염두에 두고 각 작품에 대해 실증적으로 논의를 전개해 작품의 의미를 명확하게 밝힌 최초의 문헌으로 '작품론의 고전'이라 할 수 있다. 소세키 작품을 더욱 심도 있게 읽고자 하는 독자들에게 필독서라 할 수 있다.

越智治雄,《漱石私論》(角川書店, 1971)

소세키의 주요 작품의 원문을 치밀하게 분석·검증하여 본격적으로 논의를 전개한 '소세키 작품론의 영원한 교과서'라고 평할 수 있다. 저자가 다년간에 걸쳐 심오하고 예리하게 통찰한 논문 내용을 집대성한 것인데 직접 언급했듯이 소세키의 이미지에 대한 변화와《노방초》와《명암》사이의 방법론에 대한 약간의 동요를 스스로 인정하고 있으나 누가 뭐래도 작품의 원형을 명확하게 해부하여 소세키 문학의 핵심에 접근한, 소세키 문학 연구사에 일대 획을 긋는 탁월한 문헌으로 그 가치를 인정받고 있다. 작품을 해명함으로써 작가상을 자연스럽게 드러내고 있으며 지금도 연구자들에게 가장 많이 인용되고 있는 저서다.

伊豆利彦,《漱石と天皇制》(有精堂, 1989)

평소 '소세키와 천황제' 문제에 깊은 관심을 보여온 이즈 도시히코가 평소 지론을 정리한 저서다. 초판 출간 후 20여 년이 지났지만 소세키와 그의 작품 속에 주요 인물로 등장하는 지식인이 메이지 시대 당시 천황제하에서 고뇌하게 되는 배경과 사회적 상황을 명확하게 해부한 독창적인 문헌으로 평가받는다. 당시 메이지 시대, 즉 국가와 천황에 대한 절대 복종을 강요받는 사회적 풍토 속에서 일반 대중은 사상의 자유를 억압받는 일이 있었다고 지적하며 천황제의 문제점을 조목조목 비판한다. 그러한 경향으로 인해 '무사상', '무도덕'의 이기주의가 팽배하게 됨은 물론, 도덕 확립 문제도 천황제나 국가주의하에서만 설득력을 지닐 수밖에 없었던 상황을 암울하게 보고 있다. 여기에 대항한 소세키의 문학적 기반이 되는 '개인주의' 사상을 평가했으며 그런 요소가 작품에 어떻게 형상화되어 있는지를 '일본 근대문학'이라는 큰 틀에서 조망하고 또한 그것이 소세키의 작품 세계를 풍부하게 만든다고 덧붙인다. '천황을 기점으로 하는 수직적인 일원적 세계관'에서 탈피하여 '다원적 작품 세계의 실현'을 위해 전념한 소세키의 정신을 강조한 인상 깊은 저서다.

나쓰메 소세키 문학 홈페이지(http://www.soseki.co.kr)
한국에서 나쓰메 소세키 문학 홈페이지가 2003년 6월 소세키 연구자 권혁건 씨에 의해 만들어졌다. 일본 문학을 대표하는 작가 소세키의 생애와 작품에 관심 있는 사람들과 공통된 테마를 갖고 교류하고 싶다는 그의 소박한 소망이 이 홈페이지를 구축한 것이다. 한국에서 독립된 형태로 처음 만들어진 이 〈나쓰메 소세키 문학 홈페이지〉는 소세키 관련 신간 서적 소개 및 연구 논문 목록 일람, 소세키 논문 소개 및 저서 소개, 공지사항, 관련 사이트 소개, 게시판 등으로 구성되어 있다. 인터넷 통신망을 이용해 가장 빠르고 손쉽게 정보를 얻을 수 있을 뿐만 아니라 소세키 문학을 화제로 질의, 토론이 가능하고 서로 교류할 수 있다는 점에서 소세키 문학에 관심 있는 모든 이들에게 유용한 사이트다.

김정훈 k6738157@hanmail.net

조선대학교 국어국문학과를 졸업하고 일본 유학길에 올랐다. 소세키의 작품《도련님》을 읽고 주인공 'おれ(나)'의 정의감에 불타고 권세에 저항하는 반골정신에 매료되어 소세키 문학에 입문하게 되었다. 일본 관서학원대학 대학원에서 일본문학을 전공하고 〈소세키 문예의 연구漱石文芸の研究〉로 문학석사 학위를 받았다. 이어서 일본 문부성 국비유학생으로 같은 대학 대학원 박사 과정을 수료하고 〈나쓰메 소세키 문예논고夏目漱石文芸論考〉로 문학박사 학위를 받았다. 전남대학교 강사를 역임했고 현재 전남과학대학 교수로 재직 중이다. 일본 문화 및 일본어 전반을 강의하고 있으며 일관되게 일본의 국민작가로 불리는 나쓰메 소세키문학을 중심으로 일본 근대문학을 연구하고 있다.

그동안 쓴 책으로는《새 日本語》(공저),《日本語文字 쉽게 배우기》,《새로 쓴 日本語漢字本》,《현장활용일본어》,《夏目漱石文学研究》(공저),《漱石 男の言草·女の仕草》,《夏目漱石 작품《마음》연구》(공저),《자신만만 관광·여행 일본어》,《소세키와 조선》이 있고, 옮긴 책으로는《명암》,《땅 밑의 사람들》,《전쟁과 문학—지금 고바야시 다키지를 읽는다》,《야스쿠니 신사와 그 현주소》(공역),《하나오카 사건 회고문》,《니이미 난키치 동화선》이 있고, 논문으로는 《《산시로(三四郎)》考〉,〈소세키〈문〉논(漱石〈門〉論)〉,〈한국에서의 소세키 연구 현상(韓国における漱石研究の現状)〉,〈소세키《마음》재고(漱石《心》再考)〉,〈소세키가 그린 남녀상(漱石の描いた男女像)〉,《《춘분이 지날 때까지》의 방법(《彼岸過》の方法)〉 등이 있다.

나의 개인주의 외

초판 1쇄 펴낸날 | 2004년 8월 25일
초판 5쇄 펴낸날 | 2016년 9월 20일
개정 1판 1쇄 펴낸날 | 2019년 11월 10일

지은이 | 나쓰메 소세키
옮긴이 | 김정훈
펴낸이 | 김현태
펴낸곳 | 책세상

서울시 마포구 잔다리로 62-1, 3층 (우편번호 04031)
전화 | 02-704-1251(영업부) 02-3273-1333(편집부)
팩스 | 02-719-1258
이메일 | bkworld11@gmail.com
광고제휴 문의 | bkworldpub@naver.com

홈페이지 | chaeksesang.com   페이스북 | /chaeksesang
트위터 | @chaeksesang   인스타그램 | @chaeksesang   네이버포스트 | bkworldpub

등록 1975. 5. 21 제1-517호

ISBN 979-11-5931-389-9 04830
     979-11-5931-221-2 (세트)

* 이 도서의 국립중앙도서관 출판시도서목록(CIP)은 서지정보유통지원시스템 홈페이지
(http://seoji.nl.go.kr)와 국가자료공동목록시스템(http://www.nl.go.kr/kolisnet)에서
이용하실 수 있습니다.(CIP제어번호 : CIP2019041128)

책세상문고 · 고전의 세계

책세상문고 · 고전의 세계